Uma breve história da eternidade

Carlos Eire

Uma breve história da eternidade

TRADUÇÃO Rogério Bettoni

Copyright © 2010 Princeton University Press
Copyright da tradução © 2013 Três Estrelas – selo editorial da Empresa Folha da Manhã S.A.

Todos os direitos reservados. Nenhuma parte desta obra pode ser reproduzida, arquivada ou transmitida de nenhuma forma ou por nenhum meio sem a permissão expressa e por escrito da Empresa Folha da Manhã S.A., detentora do selo editorial Três Estrelas.

Título original *A very brief history of eternity*

EDITOR Alcino Leite Neto
EDITORA-ASSISTENTE Rita Palmeira
COORDENAÇÃO DE PRODUÇÃO GRÁFICA Mariana Metidieri
PRODUÇÃO GRÁFICA Iris Polachini
CAPA Thiago Lacaz
PROJETO GRÁFICO DO MIOLO Mayumi Okuyama
PREPARAÇÃO Denise Pessoa
REVISÃO Alvaro Machado e Carmen T. S. Costa

Dados Internacionais de Catalogação na Publicação (CIP)
(Câmara Brasileira do Livro, SP, Brasil)

Eire, Carlos
   Uma breve história da eternidade / Carlos Eire ; tradução Rogério Bettoni. – São Paulo : Três Estrelas, 2013.

   Bibliografia
   ISBN 978-85-65339-12-4

   1. Civilização Ocidental 2. Eternidade - História das doutrinas I. Título.

13-01853   CDD-236.21

Índice para catálogo sistemático:
1. Eternidade : História das doutrinas   236.21

Este livro segue as regras do Acordo Ortográfico da Língua Portuguesa (1990), em vigor desde 1º de janeiro de 2009.

TRÊS
ESTRELAS

Al. Barão de Limeira, 401, 6º andar
CEP 01202-900, São Paulo, SP
Tel.: (11) 3224-2186/2187/2197
editora3estrelas@editora3estrelas.com.br

Sumário

8 Grande Explosão, Grande Sono, Grande Problema
40 Eternidade concebida
86 Eternidade transbordante
122 Eternidade reformada
186 Da eternidade aos planos quinquenais
260 Não aqui, não agora, nunca

271 **Notas**
297 **Agradecimentos**
302 **Apêndice: Conceitos comuns de eternidade**
309 **Uma breve bibliografia sobre eternidade**
313 **Índice remissivo**
327 **Sobre o autor**

In memoriam
Richard Charles Ulrich (1915-2006)
Evelyn Decker Ulrich (1913-2003)

Aquella eterna fonte está escondida,
qué bien sé yo dó tiene su manida
aunque es de noche.

[Aquela eterna fonte está escondida,
mas bem sei onde é sua morada,
ainda que seja noite.]

SÃO JOÃO DA CRUZ

Grande Explosão, Grande Sono, Grande Problema

A morte de qualquer ser humano é um ultraje; um ultraje por excelência, e todas as tentativas de diminuí-lo são desprezíveis, nada mais que ópio para as massas [...] A morte [...] é o inaceitável. A aniquilação de uma memória não pode ser compensada pela existência do Universo e pela continuidade da vida. A morte de Mozart, apesar da preservação de sua obra, é um mal absoluto.

PIERRE CHAUNU[1]

Por que perder tempo? Encaremos o monstro nos olhos, bem de perto, agora mesmo: este livro equivale a nada, assim como você e eu, assim como o mundo todo. Menos que zero.

Isso é o que dizem os especialistas.

Estas páginas, e todas as palavras nelas impressas, algum dia vão se desfazer e cair no esquecimento, junto com cada palavra já escrita, cada traço de nossa breve existência e de cada criatura viva que já se arrastou na terra ou nas águas.

Então, deveríamos nos deleitar impetuosamente.

Não importa se você e eu caminhamos para a morte ou se nossa espécie pode ser extinta. Não, isso não é o pior. Pense bem: não restará nem mesmo um grão de nós; absolutamente traço nenhum. E não importa se gerarmos uma grande prole, não importa se inventarem maravilhas tecnológicas – nada disso fará diferença. Nada pode impedir a crise cósmica e ecológica final.

Primeiro, daqui a mais ou menos 1 bilhão de anos – quer os humanos existam ou não –, o Sol ficará quente o suficiente para evaporar nossos oceanos, consumir a atmosfera e incinerar todos os organismos vivos. Esqueça o aquecimento global, o derretimento das calotas polares, a depleção da camada de ozônio, o encolhimento das geleiras, o aumento do nível dos oceanos, a inevitável inversão dos campos magnéticos e todas as predições terríveis com que nos bombardeiam hoje em dia, sem parar. Esqueça qualquer outro cataclismo previsto, até mesmo uma colisão entre a Terra e um cometa ou asteroide gigantesco. Aquele incêndio solar é que será real, o pai de todos os desastres. A incineração global.

Depois, para piorar ainda mais as coisas, em mais ou menos 5 bilhões de anos, o Sol se transformará em um gigante vermelho e destruirá o que restar da Terra. Logo em seguida, relativamente falando, esse Sol inchado se extinguirá e murchará em uma brasa pequena e escura, uma sombra infinitesimal do que fora antes, à deriva em um oceano de partículas subatômicas. A aniquilação planetária e solar.

No entanto, a história não acaba aí: ela piora. Mesmo que nossos descendentes consigam colonizar outros planetas em galáxias distantes e evoluam para uma espécie mais inteligente e menos violenta, mesmo que consigam prolongar a vida durante séculos ou milênios, talvez erradicando a dor, a pobreza e a doença, ou consigam encontrar uma forma de viver em constante arrebatamento, a aniquilação ainda espera por eles.

Como nosso universo material está em fluxo perpétuo e constante expansão, está fadado ao desaparecimento, de uma forma ou de outra. Cientistas propõem diversos modelos para o destino final do Cosmo, e nenhum deles é confortante. Seja lá qual for o destino que acabará assolando todas as coisas, ele depende da velocidade em que o Universo realmente se expande em comparação à quantidade de matéria que contém – algo que ainda não foi determinado. Não importa, no entanto, para onde exatamente o Universo esteja indo – aguarda-nos uma jornada dura e trágica.

Uma das possibilidades é que o Universo se expanda para sempre e sofra uma "morte fria", como dizem os físicos, atingindo a temperatura do zero absoluto. Este é o *Big Freeze* [Grande Congelamento], que também poderia ser chamado de *Big Stretch* [Grande Expansão] ou de o derradeiro *Big Sleep* [Grande Sono]. É a dissipação eterna: uma eternidade fria, escura e solitária, para sempre abundante em nada. Ligada a essa ideia está a proposição altamente paradoxal de que o Universo sempre em expansão acabará desacelerando até atingir um rastejo infinitesimalmente mínimo como resultado de uma entropia máxima. Os físicos se referem a isso como "morte térmica", mas suponho que poderia ser chamado de *Big Whimper* [Grande Lamento]. Isso também parece terrível: um eterno agora em que nada acontece. Outra possibilidade é que o Universo pare de se expandir, colapse sobre si mesmo e desapareça em uma monstruosa autoimolação. A aniquilação cósmica: tempo e espaço não mais existem. Assim como houve um *Big Bang*, também haverá um *Big Crunch* [Grande Colapso].

Mas esse talvez não seja o fim de tudo.

Pelo que sabemos, o *Big Crunch* poderia ser apenas o prelúdio de outro *Big Bang*, seguido de mais um *Big Crunch*, e assim sucessivamente, para todo o sempre, *ad infinitum* e, por conseguinte, *ad nauseam*. Pelo que sabemos, é assim que sempre foi e sempre será: explosão e colapso, sempre e eternamente: sim, o Grande Ioiô, conhecido nos tempos antigos como o eterno retorno.

Esses são os fins propostos pelos cientistas, sempre cientes de suas controvérsias e do fato aviltante de que suas grandes teorias, como as dos historiadores, são um tanto experimentais, passíveis de revisão. No entanto, mesmo antes de existir astrofísica, telescópios, sondas de micro-ondas ou espectrofotômetros infravermelhos, os seres humanos pareciam intuir, de maneira irregular e variada, essa desgraça iminente.

Há cerca de 2.700 anos, o profeta Isaías disse que nosso planeta desapareceria um dia, e que isso "não será lembrado, nem tornará a vir ao coração" (Isaías 65:17).[2]

Setecentos anos depois, um dos livros do Novo Testamento cristão seria mais explícito: "O Dia do Senhor chegará como ladrão e então os céus se desfarão com estrondo, os elementos, devorados pelas chamas, se dissolverão, e a Terra, juntamente com as suas obras, será consumida" (2 Pedro 3:10).

Os magos zoroastristas da Pérsia, os astrólogos dos maias e astecas, os xamãs dos hopis – todos fizeram predições similares sobre a desgraça cósmica, assim como clarividentes e lunáticos de todo tipo, no mundo inteiro, em diferentes épocas, até os dias atuais.

É um ultraje. *C'est un scandale, le scandale par excellence.*

Lá se vão a minha e a sua propriedade, o Louvre, a Biblioteca do Vaticano, o Disney World, as pirâmides de Gizé, a grande Muralha da China ou qualquer coisa *kitsch* vendida nesses locais turísticos. Lá se vão todas as pedras preciosas, cada lápide de cada cemitério, cada monumento, cada fóssil oculto e cada moeda já cunhada. Lá se vão todas as fotos de família cuidadosamente guardadas longe do pó e todos aqueles antigos filmes e fitas de vídeo dolorosamente transferidos para arquivos de vídeo digital. Lá se vai tudo, inclusive este livro, é claro.

Tudo se transformará em nada. E não haverá ninguém para testemunhar essa reversão épica ontológica. Ninguém. Pessoa nenhuma. Consciência alguma, como dizem; nada mais, nada deixado para trás. Coisa nenhuma.

Nihil. Nada. Nichts. Rien.

A mesma pergunta feita sobre a árvore na floresta pode ser repetida aqui: se o Universo desaparecer e ninguém notar, terá ele alguma vez existido? Mas essa pergunta é péssima, *une question mal posée* [uma pergunta malfeita], como diria algum existencialista mais velho. Uma pergunta melhor para nós, seres humanos – nós que, a duras penas, temos consciência de nossa mortalidade –, é esta: o que faremos da nossa breve existência, tanto pessoal quanto coletiva?

Como indivíduos, somos uma centelha que se acende e se apaga no turbilhão do tempo com um esvanecimento estarrecedor, como um vaga-lume em uma noite quente de verão. Chegamos e partimos como ondas numa praia, como disse recentemente meu cunhado John, em um velho cemitério às margens do rio Hudson, enquanto depositávamos as cinzas do pai dele em um nicho perfeitamente quadrado de um muro gigantesco contendo centenas de outros repositórios iguais, todos devidamente enfeitados com placas registrando não só os nomes dos mortos, mas também as datas de nascimento e morte, uma ao lado da outra, em simetria. Campos-santos têm uma maneira única de transmitir a mensagem que preferimos ignorar. Em relação à idade do Universo, podemos dizer que dificilmente chegamos a ser uma ondulação em uma poça de chuva, ou que praticamente não existimos mesmo. O que é uma década se comparada a 13,6 bilhões de anos, a idade estimada do Universo?

Não muito.

Quando medido em relação à eternidade, qualquer intervalo de tempo equivale a muito pouco. Quase nada: é ainda menor que o ponto no final desta frase, se comparado ao espaço infinito. Se você já teve um emprego detestável, um emprego que abominava, mas não podia se dar ao luxo de abandonar, então deve entender como pode parecer tão curto e patético cada intervalo do café. Bem, imagine, no Inferno, um intervalo de quinze minutos que só acontece a cada 13,6 bilhões de anos. "*Kaffeepause, jetzt, schnell!*" (Pausa para o café, já, rápido!). Imagine como seria breve. Agora pense em um intervalo de 13,6 bilhões de anos em um Inferno eterno. Mais ou menos a mesma diferença: continua sendo pateticamente curto, de fato ainda próximo do *nada*. Quase não vale a pena.

E o que seria a eternidade? Seria ela algo diferente de um conceito puramente abstrato, totalmente alheio à nossa vida, ou, pior, um horizonte espantosamente incerto, muito bem resumido por Vladimir Nabokov: "O berço balança sobre o abismo, e o senso comum diz que nossa existência não é senão uma breve fresta de luz entre duas eternidades de escuridão"?[3]

Nós odiamos a morte, chegamos até a prometer amor eterno, e mesmo assim poucas pessoas podem ter a esperança de chegar a um reles século de idade. Jeanne Calment (1875-1997), a mulher que teve a vida mais longa da história, viveu 122 anos e 164 dias, o que perfaz meros 44.724 dias. O que é isso? Menos que um piscar de olhos, por assim dizer. Um disco antigo de vinil girando a 33,3 rotações por minuto durante apenas 24 horas terá como resultado 47.952 giros no toca-discos. Então, apesar do fato de alguém ter gastado energia e tempo para contá-los, os dias de madame Calment na Terra equivalem a nada menos que um dia inteiro na vida de um clássico LP, um objeto que não existia quando ela nasceu e que já era obsoleto quando ela morreu. Em 1988, aos 113 anos de idade, cem anos depois do ocorrido, ela ainda conseguia se lembrar de ter encontrado em Arles o famoso, mas na época ignorado, pintor Vincent van Gogh, a quem descreveu como "muito feio, sem graça, mal-educado e maluco".[4] Ficamos surpresos com a ideia de que alguém possa ter vivido tanto tempo e ainda se lembrar de ter se encontrado com alguém que já morreu, cuja obra só pode ser vista em museus ou comprada por milhões de dólares. Não obstante, seus 44.724 dias são apenas uma lasca insignificante de tempo, menos perceptível que um floco de neve no topo do monte Everest.

Já as proporções da existência da raça humana como um todo não são melhores que isso: ela é tão insignificante quanto um cílio flutuando no oceano. Nós, humanos, só registramos nossa história há cerca de 5 mil anos, e de maneira arbitrária. Trata-se de um período muito curto. É bem provável que Jeanne Calment estivesse muito perto do anfiteatro romano em Arles quando se encontrou com Van Gogh em 1888, um lugar que já era antigo e reverenciado como relíquia, apesar do seu uso contínuo como arena de touros na Provença. A antiga Roma pode parecer muito distante de nós, mas precisaríamos de apenas quinze Jeanne Calments, uma após a outra, cronologicamente, para retroceder aos dias em que os gladiadores se matavam naquela arena. Imagine quinze pessoas em um quarto. É um número bem pequeno. A quantidade ideal para um seminário acadêmico. Agora imagine quarenta pessoas. Essa seria a quantidade necessária de Jeanne Calments para nos levar de volta à alvorada da civilização na Suméria durante o período de Uruk, e a alguma moça da antiga Mesopotâmia que se lembraria de Gilgamesh como um sujeito "muito feio, sem graça, mal-educado e maluco", e com um mau hálito dos infernos. Quarenta pessoas é também uma quantidade pequena, dificilmente suficiente para encher um restaurante requintado em qualquer noite da semana.

Quanto mais nos dirigimos ao passado para ter uma noção da proporção da história do homem como um todo, mais efêmera ela parece, como se o seu nada relativo fosse uma negação da vida. Antes de os sumérios inventarem a escrita como registro, eles já cultivavam plantações havia cerca de 2 mil anos. Imaginar 2 mil anos de história sem nenhum registro escrito do que aconteceu é bem difícil para os historiadores, talvez até para a maioria das pessoas que tenta pensar no assunto. O que aconteceu com toda essa gente durante todo esse tempo? Imaginar 20, 40 ou 100 mil anos sem registros, ou sem agricultura ou cidades, é ainda mais difícil.

Hoje os especialistas dizem que a nossa espécie, *Homo sapiens*, surgiu na África há mais ou menos 250 mil anos e que, curiosamente, todos nós somos descendentes de uma mulher, como afirmaram lá atrás os autores do livro do Gênesis, quando os mitos dominavam.[5] Isso significa que não há registros do que aconteceu à prole dessa mulher, nossos parentes, por aproximadamente 245 mil anos. O Paleolítico, quando tudo o que tínhamos, na melhor das hipóteses, eram ferramentas rústicas de pedra, abrange a maior porção do nosso tempo na Terra, ou aproximadamente 98% da história humana. Isso equivale a mais ou menos 2.050 Jeanne Calments, se quisermos considerar o tempo de acordo com o maior período de vida já confirmado de um ser humano. Se incluirmos nossos ancestrais hominídeos imediatos – Neandertal, *Homo erectus*, australopitecos etc. –, podemos retroceder 1 milhão de anos, ou 2 milhões, o que resulta em 8 mil a 16 mil Jeane Calments, aproximadamente a quantidade de alunos em muitas universidades de primeira linha. É impossível lidar com um pensamento desses. Esqueça; é atordoante.

O que é o meu ou o seu tempo de vida se comparado a muitos outros, perdidos em um nevoeiro inconcebível e impenetrável? E o que é o tempo de vida de todos os seres humanos se comparado à idade da Terra ou do Universo? Realmente quase nada. É possível que você conheça a seguinte tentativa de dar sentido ao nosso lugar na Terra: se a história do nosso planeta for reduzida a uma escala de 24 horas, sendo zero hora igual a 4,6 bilhões de anos atrás, e 24h igual ao nosso período atual, a vida mais rudimentar apareceria às 4h10, as plantas aquáticas às 21h31, os dinossauros às 22h46 e o *Homo sapiens* às 23h59m59,3s, uma fração de segundo antes da meia-noite. O meu e o seu tempo de vida sequer são registrados nessa escala, a não ser na menor das frações, com uma quantidade de zeros depois da casa decimal suficiente para deixar tonto um contador experiente. O mesmo vale para nossa mãe originária, Eva, e cada um dos nossos ancestrais paleolíticos.

Contudo, quando observamos a arte do Paleolítico, espiamos num espelho muito distante, e milhares e milhares de anos parecem evaporar instantaneamente. Sabemos que esses habitantes das cavernas eram nossos parentes e ficamos em estado de choque. Eles não eram quase bestas, ou trogloditas de andar curvado, mas sim homens e mulheres com pensamentos, emoções e habilidades como as nossas.[6] Sua genialidade, enterrada em silêncio, perdida no tempo, só pode ser imaginada, mas ela sobreviveu aqui e ali, junto a sinais de canibalismo: a Vênus de Willendorf (22.000 a.C.); as pinturas das cavernas de Chauvet (30.000 a.C.), Altamira (18.000 a.C.) e Lascaux (16.000 a.C.). Algumas pessoas ainda diriam, como os antigos gregos e romanos, que esses primeiros anos da história humana foram uma idade áurea, um estágio ideal. Depois de visitar as cavernas em Altamira e ver suas pinturas antediluvianas, Pablo Picasso teria exclamado: "Depois de Altamira, tudo é decadência". Alguns concordariam com essa ironia ou adorariam acreditar que tenha de fato sido dita por Picasso.[7] Outros, que contemplam os vestígios dos banquetes canibais também encontrados nessas cavernas, no entanto, concordariam com Thomas Hobbes, que descreveu a vida nessa época como "solitária, pobre, sórdida, animalesca e curta",[8] ou com Santo Agostinho, que argumentou sobre a existência de uma besta feroz dentro de cada um de nós, ansiando por desordem o tempo todo. E outros, ainda, se sentiriam mais confortáveis com a ambivalência de uma citação de Charles Dickens: "Foi o melhor dos tempos, foi o pior dos tempos".[9]

Aí é que está o problema: aparentemente, esses sinais físicos sublimemente ambíguos apontam para a rejeição da brevidade e da brutalidade da vida. Muitos especialistas acreditam que as pinturas das cavernas e as estatuetas de fertilidade eram de natureza religiosa, uma tentativa de transcender a existência mundana. Os costumes paleolíticos de sepultamento levam a crer nessa hipótese, pois o atencioso respeito demonstrado para com os mortos e o comportamento ritualístico implícito nesse cuidado apontam para a crença em algo além do mundo material.[10] A aceitação da brevidade e da finitude da vida humana, bem como das limitações da natureza, aparentemente era um dilema para eles tanto quanto é para nós. Contemplar o escancarado abismo do nada depois da morte de um ente querido, desse modo, pode ter sido tão difícil para nossos ancestrais das cavernas quanto é para nós, ainda que eles comessem seus inimigos. Talvez até mais difícil, pois eles não tinham temperos, nem antibióticos, e não tinham trezentos canais de televisão para distraí-los. Tampouco bebidas alcoólicas.

Pensar e sentir que *devemos* existir é parte integrante da experiência humana. Conceber o *não ser* e o *nada* é tão difícil, e tão impossível, quanto olhar nosso rosto sem um espelho. Como disse Miguel de Unamuno, há quase cem anos: "Tente preencher a consciência com a representação da não consciência e verá como isso é impossível. O esforço para compreendê-la provoca a mais atroz das tonturas".[11] Os materialistas radicais diriam que isso não aponta necessariamente a existência de uma realidade transcendente para além do universo físico, ao qual estamos habituados como espécie, ou como indivíduos. É bem provável que digam que a natureza nos codificou para pensar e sentir dessa maneira, ou que é simplesmente impossível imaginar nossa própria não existência, porque nosso cérebro não é equipado para essa tarefa, nem nunca será.[12] E talvez eles estejam 100% corretos ao fazer essa afirmação. Toda a vida na Terra é programada para sobreviver, prosperar e reproduzir. De vez em quando, a natureza perde as estribeiras e os seres vivos matam-se, sejam lêmures, baleias encalhadas ou artistas angustiados, como Van Gogh, que pode ter se incomodado, ou não, com a própria rudeza. A grande maioria de organismos vivos, porém, continua vivendo e lutando para prosperar, mesmo enquanto outros morrem aos milhares, às centenas de milhares, ou até aos milhões. Se você duvida, lembre-se apenas de que 150 mil pessoas morrem todos os dias no planeta. Isso equivale a mais ou menos uma pessoa por segundo, ou mais que a totalidade de pessoas mortas pela bomba atômica que os Estados Unidos lançaram sobre Hiroshima em 6 de agosto de 1945. Se os nazistas tivessem atingido esse mesmo índice de mortes nos campos de concentração, precisariam de apenas quarenta dias para matar 6 milhões de pessoas. Faça as contas e talvez você comece a se perguntar por que ainda está vivo. O anjo da morte é o maior *workaholic* que existe.

A morte sempre se introduz de modo rude, sem ser convidada; pouquíssimos seres vivos já a procuraram de maneira consciente, mesmo quando se recusam a usar cinto de segurança e fumam três maços de cigarros por dia. Os cientistas confirmam esse conceito de maneira enfática e sem questionamentos. É por isso que nenhum cientista confiável atribuiu a extinção de qualquer espécie ao suicídio em massa. Os seres humanos, em particular, não estão isentos dessa definição, crucial para a sobrevivência de toda a vida no planeta Terra. Até aprovamos leis criminalizando o suicídio.

No entanto, o fato de que a preferência pela vida, em relação à morte, seja uma tática de sobrevivência – codificada geneticamente pela natureza em cada fibra do nosso ser – não necessariamente faz a morte parecer menos grosseira, repulsiva, escandalosa ou injusta. E é justamente essa incongruência, essa fissura entre o que somos forçados a sentir e o que sabemos que deve acontecer, que faz a morte parecer tão abominável e antinatural, digna de desprezo. E esse desdém talvez seja uma de nossas principais suposições inquestionáveis, adotadas universalmente. Quem, por exemplo, não se identificaria com um dos poemas mais famosos da nossa época?

Não entres nessa noite acolhedora com doçura,
Pois a velhice deveria arder e delirar ao fim do dia;
Odeia, odeia a luz cujo esplendor já não fulgura.[13]

Incontáveis textos, antigos e modernos, oferecem provas de que os seres humanos sentem raiva há muito tempo. Há dezesseis séculos, quando o Império Romano oscilava à beira do colapso, Santo Agostinho de Hipona deu voz a essa sensibilidade, bem como à maior das suposições inquestionadas, dizendo a seus ouvintes: "Sei que querem continuar vivendo, que não querem morrer [...] Isto é o que desejam. Este é o sentimento humano mais profundo; misteriosamente, a própria alma o deseja e o quer, como por instinto".[14] Há três séculos e meio, nos primeiros dias da chamada Revolução Científica, uma das mentes mais brilhantes daquela época, Blaise Pascal, remoeu-se de ódio contra a condição humana com uma lógica fria. Surpreendido ainda jovem pela morte, ele nos legou apenas fragmentos formidáveis do que teria sido um livro ainda mais formidável sobre a necessidade humana de transcendência. Muitos desses fragmentos abordam a absurdidade e a injustiça de nossa mortalidade. Um fragmento em particular resume sua indignação moral a respeito da extinção da vida humana:

> O homem não é nada mais que um caniço, o mais fraco da natureza; mas é um caniço pensante. Não é preciso que o Universo inteiro prepare suas armas para esmagá-lo; um vapor, uma gota d'água é o bastante para matá-lo. Porém, mesmo que o Universo o esmagasse, o homem ainda seria mais nobre que seu assassino, porque sabe que morre e sabe da vantagem que o Universo tem sobre ele; *e o Universo nada sabe disso*.[15]

Esse é apenas um lado da moeda, por assim dizer. Além de se enfurecer, os seres humanos também tentam transcender a morte de formas positivas. Não importa quão breve tenha sido nossa presença coletiva na Terra; relativamente falando, nós, seres humanos, buscamos fazer mais que apenas sobreviver, prosperar e reproduzir, como nos impele a fazer nosso DNA. Também imaginamos mais do que isso, mais do que nascer, comer, digerir, reproduzir e morrer. Os seres humanos imaginam algo além da existência material, além do espaço e do tempo. Em termos rudimentares e precisos, e de maneiras inumeráveis, imaginam uma vida duradoura, um estado de ser para além do fluxo e do esvanecimento constantes. Imaginam a *eternidade*, um estado permanente do ser. Seja por meio de rituais e símbolos ou por meio da lógica clara e fria – ou algum meio-termo –, nós, como espécie, intuímos, imaginamos ou formulamos conceitos bem elaborados, e às vezes elegantes, do *para sempre*, da permanência e da duração: temos imaginado e até ansiado pelo que quer que seja o oposto da transitoriedade, da impermanência e do nada de onde viemos e que sempre nos engole, de todos os lados. Em alguns casos, essa eternidade tem sido até experimentada. Ou pelo menos algumas pessoas dizem ter tido um vislumbre dela, de verdade. Poetas e místicos, principalmente, percorrem os confins da eternidade com uma frequência desconcertante. Tomemos como exemplo o galês Henry Vaughan, que no século XVII redigiu estas linhas:

Noite dessas, vi a Eternidade
Como um grande Anel de luz pura e incessante,

> *Toda calma, tanto quanto brilhante;*
> *Embaixo dela, o Tempo, em horas, dias, anos.*
> *Movido pelas esferas,*
> *Como uma vasta sombra que avança, onde o mundo*
> *E todo seu comboio eram lançados.*[16]

No extremo oposto, até mesmo um grande cético como Bertrand Russell, filósofo e matemático britânico, encontraria um estranho conforto na crença de que nosso dilema existencial poderia dar sentido à vida e sustentar todo o nosso pensamento e aspiração. "Breve e impotente é a vida do homem; sobre ele e toda a sua raça recai, impiedosa e sombria, a lenta e certa fatalidade", admitiu Russell, orgulhoso. Mesmo assim, isso não era razão para o desespero. Ao contrário, propunha ele, "doravante, é somente na estrutura dessas verdades, somente no firme alicerce do *obstinado desespero*, que pode a morada da alma ser *seguramente* construída".[17] Segurança no desespero: se isso não for um salto da fé, nada mais o será.

Russell pode não ter tido paciência para a eternidade, mas ilustrou uma característica humana inata. Podemos facilmente nos referir a nossa raça como *Homo credens* em vez de *Homo sapiens*. O que nos torna únicos entre todos os organismos vivos na Terra não é só o fato de sermos racionais, o fato de *sabermos* e termos descoberto muitos detalhes da estrutura do universo físico, mas sobretudo o fato de buscarmos coerência e significado, de imaginarmos e *acreditarmos*: o fato inelutável de que tendemos a ser excessivamente insatisfeitos e ofendidos pela ideia de que viemos do nada e ao nada retornaremos. Talvez ainda mais significante seja o fato de que, como espécie, tendemos a considerar o próprio conceito de *nada* e a ideia da *não existência* inimagináveis e abomináveis; de que nos perturbamos com nossa própria percepção da mortalidade; e de que concebemos a existência para além do aqui e agora, *para sempre*.

Este é exatamente o tema deste livro: como as concepções de *para sempre*, ou eternidade, se desenvolveram na cultura ocidental, e qual foi seu papel na formação de nosso entendimento próprio, pessoal e coletivo. Essencialmente, trata-se de um livro sobre a crença, sobre os modos como o inimaginável é imaginado e reificado, ou rejeitado, e os modos como as crenças se relacionam com a realidade política e social. O tema é o mais amplo de todos – ocupou a mente de grandes e pequenos pensadores durante séculos e será *para sempre* um tema do interesse do ser humano – intelectual, espiritual e visceralmente. Interprete *para sempre* como quiser.

LIMITES E DEFINIÇÕES ESSENCIAIS

Ao tratar da eternidade – assunto ilimitado e insuperável –, devemos sempre ter como regra o estabelecimento de limites. O que exatamente será abordado? O que não será abordado? Qual método será usado e qual não será? O que o leitor deve esperar ou não esperar? Em outras palavras, desde o início é preciso deixar bem claro o que este livro é e o que ele não é, pois a eternidade é assunto que desperta muitas expectativas. Definir nosso escopo e limites é um primeiro passo essencial, e, para fazer isso, é preciso estabelecer tanto o que vou fazer quanto o que vou evitar neste trabalho.

Este livro é uma pesquisa de como um conceito abstrato influenciou o desenvolvimento da cultura ocidental. Em outras palavras: história, pura e simples. Não é filosofia ou teologia, mesmo que lide com filósofos e teólogos. Sou historiador e minha obsessão peculiar sempre foi a interseção da história intelectual com a social. Uma das principais suposições que tentei contestar em toda a minha obra é o conceito de que as ideias importam muito pouco ou absolutamente nada na história humana, de que a mentalidade ou as conceituações e crenças coletivas são meros sintomas, talvez até reflexos involuntários ou epifenômenos passivos, fragmentos de naufrágio, eflúvios sem sentido no reservatório cético do conflito de classes, flutuando na superfície do sorvedouro vertiginoso de forças naturais, econômicas e políticas. O leitor deve saber já, desde o início, que rejeito qualquer história que ignore a relação dinâmica que costuma existir entre crenças e comportamento. Da forma como vejo, um determinismo material que exclua as ideias é tão equivocado quanto aquele tipo de história intelectual, hoje praticamente extinto, que traça ideias de intelecto a intelecto através dos séculos e atribui a causalidade a pensamentos destituídos de corpo. Falo por experiência. Depois de viver sob um regime totalitário, de marxismo-leninismo doutrinário, que via a luta de classes como o único fator determinante na história inteira e se esforçava para erradicar todos os "intelectuais"; e depois de ter perdido alguns familiares para suas masmorras e pelotões de fuzilamento, simplesmente porque ousaram desafiar o materialismo dialético em público, sou especialmente sensível aos perigos do reducionismo e, principalmente, aos do determinismo materialista, que alguns historiadores aceitam sem questionar.

Mais especificamente, toda a minha obra tem se concentrado na forma como têm sido imaginados os reinos para além daqueles que nossos sentidos experimentam e em como essas imaginações se relacionam com as realidades social, cultural e política e com o comportamento das pessoas. É difícil definir, no que se refere à terminologia, essa inter-relação complexa de crença e ambientes materiais. Não é simplesmente com a *ideologia* que estamos lidando aqui, pois esse é um termo que normalmente se refere apenas a conceitos abstratos.[18] Também não lidamos com *mentalidades, modos de pensar* ou *visões de mundo*, pois esses termos se referem a atitudes e hábitos da mente e do comportamento, apenas com referências vagas ao modo como o ambiente e o intelecto modelam um ao outro.[19] Tampouco tratamos de uma *teoria social*, pois esta, também, tem mais a ver com o pensamento abstrato e especialistas do que com qualquer outra coisa.[20] Há pouquíssimo tempo, Charles Taylor usou a expressão "imaginário social" para descrever como as pessoas pensavam sua existência social, que expectativas têm em comum e "as imagens e noções normativas mais profundas que estão por trás dessas expectativas". Mas aquilo com que lidamos aqui não é exatamente o que Taylor tinha em mente ao cunhar a expressão "imaginário social".[21]

Este livro explora a natureza e a função de um conceito e o modo como ele evoluiu numa cultura específica, a da Europa

Ocidental e de suas colônias nas quais as culturas nativas foram eclipsadas. Nosso principal interesse, aqui, é a eternidade no que tange à existência humana, e não a eternidade concebida em termos abstratos. Em outras palavras, não nos concentraremos demais no Universo em si, que existia muito antes de os humanos entrarem em cena e que poderia continuar existindo sem os humanos, mas, sim, no conceito de vida eterna para nós. Este livro, portanto, é uma história existencial e antropocêntrica da eternidade, a história de como os ocidentais tentaram se inserir no maior de todos os quadros e de como têm lidado com um desequilíbrio conceitual formidável, a saber, o de que, embora seja certamente possível conceber um Universo eterno sem os seres humanos, é totalmente impossível conceber a vida eterna para os seres humanos sem um Universo eterno. Consequentemente, como nossa principal preocupação é, de fato, o lugar que os seres humanos tentaram conceber para si próprios na eternidade, essa história será bem diferente da que os astrofísicos ou filósofos escreveriam. Nosso foco será somente a eternidade no que concerne aos seres humanos. Talvez você queira perguntar se esta é uma história mais sobre imortalidade do que sobre eternidade. Minha resposta seria "não, não necessariamente", devido ao desequilíbrio conceitual supracitado: porque essa imortalidade, por sua natureza intrínseca, não pode ser concebida separadamente de um reino eterno qualquer.

A ideia para este projeto surgiu de um seminário criado pela Lilly Foundation, do qual comecei a participar em 2005: The Project on Lived Theology [Projeto de uma teologia vivida].

Expressões como "religião vivida" e "teologia vivida" ganharam aceitação durante a última década em diversas disciplinas, não apesar da sua imprecisão, mas precisamente por causa dela.[22] Em essência, o conceito de um conjunto de crenças religiosas "vividas" certifica a simbiose bidirecional que acontece constantemente entre a realidade da vida concebida em termos abstratos e a realidade da vida concreta no mundo material. E essa certificação é mantida em aberto, permitindo uma amplitude de abordagens. Estamos muito distantes de uma definição universalmente aceita desse termo de ambiguidade intencional, mas seus vastos contornos são pelo menos reconhecíveis: a teologia "vivida" não é uma mera lista de doutrinas, e a religião "vivida" não é um mero código de ética ou conjunto de rituais, vistos como o único quadro referencial do comportamento humano. A religião vivida está sempre em sincronia com ambientes específicos, respondendo diretamente a certas circunstâncias e, ao mesmo tempo, dando forma ao seu ambiente, em uma troca constante. Portanto, falar dessa relação como *simbiótica*, como diríamos na biologia, parece perfeitamente apropriado.

Então qual é a diferença entre *religião vivida* e *teologia vivida*? É suficiente dizer que a teologia vivida aplica-se mais diretamente às crenças e à ética, enquanto a religião vivida tem um alcance mais amplo, que inclui rituais e símbolos junto a crenças e à ética. Mas por que não falar em *crenças vividas*, em vez de teologia vivida ou religião vivida? Minha resposta é que as crenças são cobertas pela teologia vivida, principalmente no caso de religiões que têm doutrinas e tradições teológicas bem desenvolvidas. No caso de religiões que carecem de teologias formais, no entanto, ou de sociedades secularizadas como a nossa, falar em crenças vividas seria mais apropriado. Por exemplo, em todas as nações democráticas do mundo industrializado, a igualdade de todos os seres humanos é uma *crença* compartilhada, não necessariamente baseada em uma teologia. Na Nova Inglaterra puritana ou no Afeganistão sob o domínio do Talibã, por outro lado, todos eram forçados por lei a viver de acordo com uma *teologia* específica.

No que se refere a este livro, prefiro falar em *crenças vividas*, por uma razão simples: estamos lidando aqui com cerca de 4 mil anos de história, com alguns séculos para mais ou para menos. Isso quer dizer que temos um foco bastante amplo através de uma vasta paisagem, cobrindo muitas culturas e períodos diferentes, traçando a evolução de ideias e paradigmas em vez da teologia *per se*, a qual, da maneira como costuma ser compreendida, refere-se ao sistema formal de crenças de uma tradição ou religião específica.

Estudar crenças "vividas" é investigar uma das dicotomias mais profundamente arraigadas nos pensamentos moderno e pós-moderno: a dicotomia que distingue entre "fatores materiais" e ideias. Esse modelo binário é com mais frequência aplicado quando os historiadores lidam com a causalidade. No seu sentido mais extremo, essa dicotomia é transformada em uma proposição antagônica "ou... ou...", e, quando isso acontece, quase sempre é porque os fatores materiais serão propostos como o agente causal "real", enquanto as ideias são sumariamente descartadas como reação ou subproduto dos fatores materiais. Esse reducionismo, além de equivocado, é perigoso, pois reduz o valor de uma das coisas que faz com que nós, seres humanos, sejamos o que somos, e no processo fornece um modelo para a desumanização, especialmente do tipo exaltado pelos regimes totalitaristas. As ideias são um elemento fundamental da existência humana, tanto quanto as crenças. E elas fazem diferença. Às vezes muita diferença. O fato de serem invisíveis e inquantificáveis não significa necessariamente que sejam inconsequentes. O comportamento humano consiste na interação entre mente e ambiente, e essa não é uma simples relação unilateral, em apenas uma ou outra direção. Charles Taylor, que era mais filósofo que historiador, resumiu essa interdependência de maneira sucinta:

> O que vemos na história humana são variedades de práticas humanas, as quais são duas coisas ao mesmo tempo, ou seja, são práticas "materiais", realizadas pelos seres humanos no espaço e no tempo, e com muita frequência sustentadas de maneira coercitiva, e, simultaneamente, são autoconcepções, modos de entendimento. De modo geral, as duas são inseparáveis. [...] Justamente porque as práticas humanas são o tipo de coisa que costuma fazer sentido, certas "ideias" são internas a elas; não é possível distinguir as duas para perguntar qual é a causa de qual.[23]

Em suma, este livro toma como princípio que as crenças vividas são o nexo entre o abstrato e o concreto: elas são a manifestação das convicções que, de uma maneira ou de outra, proclamam uma realidade superior e transcendente, para além do universo físico e do aqui e agora – uma realidade que promete a ordem e o propósito que parecem ausentes entre os mortais no tempo e no espaço. Darei apenas um exemplo rápido e concreto do que se costuma entender como *religião vivida*: o último testamento do padre Juan de Talavera Salazar, escrito em 1587 em Madri, no qual ele nomeou sua alma eterna como *heredera universal*, ou única herdeira de sua propriedade terrestre. "É conveniente que minha alma goze, doravante, dos frutos de meu trabalho", declarou ele, "e que toda a minha renda seja gasta em missas e sacrifícios, de modo que, por meio dessas devoções e da misericórdia Dele, Deus, meu redentor, possa salvar-me". Gastando tudo o que tinha em algo inteiramente além deste mundo, como em algum plano de aposentadoria eterno, esse padre (ostensivamente um explorador que impingiu falsas crenças nas missas, segundo historiadores marxistas) esperava um retorno real do seu investimento.[24] E sua escolha não era tão incomum. Na verdade, era corriqueira e esperada: seu testamento – um documento de vínculo legal – fez da eternidade uma parte fundamental da economia espanhola. E assim aconteceu com todos os outros testamentos espanhóis àquela época, pois era exigido que todos os testadores incluíssem uma quantidade mínima de requisições de celebrações de missas. Quando multiplicadas milhões de vezes, testamento após testamento, essas doações faziam da eternidade uma coisa bastante real naquela época.

 Então, para prosseguir o mais rápido possível do abstrato para o concreto e depois voltar: este livro explora como essa realidade superior transcendente foi concebida no Ocidente e como essas concepções se relacionam à estrutura social, política e econômica, e até mesmo com vidas específicas, como a do padre Juan de Talavera Salazar. Como não existe um conceito mais central que o de eternidade para a definição de realidade transcendente no Ocidente, ele exige a atenção principalmente dos historiadores que procuram estudar a religião vivida.

Uma breve história de um assunto amplo, como um bom mapa de uma área ampla, precisa ser extremamente sucinta, condensar e generalizar intensamente e ao mesmo tempo dar a devida atenção a todos os detalhes essenciais. Trata-se de uma empreitada perigosa para qualquer estudioso, pois nossa profissão valoriza detalhes, e por um bom motivo. Felizmente, também valorizamos pesquisas e fichamentos, porque sabemos que eles servem a um propósito próprio indispensável: afinal de contas, um mapa do mundo em tamanho natural seria não só inútil como terrivelmente pesado. Tendo plena ciência dos perigos envolvidos, estruturei este livro de acordo com as mudanças de paradigma reconhecidas com maior facilidade, ocorridas na história de um único conceito. "Mudanças de paradigma" são aqueles momentos na história em que o pensamento muda irreversivelmente. Trata-se de um termo aplicado pela primeira vez à história da ciência para descrever uma mudança nos pressupostos básicos que realinha todo o pensamento posterior – como a chamada revolução copernicana, depois da qual ninguém mais pôde dizer que o Sol orbita a Terra sem ser tomado como tolo. As mudanças de paradigma não ocorrem apenas na ciência, mas também nos sistemas de crenças, mesmo que, quando se trata delas, as interpretações antigas possam sobreviver e até prosperar ao lado das novas. Em relação às crenças, portanto, uma mudança de paradigma não necessariamente destrói todos os modos antigos de pensar – embora isso possa acontecer algumas vezes, como com o politeísmo na Europa –, mas certamente provoca o aparecimento de uma interpretação antagônica da realidade.[25] Cada capítulo descreve, assim, um de quatro períodos distintos, desde os tempos antigos até o presente, sendo cada um desses períodos distinguido por um paradigma dominante – ou concepção da eternidade – diferente. Os períodos cobertos por cada capítulo não têm o mesmo tamanho, mas os capítulos tendem mais ou menos a dar atenção igual a cada período. A simetria cronológica nunca foi um padrão no desenvolvimento da civilização (basta pensar que a tecnologia só foi desenvolvida no século passado), mas nós, historiadores, somos forçados a impor certo grau de simetria nos resumos do passado para que façam mais sentido, algo bastante parecido com o procedimento dos cartógrafos que ampliam e curvam paisagens reais para tornar inteligíveis os mapas de sistemas complexos de metrô.

Primeiro, no capítulo II, tratamos em linhas gerais de um período de mil anos, descrevendo o desenvolvimento dos conceitos ocidentais de eternidade desde as raízes gregas e judaicas até o colapso do Império Romano Ocidental (século V a.C. ao século V d.C.). O foco principal desse capítulo é o desenvolvimento inicial das noções cristãs de eternidade, vistas simultaneamente como ruptura com o passado e expressão contínua de algumas de suas características mais salientes. O capítulo III trata do período medieval, milênio durante o qual a eternidade estava fortemente entrelaçada à própria tessitura da sociedade ocidental (500-1500). O capítulo IV cobre e analisa o início do período moderno, aproximadamente dois séculos durante os quais a síntese medieval do tempo e da eternidade foi desafiada e subvertida (1500-1700). O capítulo trata detalhadamente das mudanças provocadas por essa ruptura essencial com o passado – mudanças que marcaram a transição para a modernidade e continuam afetando nosso modo de pensar. O capítulo V nos traz do Iluminismo do século XVIII até os dias de hoje, período no qual o impacto da eternidade sobre a civilização ocidental declinou de maneira gradual ou quase desapareceu. O capítulo final analisa o impacto que o declínio da eternidade exerce sobre os que vivem no Ocidente secularizado e traz algumas reflexões sobre como lidamos com o grande problema que é o cerne de todo o pensamento sobre a eternidade e que, por conseguinte, jamais desaparecerá de vista: nossa própria mortalidade. Naturalmente, esse último capítulo é, de alguma maneira, diferente dos que o precedem e se parece mais com esta introdução: com abordagem e tendência meditativas, procura situar o assunto principal em nosso contexto histórico imediato.

Mas ainda precisamos tocar em alguns pontos básicos antes de nos aprofundarmos na história da eternidade. Em primeiro lugar, precisamos admitir que o conceito de eternidade tem limites tão complexos e desnorteantes quanto aqueles do Sacro Império Romano e que a palavra "eternidade" pode ser entendida de várias maneiras.[26] As três definições mais comuns de eternidade são:

1 › tempo sem começo nem fim, ou *sempiternidade*;
2 › estado que transcende totalmente o tempo e é dele separado;
3 › estado que inclui o tempo, mas o precede e excede.

Além disso, a *eternidade* costuma ser associada ao conceito de *infinitude*, ou confundida com ela. Normalmente, no discurso comum, a infinitude é compreendida como um espaço sem fim, e a eternidade como um tempo sem fim, mas a infinitude também pode ser aplicada ao tempo, e a eternidade, ao espaço, muitas vezes de maneira inapropriada ou descuidada. Na história ocidental, a eternidade também se tornou inseparável das concepções de Deus, a quem se costuma atribuir tanto a eternidade quanto a infinitude, junto com a presciência ou previsão de todos os acontecimentos. Ademais, na história ocidental, a eternidade também tem recebido uma dimensão humana, na medida em que toca em concepções de vida após a morte, bem como em crenças sobre Paraíso, Inferno, milênios apocalípticos, Nova Jerusalém e qualquer outra coisa que suceda a existência terrestre. Esse significado sobreposto pode ser bastante vago, e até totalmente desprovido de substância religiosa, como no romance e no filme *From here to eternity* [*A um passo da eternidade*]. Ou pode levar à especulação sobre o que deve haver entre o tempo e a eternidade, e à invenção de termos como "eviternidade", que se aplica a anjos e demônios; ou ao desenvolvimento de doutrinas como a do Purgatório, onde as almas, depois da morte, são purificadas dos pecados em uma escala de tempo extremamente diferente daquela da Terra.

Neste livro não procuro traçar uma saída desse labirinto terminológico. Longe disso. Mas certamente lido com todos esses modos conflitantes e sobrepostos de encarar a eternidade e analiso seu papel na história do Ocidente. De maneira semelhante, não busco responder aqui a questões metafísicas, epistemológicas e ontológicas, muito menos a questões da teologia dogmática ou sistemática, mas tento definitivamente dar sentido a estas perguntas: que diferença fez a eternidade na história? Que diferença ela faria hoje para nós? A quem perguntar "O tempo está contido na eternidade, ou fora dela?", ou "como os seres humanos podem ter livre-arbítrio se Deus predeterminou tudo desde antes do início dos tempos?", ou ainda "o que estava fazendo o Deus eterno antes de criar o tempo e o espaço?". Só posso responder como historiador. Ou seja, quando se trata de filosofia e teologia, o máximo que posso fazer é citar Santo Agostinho. Diante da última questão mencionada, eis o que ele disse: antes de criar o Céu e a Terra, Deus estava ocupado criando o Inferno para as pessoas que fizessem essas perguntas.[27]

Imaginar a eternidade é aventurar-se para além da experiência sensível, refletir sobre o inimaginável, contemplar o supremo. A eternidade está além da nossa compreensão, mas não além da apreensão intelectual. Não se trata de mero mistério lógico, algo contraditório ou fantástico, como um círculo quadrado. Tampouco é um "tropeço da crassa irracionalidade", como alguns materialistas gostam de dizer.[28] A eternidade é uma possibilidade lógica real, com muitas dimensões; como tal, ela é uma questão tanto epistemológica e metafísica quanto científica, ou ainda ética e política. A eternidade é um assunto extremamente ligado a religião, filosofia, psiquiatria e astrofísica, mas não limitada a esses campos. Um assunto sem limites, de interesse tanto para os fiéis ajoelhados quanto para os ateístas e agnósticos que analisam imagens dos confins distantes do Universo enviadas para nosso planeta pelo telescópio Hubble. A eternidade é ao mesmo tempo uma ideia abstrata e um conceito prático, um mistério para lógicos e cosmólogos e uma meta para os indivíduos e as sociedades; ao lidar com ela, estamos buscando sentido, propósito ou justiça suprema, mesmo que não tenhamos consciência do fato. Dada a amplitude do assunto e os riscos envolvidos – cósmicos e pessoais –, nada disso deveria nos surpreender.

Se medido em relação à eternidade, qualquer tempo parece insuportavelmente insuficiente. O que é 1 bilhão de anos senão uma fração de um número infinito, ou de algo muito maior, inumerável, ou, ainda pior, apenas uma fração com um início e um fim, algo imprensado nas duas extremidades pela não existência? Assim, qualquer história da eternidade, não importa quão longa ou curta seja, é ridiculamente breve quando medida em relação à própria eternidade. Em outras palavras, a única história definitiva da eternidade seria eterna, sem início nem fim. E seria tão inútil quanto um mapa da Terra em tamanho real. Talvez então, posto que qualquer coisa além disso é insuficiente e posto que nosso tempo na Terra é muito curto, um breve relato seja o melhor. Quando pensamos que os livros e todas as outras coisas são *como nada* e um dia cairão totalmente no esquecimento, então o "talvez" também possa desaparecer.

Nesse ínterim, enquanto eu e você esperamos por nosso inevitável fim, tudo o que temos é o tempo, e este pode ser muito precioso – mesmo que pareça *nada*. Algumas pessoas, como Sigmund Freud, diriam que o tempo é extremamente precioso por uma razão em especial. O tempo tem valor relativo não só quando medido em comparação à eternidade, mas também em comparação a si próprio. Quem nunca sentiu isso? Até Albert Einstein reconheceu esse fato, quando tentou explicar o conceito pelo qual é mais famoso. "Quando um homem se senta com uma moça bonita durante uma hora, parece que se passou um minuto", disse ele. "Mas deixe-o sentado em um forno quente por um minuto – e este será maior que uma hora. Isso é a relatividade."[29]

Então sigamos adiante e façamos o melhor que pudermos com o tique-taque do relógio. Não sei quanto aos outros, mas eu não posso esperar *para sempre* e sinto raiva, muita raiva do tique-taque e de todo o resto, que é tão patético e me lembra tanto do Grande Sono e da inexorável chegada do anjo da morte.

Eternidade concebida

IN PRINCIPIO

Em algum momento no século XII, um clérigo de Lincoln [Inglaterra] chamado Felipe partiu em peregrinação a Jerusalém, na época considerado o lugar mais sagrado na Terra, bem como a ligação mais direta e intensa com o Paraíso e a eternidade. Como muitos outros peregrinos daquela época, Felipe jamais chegou à terra sagrada, tampouco voltou para casa. Mas as razões desse fracasso são, de alguma maneira, únicas. Para sua grande surpresa, ele encontrou, em Champagne (França), um destino superior a todos os outros, em um mosteiro cisterciense relativamente novo, dirigido por Bernardo de Claraval. Ao escrever para o bispo de Lincoln explicando por que Felipe não retornaria, São Bernardo teve a segurança de dizer:

> Ele [Felipe] tomou um atalho e rapidamente chegou ao seu destino. [...] Entrou na cidade sagrada, escolheu sua herança com aqueles de quem corretamente se diz: "Já não sois estrangeiros e advintícios, mas concidadãos dos santos e membros da família de Deus" (Efésios 2:19). [...] Por conseguinte, em vez de espectador curioso,

> agora ele é habitante devoto e cidadão arrolado de Jerusalém, não dessa Jerusalém terrena à qual o monte Sinai, na Arábia, está relacionado, que depende de seus filhos, mas sim a Jerusalém livre, que está lá acima. [...] E se o senhor insiste em saber: ela nada mais é que Claraval. Ela própria é Jerusalém, unida à Jerusalém paradisíaca pela completa devoção da mente, pelo modo de vida imitativo e por afinidade espiritual.[1]

Em outras palavras, Felipe estava livre de todas as responsabilidades terrenas, e até de certos votos, porque a comunidade monástica de Bernardo garantira-lhe ingresso na eternidade. Dizendo de maneira mais simples, ele agora estava além do tempo e do espaço, nos arredores da Jerusalém Celeste. Se ainda estava fisicamente presente na Terra, há alguns quilômetros ao sul de Lincoln, ou se ainda tinha os dentes estragados, pedras nos rins ou sujeira debaixo das unhas, não fazia nenhuma diferença: por "afinidade espiritual, ele estava em outra dimensão".

A artimanha retórica de São Bernardo diz muita coisa, independentemente da maneira como a encaramos. O mero fato de ele poder empregar essa linguagem descaradamente inflada com o bispo de Lincoln, esperando ser compreendido, mostra que o conceito de eternidade – inseparavelmente ligado aos de Céu, Nova Jerusalém, Paraíso ou qualquer projeção escatológica ou apocalíptica para além do tempo histórico terreno – tinha um lugar central no modo de pensar e no estilo de vida da época. A eternidade não era uma simples abstração ou metáfora, mas sim o destino definitivo, tão real quanto as obrigações legais, o dinheiro ou a morte. A eternidade era um mistério inefável, certamente, mas não de valor menor na interação humana do que objetos materiais como coroas, pedras preciosas, contratos, algodão, bacalhau, produtos agrícolas e arados. Na verdade, dizer que ela não era tão "valiosa" ou "real" quanto qualquer outra coisa equivaleria a subestimar o conceito e render-se totalmente a anacronismos e suposições contemporâneas. Entre as elites que dominavam naquela época, a eternidade era constantemente evocada como realidade superior, mais elevada que a existência temporal. E esse conceito metafísico era não só elemento constituinte da vida social, cultural, política e econômica, mas também uma pedra de toque extremamente pesada para a rivalidade entre Igreja e Estado, ou até mesmo dentro da própria Igreja.

Mas como é que as coisas chegaram a ser assim? E por que não são mais? De que modo a eternidade surgiu no Ocidente como algo além de um simples conceito? De que modo ela se materializou como quarta dimensão e princípio organizador da vida e depois foi desaparecendo gradualmente? Que diferença isso faz para nós?

Para responder a essas perguntas, precisamos voltar ao começo – não ao começo absoluto, mas à ponta do arco que podemos traçar pelos textos escritos nas antigas culturas das quais surgiu o pensamento ocidental. Não é tudo, mas é tudo o que temos. E este capítulo se concentra de forma mais intensa nas ideias sobre religião vivida por duas razões: primeiro porque é essencial entender a arquitetura da estrutura conceitual do pensamento cristão a respeito da eternidade, e segundo porque não temos tantos indícios sobre religião vivida nesse período quanto temos dos posteriores.

Este capítulo, portanto, é diferente do anterior: sua natureza é muito mais técnica e menos informal. É inevitável. A filosofia antiga e os conceitos religiosos de eternidade estão distantes do modo de pensar do século XXI o suficiente para nos parecerem alheios, embora não necessariamente incompreensíveis – seria mais como a língua materna falada com um forte sotaque antigo. Enquanto você lê este capítulo, lembre-se de que os posteriores serão menos voltados para a introdução de termos e distinções básicas. E, à medida que formos prosseguindo das abstrações a respeito da eternidade para suas manifestações concretas na vida cotidiana, o que foi tratado neste capítulo – por mais remoto que pareça à primeira vista – será de um valor inestimável para compreendermos nossa própria época.

A ETERNIDADE NA ANTIGUIDADE: JERUSALÉM E ATENAS

Na cultura ocidental, o conceito de eternidade sempre esteve intimamente relacionado ao de Deus, ou ao seu reino, o Céu. Duas correntes se juntaram para formar uma única tradição: a filosofia grega e o monoteísmo judaico. Perguntar qual é mais importante é uma tolice, pois, de diversas maneiras, não podemos conceber a cristandade ou sua eternidade sem Atenas ou Jerusalém.

Comecemos então por Jerusalém.

O desejo de imortalidade é tão antigo quanto a civilização, talvez mais antigo ainda que a própria espécie humana. Nas culturas antigas, o reino do divino costumava ser concebido como o reino da imortalidade, que não é a mesma coisa que eternidade, pois a eternidade é mais do que apenas não ter fim: é também não ter início. A *eternidade* como tal era uma grande abstração. Os mitos antigos eram todos sobre o começo e tendiam a falar em deuses criando deuses, deuses se misturando com os humanos e humanos que adquiriram ou perderam o dom da vida imortal. Um dos textos mais antigos da Terra, *A epopeia de Gilgamesh* (c. séc. XXVII a.C.), é uma dessas histórias; ele narra a busca de um homem parcialmente divino pela imortalidade.[2] No entanto, os mitos eram apenas uma parte do quadro todo, inseparáveis dos símbolos e rituais que permeavam a vida cotidiana e pontuavam as principais transições, inclusive a morte. Como sabemos, os antigos egípcios tinham um interesse bastante apaixonado pela vida além-túmulo e faziam o máximo para garantir uma passagem segura, tanto que, de fato, eles são conhecidos hoje principalmente por conta de pirâmides, templos e múmias, as relíquias de sua crença na vida após a morte. Desse modo, mesmo que nos lembremos dos egípcios mais por causa dos seus rituais e símbolos do que por seus mitos, temos de admitir que eles são o exemplo de uma sociedade e de uma cultura profundamente afetadas pela forma como concebiam o tempo e a mortalidade.[3]

As concepções ocidentais de eternidade têm raízes profundas, que chegam a narrativas como a de Gilgamesh, às antigas pirâmides do Egito ou ainda mais além. Mas, como é do conhecimento de qualquer pessoa que já tenha arrancado uma planta pela raiz – para ampliar a metáfora –, quanto mais nos afastamos do caule principal, mais difícil se torna a contagem das raízes, e mais atordoante é sua complexidade. Na cultura ocidental, as raízes que podemos traçar mais claramente, quando se trata da eternidade, são as judaicas, principalmente as que podem ser percebidas com nitidez nas Escrituras hebraicas (o Velho Testamento da Bíblia cristã).

As antigas concepções judaicas de Deus, do tempo e da eternidade tendiam a não ser demasiado abstratas, pelo menos até o século IV a.C., mais ou menos, depois que todos os livros das Escrituras hebraicas já tinham sido escritos. Os especialistas dizem que o pensamento e a cultura judaicos foram profundamente afetados pelo chamado exílio babilônico, no século VI a.C., quando dezenas de milhares de judeus foram forçados a passar décadas no estrangeiro, entre os inimigos que pilharam e destruíram sua terra natal. Podemos dizer que uma das mudanças mais significativas é a maneira como os judeus expandiram sua concepção de Deus e eternidade depois de serem expostos aos princípios do zoroastrismo, religião dominante na Pérsia e no Império Babilônico.[4] Mas não é traçando a genealogia do monoteísmo judaico que encontramos sua essência. O que mais importa na religião dos antigos judeus, no que se refere à eternidade, é o caráter único de sua estrutura conceitual, especialmente em um mundo em que a crença em múltiplas deidades era o padrão, e no qual a *crença*, em si, era muito menos importante que o ritual. A exclusividade do Deus judaico também ia contra a natureza sincretista do mundo antigo, em que as pretensões de verdade da religião ou culto de um povo não anulavam necessariamente as dos outros, mas podiam até ser misturadas e remisturadas de maneiras vertiginosas. O Deus de Israel, Javé, era uma deidade ciumenta, que não permitia transigência ou mistura de nenhum tipo: apenas ele era supremo e verdadeiro; todas as outras deidades e seus rituais eram falsos.[5] Seu nome pessoal, יהוה (YHWH, ou Javé), que significa "Eu sou o que sou", aparece mais de 6.800 vezes nas escrituras hebraicas. Era um nome tão sagrado, e tão além da linguagem comum, que era considerado "Nome Inefável", "Nome Indizível" ou simplesmente "o Nome" (*Hashem*). Nos tempos antigos, apenas o sumo sacerdote do Templo em Jerusalém podia pronunciar seu nome, uma vez por ano, no Yom Kippur, o Dia do Perdão. Foi então que surgiu a prática de colocar em seu lugar a palavra *Adonai* ("meu Senhor"). Isso significa, obviamente, que o Javé revelado ao seu povo, os judeus, era a verdade suprema. Todos os outros eram um equívoco, e seus símbolos, rituais e pretensões de verdade eram mera ilusão.[6] Mesmo diante do zoroastrismo, uma religião com apenas duas deidades, uma boa e uma má, a unicidade ontológica de Javé reinava suprema.[7]

O Deus judaico era radicalmente "outro" de mais uma maneira singular: Javé proibia quaisquer reproduções de si. Nada que fosse divino deveria ser retratado nem incorporado em ritual. "Não farás para ti imagem esculpida de nada que se assemelhe ao que existe lá em cima, nos céus, ou embaixo, na Terra, ou nas águas que estão debaixo da terra."[8] O fato de os judeus não terem nenhum símbolo religioso, principalmente nenhuma imagem de sua deidade, a tornava ainda mais misteriosa e mais afastada deste mundo. E essa abstração – um Deus além de toda a representação – tornava logicamente necessário conceber todas as coisas divinas como radicalmente "outras", inclusive a relação da divindade com o tempo terreno. Numa época em que a religião consistia totalmente em símbolos e rituais, bem como em múltiplas deidades, os judeus se destacavam como únicos – ou pelo menos era o que se supunha. Todos sabemos que as Escrituras hebraicas são cheias de relatos de como o povo escolhido por Javé o desapontava repetidas vezes ao ansiar por imagens para adoração.

Naturalmente, as concepções judaicas de Javé nunca eram estáticas ou gravadas em pedra (mesmo que seus mandamentos o fossem) e podemos perceber isso com clareza nas Escrituras hebraicas, em que várias tradições sobrepõem-se umas às outras, e o Deus que revela a si mesmo é inseparável de um povo que nasce, se desenvolve e muda com o passar do tempo.[9] Porém, uma característica constante do monoteísmo judaico é que não é fundamentalmente alterado com a passagem do tempo, mesmo quando levamos em conta as primeiras crenças judaicas, que simplesmente colocavam Javé *acima* dos outros deuses, é a crença na unicidade superior e exclusiva de Javé e no seu monopólio da Verdade, com V maiúsculo. Como diz o salmista: "Porque Javé é bom: o seu amor é para sempre, e sua verdade se sustenta de geração em geração".[10] Essa junção de verdade, revelação e eternidade não foi elaborada nas Escrituras hebraicas, mas simplesmente reafirmada muitas vezes, de maneira não filosófica. Contudo, isso não significa que as concepções judaicas de eternidade e divino não fossem sofisticadas. Está bem claro que Javé, a única deidade dos antigos hebreus, gradualmente adquiriu características pessoais e transcendentes que o colocaram – *ele* (e não *isso*) – acima do espaço e do tempo. O Deus hebreu não existia apenas *in principio*, ocasionando a existência de tudo, mas também além da compreensão e do tempo. Como o salmista afirma: "Antes que os montes tivessem nascido e fossem gerados a Terra e o mundo, desde sempre e para sempre tu és Deus. […] Pois mil anos são, aos teus olhos, como o dia de ontem que passou, uma vigília dentro da noite!".[11]

E, se Deus era eterno, talvez Seu pacto com as pessoas escolhidas também pudesse compartilhar dessa dimensão do ser. Por mais que os pesquisadores discordem sobre como a crença na ressurreição dos mortos surgiu no judaísmo rabínico, e até que ponto essa crença era normativa, não há como negar que ela era parte integrante da cultura do período do Segundo Templo (536 a.C.-70 d.C.), além de ter sido sustentada de modo mais absoluto pelos fariseus, dos quais foi passada para a cristandade. Recentemente, algumas pessoas argumentaram que a crença na ressurreição dos mortos e na imortalidade dos ressurgidos não foi uma invenção repentina dos rabinos do Segundo Templo, mas sim um ensinamento que se desenvolveu de maneira lenta e desigual, e que acabou se associando de modo inseparável à crença na verdade suprema das promessas de Deus entre aqueles que a aceitavam. Afinal, segundo uma linha de raciocínio, se Deus é infinitamente bom e não é mentiroso, então suas promessas ao povo serão cumpridas não neste mundo, em que morte, doenças, injustiça e catástrofes nacionais como a destruição de Jerusalém pelos inimigos parecem constantemente negá-las. Em outras palavras, a ressurreição tornou-se uma necessidade ética e teológica entre alguns rabinos, incluindo, é claro, Jesus e São Paulo.[12]

Desse modo, ainda que os antigos pensadores judeus não fossem dados a abstrações ou a pensar filosoficamente, e ainda que a religião judaica fosse muito centrada em rituais e proibições que reificavam a singularidade do povo judeu e de sua ligação com o único Deus verdadeiro, o próprio conceito que subjaz a essa religião era, de fato, uma abstração momentânea com profundas implicações universais: a ideia mesma de que existia uma única "realidade" monolítica, controlada pela única deidade que lhe dera existência. Além disso, o próprio nome de Deus, "Eu sou o que sou", era uma tautologia com implicações filosóficas profundas que acabariam sendo reveladas por judeus e não judeus da mesma maneira. Acrescentemos a isso a presunção de que esse solitário criador e governante de todas as coisas selou um pacto exclusivo com apenas um povo na Terra, garantindo a ele o acesso direto à Verdade, e a abstração não fica menos abstrata, mas certamente torna-se mais aberta à aceitação universal. Para tornar-se universal, a eternidade de Javé precisava ficar ainda mais abstrata e separada de uma comunidade específica. É aí que entram os gregos.

Sendo assim, sigamos para Atenas.

Para os filósofos pagãos da Antiguidade, principalmente na Grécia antiga, a partir do século VII a.C., a eternidade dizia respeito a questões de tempo, perfeição e surgimento do mundo físico, e não a questões relacionadas a um Deus ciumento, de nome indizível, que se revelava a apenas um povo. Contraditoriamente, embora os filósofos gregos pertencessem a uma cultura em que o politeísmo e o sincretismo religioso fossem a regra, e na qual todas as concepções de realidade recebiam sua expressão máxima por meio de mitos, símbolos e rituais, e não pelas Escrituras sagradas ou pelo discurso lógico, os filósofos gregos foram capazes de chegar a concepções de uma única "realidade" monolítica de maneiras correspondentes às concepções judaicas, porém sem a presença esmagadora do ciumento Javé. Não é de estranhar, e também não é nada acidental, que os conceitos dessas duas culturas radicalmente diferentes um dia se mesclassem, dando origem a uma eternidade cristã – e ocidental –, apesar da resistência de alguns cristãos que prefeririam a inexistência dessa mistura, como Tertuliano, norte-africano do século III, que retrucou: "O que Atenas tem a ver com Jerusalém?".[13] A própria ideia de que uma realidade possa existir e ser apreendida não só associa essas duas tradições como também é o próprio fundamento de todas as concepções ocidentais tradicionais de tempo e eternidade.

A filosofia clássica tratou o assunto da eternidade a partir de diversos pontos de vista, propondo questões inter-relacionadas. Interessados em dissecar a tessitura do mundo, e até mesmo as estruturas de seu próprio pensamento, os filósofos gregos antigos fizeram uma distinção entre o tipo de pensamento que poderíamos ter sobre o mundo físico – que incluía a matemática, a geometria, a astronomia, a botânica etc. – e o tipo de pensamento superior, mais abstrato, com o qual se poderia dar sentido à ordem natural: o pensamento que analisava a própria tessitura dessa ordem, perscrutando a natureza da própria realidade. Posteriormente, esse tipo de pensamento seria chamado de *metafísica*, ou seja, o pensamento sobre o que está além (em grego, *meta*) da ordem física e dava a ela sua estrutura e existência.

Ao fazer perguntas sobre a tessitura da realidade, fora do contexto da mitologia pagã, os filósofos gregos não tinham como evitar tratar de algo tão básico quanto o tempo. O que era o tempo? Por que tudo tinha de acontecer em sequência? Por que o movimento, o fluxo e a impermanência formavam a própria estrutura do nosso mundo físico? Por que "não se pode entrar duas vezes no mesmo rio", como afirmou Heráclito no século v a.C.? Haveria uma existência não determinada pelo fluxo? Se esse mundo consiste basicamente na existência, como começou todo o ciclo? Haveria algum tipo de existência sem começo e sem fim? Sem diminuição ou falta de qualquer tipo? Um estado do *ser* em vez do *vir a ser*? E assim por diante, perguntas gerando perguntas, respostas suscitando mais perguntas.

Quando se trata da metafísica, portanto, os pensadores gregos concentravam-se nos conceitos de permanência, infinitude e perfeição em face da impermanência, do tempo sequencial e da mutabilidade. Além disso, havia as questões sobre a própria natureza da existência, ou ser. Por que existe algo em vez de nada? O que significa "ser", principalmente à luz do fato de que tudo está em fluxo? Existe alguma coisa que simplesmente "é", sem começo ou fim, sem mudança ou sem desgaste? Com grande sutileza, os filósofos gregos começaram, então, a se concentrar na diferença entre ser "necessário" e "contingente", isto é, entre o que sempre "é" e o que não é. Por fim, o pensamento sobre essas questões seria chamado de *ontologia*, isto é, o estudo do ser (em grego, *ontos*, "ser"). Tal pensamento abstrato e tal análise cuidadosa das questões e categorias do pensamento permitiram que o conceito de eternidade surgisse na filosofia grega, apesar da ausência de um Deus criador e solitário, de quem dependia toda a existência. Entender como os pensadores gregos desenvolveram diversas "logias" (em grego, *logia*, "conhecimento", "ciência de") que aprimoravam ainda mais o pensamento, examinando a realidade a partir de múltiplos pontos de vista, é fundamental não só para entender como a filosofia clássica funcionava, mas também para apreender a estrutura de conceitos abstratos como eternidade, pois ela não está de modo algum dentro do reino do espaço, da forma e do número, como um triângulo em um teorema geométrico, mas, por definição, está totalmente além disso. Seu "estar além", ou transcendência, é, então, sua verdadeira realidade. Por conseguinte, a eternidade depende totalmente do pensamento, e mais precisamente das maneiras como ela é pensada.

É por isso que podemos dizer: sem ontologia, sem eternidade. Pelo menos não a eternidade como concebida no Ocidente. E o mesmo pode ser dito para outras "logias" gregas, como a *epistemologia* (pensamento sobre o processo do pensar; ou seja, como conhecemos o que é verdadeiro?) e a *teleologia* (pensamento e determinação do fim ou propósito de tudo). No que refere à epistemologia, foi preciso levantar questões autorreflexivas sobre os modos como a mente humana – por mais que seja limitada pela percepção sensorial e pela finitude – podia lidar com o pensamento sobre o que é ilimitado. E também foi preciso levantar questões teleológicas, pois, ao pensarmos sobre a ordem das coisas e seu propósito final ou realização, devemos necessariamente examinar, antes de qualquer coisa, por que elas existem dessa ou daquela maneira e como o "dessa ou daquela" se relaciona com o tempo e o fluxo.

No nível mais básico, as questões metafísicas e ontológicas sobre a eternidade, para os filósofos gregos, continuam intimamente ligadas à linguagem metafísica ou mitológica, e não à teologia – apesar de estarem muito próximas da religião. Questões sobre a origem do Cosmo e sua relação com o tempo naturalmente englobavam a questão de qual ser, ente ou dimensão deveria existir necessariamente, acima e além do tempo. Talvez o próprio Cosmo fosse eterno, sem início nem fim. Além do mais, essas questões eram sempre feitas em relação à existência humana, pois a filosofia grega raramente perdia de vista esse ponto de referência. Por isso a epistemologia era tão crucial quanto a teleologia, pois as perguntas sobre como discernimos a verdade estão ligadas a perguntas sobre as capacidades da mente; por isso a teleologia era tão essencial quanto a ontologia, pois as questões sobre o próprio fim da existência humana sempre apareciam em todas as especulações sobre a eternidade. E por isso, ainda, a ética, outro ramo da filosofia, também entrou no quadro.

A investigação filosófica da natureza da existência jamais poderia ser separada das questões sobre o destino supremo dos seres humanos. Ao examinar qual poderia ser o propósito e a natureza da vida humana, a morte surge indistintamente em cada ponto de interrogação. O próprio fim da humanidade seria limitado à existência física? Nós, humanos, seríamos capazes de transcender a morte, capazes da imortalidade? Se sim, então como a vida física na Terra se relaciona com o que quer que venha depois dela? Ou com o que quer que a tenha precedido? Em geral, perguntas como essas levavam a questões sobre comportamento, moralidade, justiça, recompensa e punições. Consequentemente, a ética também entrava no jogo quando a eternidade era ponderada.

Os filósofos gregos que exerceram a maior influência nas noções ocidentais de eternidade foram Platão (*c.* 428-347 a.C.) e Aristóteles (*c.* 384-322 a.C.), e, dos dois, Platão foi o mais importante. É claro, seria absurdo vangloriar demais qualquer um deles. Nenhum filósofo pensa em um vácuo: além de influenciarem uns aos outros por meio de uma discussão constante, eles também refletem sobre ideias e atitudes que fazem parte de seu ambiente cultural, social e político. O que fez Platão e Aristóteles se destacarem foi o fato de estabelecerem paradigmas para o pensamento e o comportamento que acabaram tendo forte influência no curso da história ocidental, não só em meio à elite intelectual, mas também na sociedade em geral. Isso pode ser explicado principalmente por eles terem exercido, no desenvolvimento da cristandade, influência mais profunda que a de seus colegas e rivais.

Isso, no entanto, não deveria ser uma surpresa. Nos tempos antigos, a linha entre o que podíamos chamar de religião e a filosofia era muito indistinta. Os filósofos fundavam escolas e reuniam discípulos, estabelecendo tradições que eram ampliadas e passadas para as gerações seguintes. Do ponto de vista moderno, algumas dessas escolas filosóficas poderiam parecer bastante similares a cultos religiosos, pois muitas pessoas devotavam-se de corpo e alma à vivência de seus preceitos. Os seguidores de Epicuro (341-270 a.C.), por exemplo, referiam-se a ele como *soter*, ou "salvador", convencidos de que seus ensinamentos os resgatavam da ignorância e do engano. Os termos e conceitos desenvolvidos em algumas dessas escolas filosóficas ajudaram a formar a religião cristã quando ela surgiu, no século I. O Evangelho Segundo São João, por exemplo, baseia-se amplamente na escola estoica e no seu conceito de *logos*, ou seja, a "razão" ou "Verbo" que permeia o Universo, dando-lhe ordem. As palavras de abertura desse evangelho identificam a pessoa de Jesus Cristo como "*logos*", ou "Verbo": "No princípio era o Verbo, e o Verbo estava com Deus e o Verbo era Deus. [...] Tudo foi feito por meio dele e sem ele nada foi feito. [...] E o *logos* se fez carne, e habitou entre nós".[14]

Isso, no entanto, não quer dizer que judeus e cristãos compraram a filosofia grega por atacado, ou embrulhada em pacotinhos idênticos. Eles só tomaram algumas partes dos gregos. Assim, enquanto o *logos* estoico foi transformado em Jesus Cristo, outros aspectos do pensamento estoico foram descartados. Um dos ensinamentos estoicos mais significativos, rejeitado pelos cristãos, foi o de história cíclica, ou "eterno retorno".

De acordo com o pensamento estoico, o Cosmo passava por ciclos constantes de conflagração (*ekpyrosis*) respaldada por Zeus e de radiação de novos mundos a partir dela. Como afirmou o estoico Crisipo de Solis (*c.* 280-*c.* 207 a.C.): "Sócrates e Platão existirão novamente, e cada homem com seus amigos e concidadãos; eles sofrerão o mesmo e farão o mesmo. Cada cidade, cada vilarejo e cada campo crescerão novamente. E essa restauração não acontecerá só uma vez, porque o mesmo retornará sem limite, sem fim".[15] Santo Agostinho ridicularizou essa ideia como completamente absurda em *Cidade de Deus*.[16] No século XIX, Friedrich Nietzsche tentou ressuscitá-la. Mas o mais importante não é a ideia do eterno retorno, e sim o fato de judeus e cristãos aceitarem apenas determinados aspectos da filosofia grega, e foi só o que eles escolheram aceitar – e o modo como aceitaram – que acabou fazendo a diferença na cultura ocidental. E assim Platão e Aristóteles seriam os dois filósofos privilegiados em relação a todos os outros.

Falemos primeiro de Platão.

Platão, discípulo de Sócrates (*c.* 469-399 a.C.), devia muito a seu mestre, bem como aos pensadores gregos mais antigos, os quais chegaram à conclusão de que deveria haver um princípio subjacente e fundamental que governasse toda a existência. Entre esses primeiros pensadores, Platão tinha uma dívida especial para com Xenófanes (*c.* 560-478 a.C.), que propusera que uma única unidade eterna permeava o Universo e o governava pelo pensamento, e com Parmênides (*c.* 511-? a.C.), que argumentara que tudo que existia fora dessa unidade eterna – tudo que era mutável e múltiplo – era menos que "real".

Platão concebia a existência em termos hierárquicos, sendo a eternidade um reino "mais elevado" ou "superior", fora do tempo, no qual estavam contidas as formas ou ideias eternas que eram a fonte do universo físico, o mundo da multiplicidade e da mutabilidade. Em seus diálogos *Timeu, A República* e *Fédon*, Platão contrastou essas formas superiores e eternas a suas pálidas reflexões inferiores no mundo material. O próprio tempo era parte da criação, inseparável do mundo de movimento, mutação e devir. Em *Timeu*, Platão concebeu o tempo como "a imagem movente da eternidade", e a eternidade como duração atemporal, ou sempiternidade. Em *A República*, especialmente, ele estabeleceu os fundamentos para uma metafísica dualística, na qual tudo o que existe no mundo do tempo e do movimento era considerado inferior.

Nas quatro ou cinco páginas que talvez sejam as mais famosas de seus escritos, Platão usou a alegoria para ilustrar esse dualismo, dizendo que o mundo que habitamos pode ser comparado a uma caverna escura e profunda, onde todos estamos acorrentados de costas para um muro, incapazes de perceber o que realmente acontece para além da entrada da caverna. Uma vez que estamos acorrentados desde que nascemos, confundimos os sons e as sombras que percebemos vagamente dentro da caverna com a realidade, totalmente ignorantes do mundo lá fora, onde o sol brilha e as pessoas caminham livres. Qualquer pessoa que escapasse e visse o que há fora da caverna reconheceria imediatamente que aquela realidade era bem diferente, e que o mundo deixado para trás não era apenas verdadeiramente inferior, mas também uma ilusão estarrecedora (uma alegoria reinterpretada, na era digital, pelos irmãos Lana e Andy Wachowski na trilogia *Matrix*). Para Platão, os filósofos eram os fugitivos, aqueles que sabiam da existência de um reino superior *inteligível* para além da percepção sensorial, o reino eterno da existência *real*, do *ser* em vez do *devir*. "O reino visível se assemelha à morada na prisão", diz ele. O propósito da vida, nosso *télos* ou finalidade, está além do que podemos ver ou tocar. Por conseguinte, a vida deveria ser dedicada a uma "jornada ascendente e ao estudo das coisas superiores", e não ao reino do visível.[17]

É claro que, se nosso *télos*, ou finalidade, está além deste mundo, tem de haver alguma parte de nós, que não seja nosso corpo, capaz de atingir esse propósito. O dualismo de Platão aplicava-se não só aos reinos do visível e do invisível, mas também ao ser humano, que era composto de corpo e alma. Segundo ele, o *verdadeiro* eu era a alma (*psyché*), imortal e indestrutível, que de alguma maneira havia caído do campo do inteligível para um nível inferior de existência. Platão não se importou em explicar como a alma imortal foi aprisionada em um corpo mutável, a não ser por alusões aos mitos. Sua principal preocupação não era explicar como a alma chegara aqui, mas sim como ela poderia voltar à sua verdadeira morada, o reino eterno e inteligível. O processo de retorno era difícil, admitia Platão, mas não impossível. Afinal, a alma precisava de um impulso "ascendente", um distanciamento da existência visível e temporal. "Não posso conceber que haja outro conhecimento capaz de elevar a alma exceto aquele que se ocupa com o *ser* e com o invisível",[18] diz ele.

No *Fédon*, Platão explicou com mais detalhes essa concepção dos seres humanos como eternos em origem e destino, e da alma como identidade suprema, enfatizando a inferioridade do corpo e seu papel de prisão temporal para a alma eterna. Segundo ele, "a alma pensa melhor não quando nenhum dos sentidos a perturba, mas quando é o máximo em si mesma, dispensando-se do corpo e evitando tanto quanto possível qualquer contato ou ligação com ele na sua busca da realidade".[19] Ao fazer da eternidade o objetivo da existência humana e atribuir a ela uma grande vantagem ontológica em relação à temporalidade, em detrimento do corpo e do mundo físico, Platão deixou como herança para o Ocidente um pacote conceitual que, além de ser adotado de maneira ambivalente, se tornaria componente essencial de sua identidade complexa e um tanto autocontraditória. Entre outras coisas, ao reduzir o corpo a um incômodo e a um obstáculo ao verdadeiro destino eterno da alma humana, todo prazer físico tornava-se suspeito. A descrição platônica do que espera uma alma purificada pode parecer bastante familiar para quem já ouviu falar do Paraíso cristão tradicional, principalmente porque esse Paraíso resulta dela. Uma alma pura, dizia Platão, "dirige-se para o invisível, para o que a ela se assemelha, o divino, imortal e sábio, e ao chegar lá é feliz, liberta-se da confusão, da ignorância, do medo, dos desejos violentos e outros males humanos".[20] Platão, portanto, elevava a humanidade a um destino suprassensorial bastante sublime, mas a certo custo: denegria todas as coisas visíveis e temporais. Isso, por sinal, explica não só a origem da expressão "relação platônica", mas também por que os bons platonistas sempre evitaram camisetas berrantes, calçados modernos e tatuagens.

Alguns séculos depois de sua morte, Platão teve sua metafísica aprimorada em uma linha monoteísta por alguns de seus seguidores, geralmente chamados de platonistas.[21] Entre eles, nenhum foi mais importante que Fílon (*c.* 15 a.C.-50 d.C.), judeu contemporâneo de Jesus, e Plotino (*c.* 185-254), um pagão, ambos de Alexandria (Egito), supostamente a cidade mais cosmopolita do mundo antigo, um ponto de fusão fervilhando com a atividade religiosa e filosófica. Sua contribuição mais significante foi conceber a fonte da criação e do tempo como um único ser totalmente acima e além do tempo, ou seja, atemporal em vez de sempiterna. O judeu Fílon naturalmente atribuía essa atemporalidade a Javé, o Deus da Torá, que era Uno e sem distinções, e um pouco menos ciumento e colérico que nos tempos passados. Plotino concebia uma Trindade divina mais complexa: o Uno (ser eterno transcendente), o Nous (mente) e a Psique (alma). As duas concepções mostraram-se extremamente influentes para os pensadores cristãos. Com efeito, se não fosse pela influência dos platonistas cristãos, que adotaram essas suposições e as passaram adiante, como Orígenes (185-254), Clemente de Alexandria (150-215), Gregório de Nissa (335-394) e Agostinho de Hipona (353-430), não teríamos de lidar com Platão.[22]

A cristandade e a cultura ocidental também devem muito a Aristóteles, um dos pupilos e colegas de Platão. A contribuição de Aristóteles foi menos mitopoética que a de Platão e de uma perspectiva menos dualística, além de seu impacto ter sido menos direto ou generalizado. Em outras palavras, a eternidade de Aristóteles era mais um conceito que um destino, e, por conseguinte, algo que tentaríamos decifrar, em vez de ansiar por ela. Aristóteles exerceria uma influência enorme sobre a teologia e filosofia cristãs, mas seu impacto na formação do conceito de eternidade seria maior nos círculos eruditos. Ao contrastar a existência necessária com a contingente em termos puramente lógicos, concebeu a eternidade como uma necessidade ontológica absoluta: se algo realmente existe, tem de ser derivado de algo cuja existência é eterna. Em outras palavras, para que algo exista, tem de haver uma fonte do ser que exista necessariamente em todos os tempos. Na sua visão, o próprio Universo era sempiterno; sucessivo, mas sem começo e sem fim.

Diferentemente de Platão, Aristóteles estava perfeitamente satisfeito em aceitar o mundo visível como *real* em seus próprios termos, e a eternidade como um reino que não existe além e fora do campo físico. Seus argumentos para provar a necessidade da eternidade baseavam-se todos, de uma forma ou de outra, em três premissas:

1 › Concernente à matéria: que *algo* não pode surgir do *nada*. (E, portanto, o que quer que exista deve ser derivado de um substrato eternamente existente.)
2 › Concernente ao movimento: que as regressões infinitas são ilógicas e impossíveis. (E, portanto, tudo que se move obtém seu movimento de uma única causa eterna, e não de uma rede infinita de causas.)

3 › Concernente ao tempo: que as autocontradições são ilógicas e impossíveis. (E, portanto, não pode haver nada *antes* do tempo.)

Embora Aristóteles não fosse monoteísta, judeus e cristãos encontrariam uma ligação natural entre a pessoa do Deus hebreu Javé – "Eu sou o que sou" – e a causa aristotélica eterna e necessária de todo ser. Mas seria preciso um tempo muito longo para que essa associação fosse feita. E esses argumentos rarefeitos, embora formidáveis por si próprios, tinham pouco peso ético (diferentemente das ideias de Platão sobre o corpo e suas necessidades, por exemplo), e por isso não determinavam nossa perspectiva sobre a existência material ou nosso comportamento. Justamente por essa razão, a eternidade de Aristóteles acabou sendo a dos filósofos e teólogos – um excelente conjunto de ferramentas conceituais para a elite, e não tijolos e argamassa para a construção da sociedade cristã. E por essa mesma razão, os bons aristotélicos sempre tenderam a se importar menos com a poesia do que com testes de verdadeiro ou falso, ou de múltipla escolha, na metafísica. Falando como alguém que foi submetido a dezenas de testes desse tipo na escola, posso atestar essa seriedade.

Mas estamos nos adiantando demais. Antes de começarmos a entender Atenas e Jerusalém como cidades irmãs, precisamos saber como a distância e as diferenças entre elas eram resolvidas.

OS PRIMÓRDIOS DA CRISTANDADE: MÁRTIRES E FILÓSOFOS

Combinar Javé, Deus particular dos hebreus, com os princípios máximos dos filósofos gregos pode não ter sido tão difícil para alguns pensadores cristãos, mas essa assimilação não foi nada metódica. Desde os primeiros dias da religião cristã, a questão da eternidade estava inextricavelmente ligada às da salvação e da vida após a morte, pois a promessa de glória eterna para os humanos era a pretensão cristã mais fundamental. Essa conjunção paradoxal do eterno com o temporal – essa elevação da criatura mutável e contingente do tempo à eternidade – era a verdadeira essência da mensagem cristã, porém expressa de maneira incipiente.

Colocando lenha na fogueira, por assim dizer, e deixando a fumaça mais densa, a mensagem dos primeiros cristãos buscava transmitir, de uma só vez, a realização das profecias judaicas e uma profunda ruptura na história judaica. De alguma maneira, e por alguma razão misteriosa, os judeus rejeitaram seu Messias prometido, ou salvador, que viera resgatar do pecado e da morte não só o povo escolhido, mas todos os seres humanos. Essa era a essência da mensagem cristã: todos os primeiros textos cristãos devem muito ao messianismo judaico, mas ao mesmo tempo proclamam que os judeus, como povo, perderam seu Messias, e que sua religião havia sido ofuscada. Na tessitura da mensagem cristã, encontramos um forte entrelaçamento de noções judaicas e não judaicas sobre tempo e eternidade. Mas nem a tradição oral nem os textos sagrados valorizados pelos cristãos ultrapassaram as proposições elementares e não analisadas. Além disso, abundavam imagens sobrepostas e aparentemente contraditórias da vida após a morte. Em dúzias e dúzias de textos evangélicos, Jesus fala de um "reino" por vir, de um "reino dos céus" ou de um "reino de Deus". Quarenta outros textos do Novo Testamento prometem a "ressurreição", ou crença na reconstituição dos corpos. Muitas outras passagens prometem a "vida eterna", ou falam da "punição eterna". Em um texto fundamental, Jesus crucificado promete aos ladrões próximos a ele a entrada imediata em um reino melhor, sem nenhuma menção explícita à eternidade: "Em verdade, eu te digo, hoje estarás comigo no Paraíso".[23] Outra passagem fundamental do Novo Testamento é ao mesmo tempo vaga e explícita a respeito da vida por vir: "Sabemos, com efeito, que, se a nossa morada terrestre, esta tenda, for destruída, teremos no Céu um edifício, obra de Deus, morada eterna, não feita por mãos humanas".[24] Muitos outros textos estão repletos de expectativas apocalípticas, sugerindo o iminente fim do mundo inteiro e um Juízo Final de toda a raça humana; outras, no entanto, aludem aos juízos pessoais e individuais no momento da morte, como a parábola do mendigo Lázaro e do homem rico que não o alimentaria.[25]

Contudo, independentemente do quanto possam ter sido fragmentários ou imprecisos seus ensinamentos sobre a vida após a morte, o Novo Testamento como um todo transmitia uma mensagem bem clara e contundente: o tempo terreno era uma fase inferior, imperfeita e passageira da história humana, uma fase prestes a acabar. A promessa do reino de

Deus envolvia uma mudança cósmica do tempo para a eternidade, ou seja, implicava nada menos que a total aniquilação da ordem atual.

> Vi então um Céu novo e uma nova Terra – pois o primeiro Céu e a primeira Terra se foram. [...] Vi também descer do Céu, de junto de Deus, a Cidade santa, uma Jerusalém nova. [...] Nisto ouvi uma voz forte que, do trono, dizia: "Eis a tenda de Deus com os homens. Ele habitará com eles; eles serão o seu povo, e ele, Deus-com-eles, será o seu Deus [...] pois nunca mais haverá morte, nem luto, nem clamor, e nem dor haverá mais. Sim! As coisas antigas se foram!".[26]

O significado dessa concepção era incomensurável, pois é difícil encontrar qualquer ensinamento, símbolo ou ritual cristão que não seja de alguma maneira dependente dessa suposição de que o fim dos tempos é sempre potencialmente iminente. Sendo assim, embora a própria mensagem fosse coberta de mistério, seu significado era bastante claro: a redenção oferecida por Cristo será totalmente cumprida pela irrupção de uma nova e eterna ordem cósmica: "Um novo Céu e uma nova Terra". Até que essa mudança ocorra – ou seja, até que os seres humanos vivam em corpos eternos e ressurgidos em um novo Cosmo –, a redenção estará incompleta. Na epístola de Paulo aos romanos, um dos textos cristãos mais antigos, a redenção de cada indivíduo e do Cosmo como um todo está inseparavelmente enredada em uma expectativa comum, e na crença em uma ressurreição corpórea e em uma vida eterna encarnada:

Pois sabemos que a criação inteira geme e sofre as dores de parto até o presente. E não somente ela. Mas também nós, que temos as primícias do Espírito, gememos interiormente, suspirando pela redenção do nosso corpo.[27]

Esses textos, embora bastante significativos, são apenas uma parte da história. Os antigos cristãos encontravam o sagrado mais nos rituais do que na leitura das Escrituras sagradas. Na verdade, os rituais permeavam os próprios textos sagrados, como mostram as epístolas de Paulo, repletas de orações e exclamações de adoração comum. E era lá, na adoração coletiva, que os cristãos encontravam, repetidas vezes, os conceitos básicos densamente reunidos, incluindo as concepções de eternidade. A oração mais significante é também uma das mais antigas, e pode ter sua origem remontada ao século I: a simples *doxologia* (glorificação), que atribui a glória eterna a Deus "para todo o sempre" (literalmente: "pelos séculos dos séculos"; *toùs aiônas tôn aiónon* em grego, *in sæcula sæculorum* em latim).[28]

Durante todo o século I e em boa parte do século II, os primeiros cristãos tiveram de selecionar seus muito ricos e algo dissonantes ensinamentos sobre a salvação (o ramo da teologia conhecido como *soteriologia*), todos, de um jeito ou de outro, diretamente relacionados aos ensinamentos sobre o fim da vida e a transição do tempo para a eternidade (o ramo da teologia conhecido como *escatologia*). Tratava-se de uma mensagem mista: a salvação era oferecida aqui e agora por Jesus, mas não completamente. Não ainda. Hoje quase todos os especialistas concordam que a primeira geração de cristãos esperava que o retorno de Jesus e o Juízo Final acontecessem antes que sua geração acabasse (evento a que se refere o Novo Testamento como *parousia*), e, quando isso não aconteceu, as pessoas tiveram de se adaptar àquela dura realidade e à incerteza que veio com ela.[29] A concentração no fim dos tempos e na transformação da Terra pouco a pouco abriu caminho para a concentração na morte de cada indivíduo, ou seja, na maneira como o tempo acabaria para cada cristão, um a um. Essa transformação gradual dependia da percepção incipiente da pessoa e do trabalho do salvador, Jesus Cristo, como além do tempo, e da relação do cristão individual com Cristo como uma participação na eternidade. Por intermédio de cada cristão, a própria história era transcendida, ainda que continuasse seguindo adiante, manchada do sangue dos mártires. Partindo do fato de que a perseguição era uma realidade sempre presente, o martírio adquiriu um lugar proeminente entre os cristãos, e cada ato de autossacrifício passou a ser visto como porta de entrada imediata para a vida eterna, não só para o indivíduo que morreu, mas para a comunidade inteira. Nesse caso, é extremamente difícil desenredar a interdependência de crenças, circunstâncias e comportamento: assim como a perseguição tornava o martírio inevitável, a crença na vida eterna por meio do autossacrifício tornava a perseguição inevitável, e até mesmo necessária, gerando assim uma dinâmica circular e autossuficiente. Um dos documentos cristãos mais antigos, *O martírio de Policarpo* (meados do século II), relata de que modo a morte podia ser vista como nascimento, e os restos carbonizados dos mártires, como manifestações da vida eterna:

> Então tomamos os seus ossos, mais valiosos que pedras preciosas, mais valiosos que ouro, e os depositamos em um local apropriado. Lá o Senhor permitirá que [...] nos reunamos em alegria e júbilo para celebrar o dia de seu martírio como um nascimento.[30]

Outros documentos antigos também dão uma pista bem clara do modo como os cristãos abraçavam o martírio como entrada imediata para a eternidade, e das suposições que tornaram possível essa adoção. Tomemos como exemplo estas linhas de uma carta escrita por Inácio de Antioquia na véspera de seu martírio, em algum momento entre 98 e 117 d.C., enquanto ele esperava sua entrada no "ágape imortal" prometido por Jesus:

> Serei um cristão convincente somente quando o mundo não mais me vir. Nada do que tu vês tem valor real. Nosso Senhor Jesus Cristo, em verdade, revelou-se mais claramente ao retornar ao Pai. [...] Deixe-me ser alimento de feras selvagens – assim posso chegar a Deus. [...] Eu preferiria que tu bajulasses as feras para que me servissem de túmulo e não restasse um resíduo sequer do meu corpo. [...] Então serei um discípulo real de Jesus Cristo quando o mundo não mais vir meu corpo. [...] Que emoção ser-me-á causada pelas bestas que estão prontas para mim! Tenho a esperança de que me destruam rapidamente. Persuadi-las-ei a devorar-me de uma vez, sem demora. [...] Não te ponhas no caminho da minha ida à vida. [...] Não devolvas ao mundo quem quer ser de Deus. [...] Já não quero mais viver em um plano humano.[31]

Uma passagem pesada. Não é exatamente o tipo de leitura apropriada para crianças de uma escola dominical nos dias de hoje, quando selos de advertência são afixados nos vídeos da *Vila Sésamo*, aconselhando quaisquer bons pais a proteger suas crianças dos horrores do mau temperamento de Gugu, o Rabugento, e da predileção do Come-Come por se empanturrar de alimentos engordativos e nada saudáveis.[32] No entanto, essa ética sangrenta do martírio era a última moda entre os primeiros cristãos exatamente porque a sensibilidade deles estava harmonizada com a morte, o sofrimento e uma violência inimaginável como entrada para a glória eterna, conforme exemplificado por Jesus, o salvador crucificado. A eternidade não era um simples conceito para eles, tampouco um reino distante. Era um destino imediato, um passo doloroso. A diferença entre os cristãos e Platão e Aristóteles, e suas especulações abstratas sobre o tempo e a eternidade, não poderia ter sido maior ou mais necessária, dada a inelutável realidade da perseguição. Ademais, com o apelo da cristandade, que cresceu a trancos e barrancos nos séculos II e III, somos levados a concluir que o martírio e a eternidade estavam inseparavelmente ligados. O adágio cunhado por Tertuliano no século III, "o sangue dos mártires é a semente da Igreja", poderia facilmente ter sido redigido de dois modos alternativos: "A crença na eternidade é a semente da perseguição" ou "a perseguição é a semente da crença na eternidade".[33]

É precisamente na dolorosa realidade da perseguição que temos os mais sólidos sinais de uma religião vivida permeada pela eternidade, não só como uma esperança ou crença, mas como realidade tangível. Desde o princípio, como atestado pelo supracitado *O martírio de Policarpo*, os cristãos começaram a venerar relíquias e a manter contato íntimo com seus mortos. Como ponto de contato com a eternidade, as relíquias cumpriam muitas funções de uma só vez, mas sobretudo reificavam a ligação entre Terra e Céu, tempo e eternidade. A inscrição sepulcral de São Martinho de Tours (século V) declarava esse elo de maneira incisiva: "Aqui jaz Martinho, o bispo, de memória sacra, cuja alma está nas mãos de Deus; mas ele está aqui em plenitude, presente, confirmado por milagres de todos os tipos".[34] Como no caso de Policarpo, o mártir era, ao mesmo tempo, membro da comunidade cristã na Terra e membro da comunidade celeste eterna: as próprias relíquias eram "mais valiosas que pedras preciosas, mais valiosas que ouro". Na época de Policarpo, sob perseguição, essa comparação com pedras e metais preciosos era metafórica. Mas assim que a persecução acabou e os imperadores tornaram-se cristãos, o valor atribuído às relíquias mudou rapidamente do campo metafórico para o campo econômico.

Preservados em recipientes suntuosos, conhecidos como relicários, quase sempre feitos de ouro ou prata e cravejados de pedras preciosas, os restos mortais tornaram-se tesouros, literalmente, e centro da economia medieval na extensão de todo o mundo cristão. As relíquias também sacralizavam a paisagem, pontuando-a de portais de entrada para a eternidade: as igrejas nas quais elas eram alojadas podiam tornar-se, com o tempo, lugares de peregrinação, atraindo milhares de viajantes e criando redes grandes e pequenas de rotas para o sagrado, as quais, em essência, não eram tão diferentes da nossa moderna indústria turística. Um dos vestígios desse antigo negócio, ainda próspero, é o Caminho de Compostela, ou Caminho de Santiago, que passa por diversas vias que convergem ao longo do norte da Espanha. Essa rede de estradas, cheia de santuários e igrejas medievais, atrai dezenas de milhares de turistas e peregrinos de todo tipo, até mesmo ateus, ansiosos por experimentar a emoção do passado mais do que ter uma amostra da eternidade no caminho do santuário do apóstolo Tiago, na Galícia, na extremidade oeste do continente europeu.

As relíquias também tiveram papel proeminente nos rituais da corte, como avatares da eternidade que legitimavam a posição e a autoridade de todos os governantes terrenos. Elas supostamente curavam doenças e protegiam comunidades inteiras dos desastres naturais. Poder-se-ia dizer que, em muitos casos, os santos que estavam no Céu eram os únicos médicos a serem buscados na Terra, e suas relíquias, o único remédio. Além disso, as relíquias também atraíam alguns dos mais altos investimentos financeiros realizados pelas elites da Igreja e do Estado, já que os relicários e santuários apropriados tinham de ser construídos por eles. Em Roma, assim como em Constantinopla e Jerusalém, e em incontáveis outras cidades, os materiais mais caros e o trabalho dos artesãos e artistas mais requintados e bem pagos eram esbanjados nesses pontos de contato com a eternidade. Pouco tempo depois, no século VI, muitos dos valores atribuídos às relíquias começaram a migrar para as imagens, criando mais uma dimensão no símbolo e no ritual – e também na economia – do mundo cristão. É por isso que grande parte da herança artística do Ocidente cristão, do século IV ao século XVII, está ligada, de uma maneira ou de outra, ao culto dos santos.

A religião não se torna mais "vivida" que isso. Tampouco a eternidade.

Mas os cristãos acabaram tendo a sua vez também no nobre discurso acadêmico, depois que as perseguições findaram, em 313, graças à conversão do imperador Constantino. Naquela época, alguns cristãos eram extremamente cultos e bastante familiarizados com a filosofia grega, principalmente com o platonismo. Mesmo enquanto as perseguições se alastravam, os cristãos se especializaram em estreitar os vínculos entre Atenas e Jerusalém, especialmente na cidade portuária de Alexandria, que não só abrigava a maior biblioteca do mundo antigo como também estava cheia de escolas filosóficas. Um dos principais intelectuais da academia cristã alexandrina, Orígenes, foi um elo vivo entre Atenas e Jerusalém, e, assim, entre a dialética filosófica e o martírio. Segundo a tradição, além de Orígenes ter estudado com Amônio Sacas, o mesmo platonista que ensinou o grande Plotino, ele perdeu o pai em um martírio em 202 e ansiou ardentemente pelo mesmo destino. Destacado intelectual e pioneiro em muitas questões teológicas e filosóficas, autor de *Sobre os primeiros princípios*, no qual delineou as diretrizes hermenêuticas (interpretativas) fundamentais para a interpretação da Bíblia, Orígenes também escreveu *Exortação ao martírio*, em 235, e, durante a perseguição de Décio, em 250, acabou sucumbindo às lesões sofridas sob tortura, obtendo ele mesmo a coroa de mártir.[35]

Passar da ética do martírio para o discurso filosófico não foi, portanto, um esforço tão grande para os primeiros cristãos. Sua ética, que suspeitava do corpo e negava a vida, poderia facilmente lidar com a eternidade nas arenas ensanguentadas, vistas como sua antecâmara, assim como na rarefeita atmosfera intelectual das academias da Antiguidade tardia. Entre os primeiros a fazer a transição completa, logo depois do fim das perseguições, encontramos mais um platonista, São Gregório de Nissa (335-94), que lutou para fazer as distinções apropriadas entre tempo e eternidade como filósofo, tentando avidamente argumentar que os seres humanos, apesar de sua temporalidade e finitude, eram de fato capazes de gozar da glória eterna.[36] Ao empregar termos gregos como *aión*, *chronos*, *kairós* e *diastema* para fazer distinções claras sobre as diferentes dimensões temporais,[37] Gregório elevou o discurso teológico cristão a novos patamares, defendendo ao mesmo tempo a inefabilidade de Deus e a capacidade dos seres humanos de vivenciar essa realidade inefável.[38] Gregório também acrescentou um detalhe bastante cristão às noções platônicas de eternidade, propondo que os seres humanos progrediriam de modo contínuo na perfeição, eternamente, em um processo que ele chamou de *epektasis*. Ele argumentava que como não há limite para a perfeição, ou eternidade, o mesmo se aplica à virtude, e o progresso é interminável. Muitos especialistas consideram essa a sua contribuição mais sublime para a teologia cristã.[39]

Gregório de Nissa foi o modelo do teólogo cristão ocidental e bispo na era dos imperadores cristãos, sempre disposto a conduzir seu conhecimento filosófico a serviço da Igreja.

Sua abordagem sobre a eternidade era ao mesmo tempo abstrata e prática: entre outras coisas, Gregório foi o perfeito homem de oração – um místico, como diríamos hoje em dia – e, acima de tudo, estava comprometido em defender a ideia de que a cristandade oferecia aos seres humanos a chance de encontrarem-se com Deus e tornarem-se assemelhados a ele.

Contudo, São Gregório não era um idealista com a cabeça nas nuvens. Sua abordagem sobre a eternidade e a perfeição pode ter sido influenciada por sua forte consciência das imperfeições que castigavam a Igreja naquela época. Como muitos de seus colegas bispos no século IV, ele lutou para superar o paganismo, que ainda era extremamente forte, e para impor uma versão única e unificada da "verdade" cristã em um mundo cheio de diferentes interpretações da mensagem cristã. Grande parte de sua atenção era devotada a escrever sobre a Trindade e a defender a natureza eterna do Pai, Filho e Espírito Santo contra os arianos, seguidores de um cristão alexandrino chamado Ário, segundo o qual o Filho de Deus não podia ser eterno. A controvérsia ariana, que dividiu incisivamente a comunidade cristã justamente quando ela saía da perseguição, era centrada, em seu nível mais abstrato, na questão da eternidade: se Deus, o Pai, tinha um Filho, isso não significava que o Filho passou a existir *depois* do Pai? Os arianos argumentavam que tinha de existir um intervalo fora do tempo, quando o Filho ainda não existia, mas Gregório e muitos outros lutaram contra essa análise da eternidade e contra quaisquer tentativas de falar em "antes" e "depois" com respeito a Deus-Pai e ao Filho de Deus.[40]

O lado de Gregório acabaria ganhando a batalha, mas o preço da vitória foi exorbitante. A controvérsia ariana foi a primeira de muitas batalhas grandiosas dos cristãos entre si sobre a definição de *ortodoxia*, ou "ensinamento verdadeiro". Essas eram controvérsias teológicas com dimensões sociais, políticas e culturais intensas, as quais envolviam muito mais que a mera teologização, e posteriormente levaram à divisão entre os cristãos e à criação de igrejas rivais. Entre as muitas lições a serem aprendidas com o arianismo, uma das mais importantes é a maneira como as questões abstratas relacionadas à eternidade podiam exercer um impacto na vida cotidiana. Se levarmos a sério as palavras de Gregório de Nissa, diremos que as ruas de Constantinopla foram tomadas por um alvoroço de conversas sobre a eternidade durante a controvérsia ariana. Eis o que ele disse sobre o interesse público em teologia naquela cidade imperial, às vésperas do Concílio de Constantinopla, em 381:

> As ruas da cidade estão repletas disso, as praças, os mercados, as encruzilhadas, os becos; sacoleiros, cambistas, ambulantes: todos se ocupam da argumentação. Se solicitamos troco a uma pessoa, ela filosofa sobre o transitório e o eterno; se perguntamos o preço do pão, recebemos como resposta que o Pai é superior, e o Filho, inferior; se perguntamos "meu banho está pronto?", a resposta é que o Filho foi criado a partir do nada.[41]

Impossível a "teologia vivida" ou a "religião vivida" serem mais vigorosas do que isso.

E por falar em realidades vigorosas, dificilmente passaria em branco, na época de Gregório, a brecha cada vez maior entre a parte oriental e a parte ocidental do Império Romano e suas duas capitais, Roma e Constantinopla. Gregório estava determinadamente escondido na parte oriental, onde o Império Romano resistiria às migrações de povos do Norte europeu que os livros costumam chamar de "invasões bárbaras". Além de sobreviver, a parte do Império onde estava Gregório acabaria se desenvolvendo ao longo de linhas bem diferentes da parte ocidental. Os cristãos pertencentes ao que restou do Império Romano se afastariam gradualmente de Roma e de sua versão da cristandade, por muitas razões. Por fim, em 1054, o papa, em Roma, e o patriarca de Constantinopla romperiam relações, reconhecendo oficialmente que suas diferenças eram insuperáveis. Os cristãos orientais, que prefeririam ser chamados de ortodoxos (os que detêm o ensinamento verdadeiro), acabariam desenvolvendo sua própria abordagem para quase todos os aspectos da vida, independentemente de seus irmãos ocidentais, que prefeririam se chamar de católicos (os que são universais). Com exceção de algumas combinações – duas delas serão tratadas aqui –, as ideias cristãs orientais sobre a eternidade, por mais ricas que fossem, deixam de ser diretamente relacionadas à história que estamos traçando.[42]

Sendo assim, tratemos do Ocidente e da cristandade católica.

Entre os primeiros cristãos ocidentais que enfrentaram os dilemas filosóficos e teológicos suscitados pela mescla do pensamento judaico com o pensamento grego, ninguém

se mostrou mais influente do que Agostinho de Hipona (353-
-430).⁴³ Filósofo brilhante que só se tornou cristão aos 35 anos
de idade, depois de investigar profundamente a religião dualística do maniqueísmo (que tinha afinidades com o zoroastrismo)
e a teologia filosófica de Plotino, Agostinho era obcecado pela
metafísica, principalmente pela eternidade e sua relação com
o tempo. A concepção agostiniana de eternidade era inextricavelmente ligada ao seu pensamento sobre Deus e também
amplamente influenciada pelo neoplatonismo de Plotino.
Como a maioria dos platonistas, ele não tinha dúvida nenhuma de que a realidade suprema era eterna, e totalmente acima
e além do tempo. Como cristão e bispo, Agostinho batizou
Plotino, por assim dizer, convertendo sua tríade na Trindade
cristã, e assumindo simplesmente que o tempo estava fora da
eternidade de Deus e abaixo dela. Em outras palavras, o Deus de
Agostinho existia de maneira atemporal, sem começo ou fim,
em um eterno agora que continha o próprio tempo, passado,
presente e futuro, e o transcendia:

> Não é no tempo que precedeis o tempo. De outro modo, não
> precederíeis a todos os tempos. Na grandeza de uma eternidade
> sempre presente, antecedeis todas as coisas passadas e todas as
> coisas futuras, pois que ainda estão por vir.⁴⁴

A eternidade e a plenitude divinas são uma mesma coisa no pensamento de Agostinho, coincidindo de maneira tão
completa quanto as extremidades opostas do tempo: Deus
não é só o *alpha*, a causa de todos os tempos, mas também o

omega, o ponto final, ou *télos*, do próprio tempo, a única fonte e realização de toda ânsia humana e de toda a criação:

> Vós sois anterior ao início dos séculos, e a tudo que se possa dizer anterior. [...] Em Vós o ser e a vida não se diferem, pois o supremo ser e a suprema vida são o mesmo. Sois o ser em grau supremo, sois imutável. O dia presente não tem fim em Vós, e contudo em Vós tem seu fim [...]. Porque "vossos anos jamais findarão" (Salmos 101:28), são um único *hoje*. [...] E todas as coisas de amanhã e do futuro, e de ontem e também do passado, Vós as fareis *hoje*, Vós as fizestes *hoje*.[45]

As meditações de Agostinho sobre o tempo e a eternidade, a maioria esboçada no livro XI das *Confissões*, não eram apenas um somatório de várias tendências da filosofia pagã da Antiguidade tardia e dos primórdios da teologia cristã, mas também o fundamento de grande parte da devoção e do pensamento medievais, até mesmo da própria estrutura da sociedade medieval. Sua obra sintetiza o prático e o especulativo, fazendo uma ligação entre física e psicologia, filosofia e teologia, além de política e devoção.[46] De maneira mais significante, ele também tratou da questão do tempo em uma dimensão ética, transformando suas investigações rigorosamente filosóficas em uma meditação sobre as atitudes cristãs para com o mundo. Embora fosse obcecado pela questão da eternidade e admitisse que seu espírito "ardia na ânsia de resolver esse enigma tão complicado",[47] Agostinho, o bispo cristão, sentiu-se compelido a transcender a mera especulação filosófica, dizendo: "Senhor,

Deus meu [...] oxalá vossa misericórdia ouça o meu desejo, que arde não só pela minha ânsia, mas também por ser útil no amor para com meus irmãos".[48]

E o que era ser útil com respeito à eternidade, para Agostinho? Nada menos que a afirmação de que o tempo terreno, por sua natureza intrínseca, era tão insubstancial e ilusório que chegava ao ponto de tocar o não ser, e o corolário de que a existência humana só poderia encontrar a realização na eternidade. Ao analisar a essência do tempo de uma maneira bem próxima do que faz hoje a física, Agostinho chegou à conclusão de que o tempo não poderia ser definido ou explicado. "O que é o tempo?", pergunta ele. "Se a pergunta não me for feita por ninguém, eu sei; se quiser explicar a quem me fizer a pergunta, já não sei."[49] Mas o tempo era muito mais que um problema epistemológico para ele. Tratava-se também de um enigma ontológico, inquietantemente próximo da mera ilusão. "O tempo voa tão rapidamente do futuro ao passado que é um intervalo sem duração", observou ele. "Se tivesse alguma duração, seria divisível em passado e futuro. Mas o presente não ocupa nenhum espaço."[50] Até mesmo a palavra mais simples e mais curta não captura a essência do presente *nunc*, ou "agora", pois a própria palavra, quando pensada ou dita, não era senão uma parte do fluxo incessante e evanescente do presente ao passado. Em suma, o tempo não era senão o passado, que irremediavelmente já foi, e o futuro, que ainda não existia. "Se existem eventos futuros e passados", reclamou ele em completa frustração, "quero saber onde eles estão."[51] A conclusão de Agostinho era tão drástica quanto definitiva: como o "agora" é um ponto que se move sem cessar entre futuro e passado, totalmente efêmero, o próprio tempo é gravemente desprovido de substância:

> Quem pode medir o passado que já não existe ou o futuro que ainda não existe, exceto se, talvez, alguém ousar dizer que pode medir o que não existe? No momento em que o tempo está decorrendo, ele pode ser percebido e medido. Mas, quando já passou e não está mais presente, não pode.[52]

Por mais abstrata que pareça essa constatação, ela tem implicações práticas profundas. Seu significado máximo está na afirmação ontológica de que a própria existência só se realizaria plenamente na eternidade — e não só na sempiternidade, ou seja, um fluxo infinito do presente ao passado, mas em uma eternidade que transcende o tempo: o eterno agora de Deus, no qual não haveria passado, presente ou futuro:

> Na sublimidade do eterno sempre presente, Vós precedeis todas as coisas passadas e transcendeis todas as coisas futuras. [...] Vossos "anos" não vêm ou vão. [...] Vossos "anos" são "um só dia" (Salmos 89:4; Pedro 3:8), e Vosso "dia" não é cada um e nenhum dos dias, mas Hoje, porque este Hoje não se rende ao amanhã, tampouco sucede o ontem. Vosso "Hoje" é a eternidade.[53]

Para Agostinho, a eternidade era o único campo em que os seres humanos podiam encontrar a verdadeira satisfação. Aqui reside o benefício existencial e ético da sua meditação sobre o tempo e a eternidade: a natureza e o propósito da existência humana – a finalidade ou *télos* de cada ser humano – era atingir esse estado do ser. E como tudo, exceto Deus, era menos que eterno, o próprio Deus era a realização suprema da existência humana. Daí a urgência esmagadora do clamor lamentoso de Agostinho a Deus no primeiro parágrafo de *Confissões*: "Vós nos criastes para Vós e nosso coração vive inquieto enquanto não repousa em Vós".[54]

Agostinho não se satisfaria com nada menos que a eternidade, e, segundo pensava, tampouco qualquer outro cristão ou ser humano. O jovem Agostinho que escreveu *Confissões* ainda era neoplatonista demais para considerar uma existência encarnada eterna, mas o Agostinho mais velho que escreveu *Cidade de Deus* mudou de direção e viu a promessa de uma existência eterna ressurgida como a maior e mais universal de todas as esperanças compartilhadas pelos seres humanos. "Sei que querem continuar vivendo", disse ele a seus leitores:

> Não querem morrer. E querem passar desta vida para outra de modo que renasçam não como homens mortos, mas sim plenamente vivos e transformados. Isto é o que desejam. Este é o sentimento humano mais profundo; misteriosamente, a própria alma o deseja e o quer, como por instinto.[55]

Ele não foi o primeiro a exprimir tais aspirações e tampouco estava sozinho ao exprimi-las, mas certamente foi o mais eloquente e, por fim, o mais influente.

A ânsia agostiniana pela eternidade tinha uma dimensão social; e ele foi tanto produto quanto formador de seu ambiente.[56]

Condicionado pelo maniqueísmo, pelo neoplatonismo e pelas comunidades cristãs a propor questões e a chegar a certas conclusões, Agostinho retificou e passou adiante, com uma eloquência perfeita, o que aprendera em um momento crucial na história do Ocidente, reforçando tendências nos dois níveis, intelectual e espiritual. No nível intelectual, o tratamento magistral que Agostinho deu ao tempo e à eternidade garantiu que os cristãos ocidentais concebessem o assunto nesses termos.

De forma bem concreta, Agostinho apresentou aos cristãos medievais definições metafísicas básicas e o quadro conceitual para todo o discurso sobre a eternidade, estabelecendo a eternidade de Deus como não sucessiva e não temporal, ou seja, como um momento presente estendido pela vida sem início nem fim. Um século depois, Boécio (*c.* 470-524) transmitiria essa definição agostiniana para muitos filósofos e teólogos, inclusive Tomás de Aquino: "A eternidade, portanto, é a posse completa, simultânea e perfeita da vida perpétua".[57] Em todos os níveis, intelectual, espiritual e prático, também podemos atribuir a Agostinho um grande crédito por ensinar o Ocidente a ver toda a história e cada vida individual sob a luz da eternidade, *sub specie æternitatis*, uma perspectiva consciente e avidamente adotada por muitos, e sempre evocada pelas autoridades da Igreja como norma para todos.

O mundo de Agostinho começou a ruir ao seu redor, literalmente, quando Roma foi vítima dos bárbaros do Norte. À medida que foi ficando mais velho, sobrevivendo a muitos de seus contemporâneos, Agostinho não teve como não notar que a tessitura do Império Romano desmoronava. Talvez ele visse uma afinidade entre seu próprio corpo, cada vez mais frágil e perto da morte, e o da sociedade em que vivia, que ele associava ao próprio mundo. É tentador especular que efeito o estágio avançado de podridão do Império Romano teve sobre o pensamento de Agostinho a respeito da eternidade, mas especular não nos levará muito longe. Basta dizer que, na época em que os vândalos chegaram aos portões de Hipona, em 430, e Agostinho estava no leito de morte, ele provavelmente pensava na eternidade como nunca. Sua obra *Cidade de Deus* defendia a cristandade contra as acusações pagãs de que ela causara a queda do império. Roma ruía sob seu próprio peso, argumentava Agostinho: a culpa era do seu amor-próprio, de seus vícios e defeitos, e não do abandono dos deuses antigos ou da "fraqueza" causada pela ética cristã do amor e pela obsessão cristã com as realidades sobrenaturais. Mas é preciso perguntar se Agostinho subestimou o impacto da sobrenaturalidade cristã na sua civilização e o efeito da desintegração social sobre a ânsia cristã pela eternidade.

O mundo construído sobre as ruínas da civilização de Agostinho certamente estava cheio, talvez até transbordando, de sobrenaturalidade e eternidade. E é para esse mundo que voltaremos agora o nosso olhar.

Eternidade transbordante

Se quisermos alcançar a vida eterna ao mesmo tempo que evitamos as tormentas do Inferno, então – enquanto ainda há tempo, enquanto ainda estamos neste corpo e temos tempo para realizar todas essas coisas à luz da vida – cumpre correr e fazer agora o que nos é vantajoso para sempre.[1]

Assim nos ensina a *Regra de São Bento*, escrita no final do século VI para a comunidade monástica de Monte Cassino, cerca de 130 quilômetros ao sul de Roma. A *Regra* era um manual que delineava como os monges deveriam viver, trabalhar e rezar juntos, separados do "mundo", sob votos de pobreza, castidade e obediência. Nos mosteiros tudo era orar e jejuar, evitar as tentações, louvar a Deus, tornar-se sagrado, visar à contemplação serena de Deus e preparar-se para a eternidade. O objetivo do monasticismo já estava bem estabelecido quando Bento escreveu sua regra, e esse objetivo está claramente refletido no parágrafo acima: a vida monástica era um investimento na eternidade. Nós nos purificamos aqui e agora para "evitar as tormentas do Inferno" e "alcançar a vida eterna". Fazemos "*agora*" o que nos será "vantajoso" para todo o "sempre". Evitar e ganhar, investir, lucrar. Parece quase uma aventura comercial. E é, de muitas maneiras.

A eternidade era um negócio muito sério no século VI. Talvez o mais sério de todos.

Já explicamos, em parte, como as coisas passaram a ser assim para os cristãos. Mas o contexto inteiro no qual se enquadra o monasticismo ainda precisa ser definido, bem como a estrutura de um modo de vida que durou um milênio, permeado por momentos de contato com a eternidade. Esse será o assunto deste capítulo. Mas, antes de prosseguirmos, devemos falar sobre o mundo que chamamos de Idade Média, no qual a eternidade era superabundante, pois os conceitos nunca existem no vácuo.

Na época em que Santo Agostinho morreu, em 430, o mundo que ele deixou para trás era diferente daquele em que havia nascido. As tribos do Norte e do Leste – visigodos, ostrogodos e vândalos – haviam invadido o Império Romano, provocando estragos. Outras tribos viriam depois, incluindo francos, hunos e lombardos.[2] Sua própria cidade, bem do outro lado do mar, no Norte da África, não foi poupada; logo depois da morte de Agostinho, Hipona foi devastada pelos vândalos, cujo nome já diz tudo. Embora grande parte dos bárbaros tivesse recentemente se convertido à cristandade, algumas tribos eram cristãs arianas, como os vândalos e os visigodos: hereges aos olhos tanto de Roma quanto de Constantinopla. Essa diferença causaria um sem-número de contratempos.

À medida que as coisas ruíam, a antiga aristocracia romana ainda resistia à conversão à cristandade, mas, a longo prazo, sua oposição significava pouco. Nada podia ser feito para deter a demolição dos templos antigos, ou sua transformação em igrejas. E menos ainda para deter os rudes chefes guerreiros do Norte, que insistiam em saquear suas cidades, desmembrando o império e reivindicando seu lugar no topo da hierarquia social.[3]

À medida que o mundo conhecido desmoronava, pouco a pouco uma nova ordem de coisas surgiu no Ocidente, de maneira caótica. Essa mudança desordenada duraria poucos séculos.[4] No Oriente, o império sobreviveu e continuou prosperando durante aqueles tempos turbulentos.[5] Naturalmente, Ocidente e Oriente se separaram, também pouco a pouco. Mas continuaram compartilhando muita coisa. O que mantinha o vínculo entre esses mundos bastante diferentes era a Igreja, uma instituição bem organizada, e uma fé comum, que incluía ideias semelhantes sobre a eternidade e sua relação com o tempo.[6] Em todo esse mundo cristão, certas instituições mantiveram-se firmes e houve a prevalência de determinada ordem, que refletia e reforçava determinados valores sobrenaturais. Uma ordem em que a eternidade era "real", diríamos, no sentido de ser fortemente entrelaçada, de inúmeras maneiras, à própria tessitura da sociedade.

Assim, vejamos como a eternidade se tornou a urdidura e a trama do Ocidente medieval.

ETERNIDADE, MONASTICISMO E BUSCA MÍSTICA

O legado de Santo Agostinho foi fundamental para o desenvolvimento do pensamento ocidental sobre a eternidade, tanto no nível filosófico quanto no nível prático. No plano ético e espiritual, ele deu expressão a certos sentimentos de negação do mundo que eram parte integrante do monasticismo cristão, um modo de vida que tanto admirava e ansiava abraçar – um modo de vida que buscava reificar o pensamento cristão sobre a eternidade e, ao mesmo tempo, tornar indistinta a linha entre o tempo e a eternidade na Terra.[7]

A visão de mundo monástica, embora firmemente enraizada na teologia, tendia a eliminar a especulação abstrata. Como afirmou Godofredo de São Vitor, em 1185, a respeito das sutis distinções teológicas: "Nós, monges, deixemos essa questão, que para nós é de pouquíssimo interesse, para as discussões dos escolásticos, e devotemos nossa atenção a outras coisas".[8] O que mais importava na tradição monástica era a oração e a contemplação de Deus. Para Bernardo de Claraval, os monges eram cristãos que "durante muito tempo se preocuparam com as realidades celestiais" e que constantemente "fazem delas o objeto de suas meditações, de dia e de noite".[9] Em outras palavras, os monges não estavam tão preocupados em descobrir como Deus era eterno, pois experimentavam aquela eternidade no aqui e agora, tanto quanto possível. O entendimento de Agostinho a respeito da natureza e do propósito da existência humana estava em consonância com os ideais monásticos, pois, na visão dele, nada, exceto a busca mística pela união com o Deus eterno, poderia satisfazer as ânsias mais profundas do coração humano.

> Senhor [...] sois meu Pai eterno. Mas eu me dispersei no tempo, cuja ordem não compreendo. O tumulto de eventos desconexos dilacera meus pensamentos, as entranhas mais íntimas da minha alma, até o dia em que, purificado e exaltado pelo fogo do Vosso amor, em um fluxo, eu me una a Vós.[10]

Quando Agostinho escreveu essas palavras, era um pressuposto comum dos cristãos que a maneira mais segura de, "em um fluxo", unir-se com Deus era pela disciplina asceta e pela vida monástica. A transcendência era o principal objetivo dos monges: o desapego "deste mundo" e de seus prazeres efêmeros, junto com a meditação e a oração constantes. Nesse quadro de referência monástico, o Céu e a eternidade não eram um horizonte distante, ostensivo, mas sim uma entrada imediata dentro dos muros dos claustros. Os temas celestiais são abundantes na literatura monástica, geralmente como enfoque principal. "A vida contemplativa", disse um monge anônimo, é aquela "em que se aspira apenas às realidades celestiais, como fazem os monges e eremitas". Tratados inteiros eram dedicados ao assunto da glória eterna, com títulos reveladores como *Do desejo celeste*, *Da felicidade da pátria celeste*, *Do louvor da Jerusalém Celeste* ou *Pela contemplação e o amor da pátria celeste, acessível apenas aos que menosprezam o mundo*.[11] De vez em quando os monges podiam até faltar ao cumprimento de seus objetivos, mas, em sua literatura, o próprio monasticismo tendia a ser visto como a escatologia realizada – como porta de entrada para o destino eterno de cada um. O monasticismo também podia ser visto em termos menos individualistas, como escatologia coletiva: até mesmo temas apocalípticos podiam vir à tona, como evidenciado pela referência de São Bernardo ao mosteiro de Claraval como a Jerusalém Celeste, a suprema sociedade redimida.

A literatura monástica era repleta de numerosos relatos de epifanias divinas e referências à eternidade, inclusive relatos de visões, aparições, subidas ao Céu e outros fenômenos do tipo em que os limites entre a Terra e o Céu desmoronavam. Relatos de visitas feitas por almas ao Inferno ou ao Purgatório também eram bastante comuns, assim como de arrebatamentos, êxtases e outros contatos com o reino eterno. Muitos desses relatos falam sobre eventos coletivos em vez de experiências pessoais, a maioria em conexão com rituais.[12] A oração e o cântico eram componentes essenciais da vida monástica, e uma conexão de acesso imediato com a eternidade. Quando Bernardo de Claraval falou de seu mosteiro como a Jerusalém Celeste, não foi apenas por causa do ascetismo observado pelos monges, mas também por sua vida litúrgica, que refletia a adoração a Deus por seus anjos no Céu e criava uma ponte com a eternidade. Bernardo gostava de dizer aos monges que os anjos estavam sempre entre eles, acompanhando sua cantoria.[13] Outra monástica, Matilde de Hackeborn (1241-1299), afirmava que podia ouvir as vozes angelicais, e certa vez contou que quando o querubim e o serafim se revelaram, o cântico era tão melodioso que nenhuma harmonia na Terra poderia ser comparada à deles.[14]

O monasticismo prosperou, em parte, devido a essa prometida mistura de Céu e Terra no claustro. Desse modo, não admira em nada que uma das vozes mais influentes sobre assuntos celestiais e eternos em toda a história cristã tenha surgido desse meio: Dionísio, o Areopagita, também conhecido como Pseudo-Dionísio, porque falsificou a própria identidade e fingia ser um ateniense do século I mencionado em Atos dos Apóstolos 17:34, que fora convertido pelo apóstolo Paulo no Areópago, perto da acrópole. A maioria dos especialistas concorda que os quatro textos atribuídos a Dionísio, conhecidos em conjunto como *corpus areopagiticum*, mais provavelmente tenham sido escritos no século V ou VI por um monge sírio que conhecia profundamente o neoplatonismo. Por mais chocante que possa parecer essa fraude, principalmente nas mãos de alguém que escrevia uma sublime teologia, essas artimanhas eram comuns naquela época, quando ainda era relativamente fácil enganar os leitores: era uma forma de reivindicar autoridade quando se pensava haver uma mensagem muito valiosa para promover. Hoje os especialistas dizem, por exemplo, que alguns livros do Novo Testamento também têm créditos falsos: a Epístola aos Hebreus, antes atribuída a São Paulo, e o Livro do Apocalipse, supostamente escrito pelo apóstolo João, para citar apenas dois. Embora a identidade real de "Dionísio" permaneça um mistério, a origem dos textos é bastante clara. Apesar do fato de eles só serem mencionados a partir do século VII, a língua grega em que foram escritos pode facilmente ser identificada por sua sintaxe e vocabulário e por suas muitas semelhanças com os textos de Proclo, neoplatonista grego não cristão, que morreu em 485. Independentemente de quem tenha sido (e alguns especulam que ele poderia ter sido *ela*), dificilmente poderíamos acusar Dionísio de ter sido irresponsável com o tempo e a identidade. À luz da eternidade, assunto de importância central nesses textos, o que representam meros cinco séculos?

    O impacto do *corpus areopagiticum* foi imenso, não só por causa da autoridade adicional dada aos textos pela identidade assumida pelo autor, mas também por causa do que está contido neles.[15] Os quatro tratados – *Dos nomes divinos, Da teologia* mística, *Da hierarquia celeste* e *Da hierarquia eclesiástica* – compõem uma teologia sistemática que investiga profundamente a natureza do divino e do eterno, e a relação entre o intelecto humano e as realidades superiores. Considerados em conjunto, eles são um manifesto metafísico e epistemológico sem igual, um roteiro heterogêneo para o Cosmo e para o ser do homem. Altamente influenciados pelo neoplatonismo, os textos de Dionísio são bastante centrados na representação simbólica, na hierarquia, na coincidência dos opostos e nos limites da linguagem humana.[16] No que se refere à eternidade, uma das principais contribuições de Dionísio foi a afirmação de uma conexão profunda entre o temporal e o eterno, e do modo como a contemplação das coisas no mundo invisível pode levar o espírito humano a realidades eternas.

Dois dos quatro textos apresentavam uma fundamentação teológica crucial para muitas das afirmações feitas pela Igreja cristã, tanto ortodoxa quanto católica, principalmente no que se refere a seu papel de intercessor entre Céu e Terra, e como única passagem para a salvação eterna. *Sobre as hierarquias celestes* delineava a composição do campo do divino e dos mundos angélicos, a eternidade em si. Seu volume complementar, *Sobre as hierarquias eclesiásticas*, tratava da composição da Igreja na Terra, salientando suas afinidades diretas com as hierarquias no campo eterno. Segundo Dionísio, portanto, a metafísica *e* a física encontram-se integralmente relacionadas uma à outra na Igreja: trata-se da manifestação material visível da ordem eterna. Naturalmente, essa afirmação soava agradável para a hierarquia da Igreja, e, mais que isso, também a ajudava a defender o *status quo* repetidas vezes, com autoridade. Dionísio, afinal de contas, era tido como um contemporâneo de Jesus, tão antigo quanto o Novo Testamento. No Ocidente, Dionísio foi muito útil nos conflitos entre a Igreja e o Estado, como autoridade que defendia a superioridade da Igreja sobre todas as potências temporais. No Oriente, no Império Bizantino, onde a linha de separação entre Igreja e Estado era bastante indistinta, Dionísio também ajudou em questões entre Estado e Igreja, mas de maneiras diferentes, como uma autoridade que podia ser requisitada para legitimar diversos acordos do sistema conhecido como *cesaropapismo*, em que o imperador tinha um papel crucial nas questões da Igreja, quase como um papa imperador, e em que a ordem hierárquica do próprio império podia ser vista como um reflexo da ordem eterna dos céus.

Dos nomes divinos é uma desconstrução da própria linguagem, com um ar do que hoje chamamos "pós-modernidade". Sua principal constatação diz respeito à relação entre as realidades temporal e eterna: a afirmação de que qualquer conceito que tenhamos do Deus eterno é insuficiente, mas, ao mesmo tempo, pode nos deixar mais próximos de conhecê-lo. Em suma, a negação e a afirmação são igualmente necessárias, e tanto declarações positivas quanto negativas sobre Deus e a eternidade precisam ser transcendidas. Por exemplo, Dionísio falou da "escuridão divina" que transcendia a própria luz física, e da verdadeira iluminação do espírito humano como uma imersão nessa escuridão, nesse conhecimento para além das concepções comuns. Esse modo de pensar as realidades divinas passou a ser conhecido em latim como *via negativa*, ou via da negação. Em inglês, ele receberia o nome de *unknowing* ["não saber"]; em grego, seria chamado de teologia *apofática*, ou seja, a teologia que se abstém de asserções positivas (em grego, *apophanai*, "dizer não"). Argumentando que os poderes da mente humana são limitados demais para compreender a transcendência de Deus, Dionísio destaca como nós, humanos, jamais podemos apreender a coincidência dos opostos no divino, a qual só podemos expressar como polaridades contrárias: tempo e eternidade, misericórdia e ira, liberdade e necessidade, ser e não ser etc. *Dos nomes divinos* analisa todos os nomes dados a Deus na Bíblia e argumenta, simultaneamente, que cada um deles revela algo sobre Deus, mas também é lamentavelmente inadequado. Esse livro se mostraria bastante influente, na verdade tão influente que sua autoridade praticamente não foi abalada quando Lorenzo Valla, no século XV, provou que Dionísio era uma identidade falsa.

Da teologia mística é o mais breve dos quatro tratados, mas também o mais denso, e investiga profundamente a inefabilidade de Deus. Esse texto teria um impacto tremendo na teologia e na devoção, precisamente porque *não é, de modo algum*, escrito para iniciantes ou inexperientes na escalada mística. Embora não tenha muito a dizer sobre a eternidade *per se*, sua tentativa de apreender o "superessencial" por meio do paradoxo é um salto gigantesco para o campo do eterno e do inconcebível:

> Oro para que possamos penetrar nessas trevas tão além da luz!
> Se pelo menos carecêssemos de visão e conhecimento para ver e

conhecer o invisível e o incognoscível, Aquele que está além de toda visão e conhecimento. Pois isto seria realmente ver e conhecer: louvar o Transcendente de maneira transcendente, pela negação de todos os seres.[17]

Dionísio trata de epistemologia, ontologia e metafísica, afirmando que o eterno e o divino só podem ser apreendidos ao transcendermos nossos processos normais de pensamento. Referindo-se à realidade superessencial como *isso*, Dionísio dispõe contradição sobre contradição, afirmação sobre negação:

> Em escala ascendente dizemos *isso*. Não se trata da alma ou do intelecto, não tem imaginação, convicção, palavra ou entendimento. Tampouco é palavra *per se*. Dela não podemos falar, Dela nada podemos entender. [...] Não tem poder, não é poder, tampouco é luz. Não vive, tampouco é vida. Não é uma substância, *tampouco eternidade ou tempo*. Não pode ser apreendida pelo entendimento, pois não é conhecimento, tampouco verdade. [...] Dela não há discurso, nem nome, nem conhecimento. Trevas e luz, erro e verdade – nada disso ela é. Está além da afirmação e da negação.[18]

Parte oração, parte teologia, parte filosofia, *Da teologia mística* se tornaria um texto fundamental para todos os místicos e muitos teólogos.[19] Como veremos, apesar da sua natureza abstrata e esotérica, esse tratado exerceria um grande impacto sobre o chamado mundo real e as pessoas que, nesse mundo, ansiavam por ser místicas, e chegaria até mesmo a influenciar indiretamente a invenção da arquitetura gótica.

Voltemos então para o chamado mundo real e sua pretensa mística.

Com o passar do tempo, no final da Idade Média, principalmente depois de 1300, o monasticismo começou a perder seu monopólio como ponte para a eternidade. Na medida em que a Europa ficava cada vez mais urbana e menos feudal, o fervor religioso levou parte da laicidade a imitar os monges, criando movimentos quase monásticos, como as beguinas e os begardos, ou os Irmãos do Espírito Livre.[20] E, à medida que esses movimentos proliferavam, a busca mística ganhou popularidade. Um exemplo extremo pode lançar luzes sobre o modo como o discurso a respeito da eternidade podia capturar a imaginação popular: o caso do padre conhecido como mestre Eckhart (*c.* 1260-1328), que testou os limites da ortodoxia com uma ousadia incomum.[21]

Mestre Eckhart foi um estudioso e frade dominicano, igualmente versado no discurso latino escolástico e na pregação vernácula para os leigos. Envolvido na orientação espiritual das beguinas – mulheres leigas que tentavam viver como monásticas, mas sem os votos e a clausura rigorosa –, Eckhart tornou-se um sacerdote bastante popular em Colônia (Alemanha). O enfoque da maioria de seus sermões era a busca mística, que ele interpretava de maneiras originais, por meio de proposições extremamente paradoxais. Entre os diversos ensinamentos que ele destacava, nenhum foi mais significativo que o da centelha da alma, ou *fünklein*, que afirmava uma afinidade ontológica intensamente direta entre Deus e a humanidade, propondo que todos os seres humanos eram igualmente dotados de uma presença divina no cerne de suas almas. Essa *fünklein*, afirmava Eckhart, era acessível a todos, e podia ser alcançada por um processo de afastamento do mundo que não necessariamente requeria votos monásticos ou qualquer tipo de ritual. Eckhart seria acusado de heresia inúmeras vezes, inclusive de panteísmo, e por isso se tornou suspeito. Mas seu legado sobreviveu nos escritos ortodoxos de alguns de seus discípulos, como John Tauler (*c.* 1300-1361) e Jan van Ruysbroeck (*c.* 1296-1381), que professavam os mesmos ensinamentos em uma linguagem mais cuidadosa, e com isso conseguiram transmiti-los para as gerações posteriores de místicos e pretensos místicos.[22] Mas não há como negar o fato de que esse ramo altamente individualista do misticismo fosse tão potencialmente perigoso para a autoridade estabelecida quanto potencialmente conservador. Por fim, essa chamada mística renana seguiu seu caminho através de várias traduções até a Espanha, a Itália e a França, e ganhou aprovação como sumamente ortodoxa nos escritos de místicos como São João da Cruz e Santa Teresa de Ávila.[23] Por outro lado, esse tipo de misticismo evoluiria no ramo radical da Reforma Protestante, entre dissidentes como Thomas Müntzer, líder da Guerra dos Camponeses de 1525, e Sebastian Franck, um dos primeiros unitário-universalistas, que rejeitava a Bíblia considerando-a "o papa de papel".[24]

    As ideias de Eckhart sobre a eternidade eram intensamente antropocêntricas, pois ele estava preocupado com o tema apenas na medida em que tocava a existência humana e a possibilidade de união mística entre o ser humano e o divino. No que se refere a Deus, Eckhart seguia Agostinho bem de perto, assumindo que o divino existia em um reino eterno que estava acima e além do tempo. "Todo o tempo está contido no Eterno momento Agora", declarou ele em um sermão.[25] "Estamos na trilha errada quando nos apegamos a tempo, espaço, número e quantidade, e Deus torna-se estranho e distante", acrescentou.[26] "Dizer que Deus criou o mundo ontem ou amanhã seria tolice", argumentava, "pois Deus criou o mundo e todas as coisas em um Agora presente."[27] Mas, no tocante aos seres humanos, Eckhart ultrapassou Agostinho e destacou uma afinidade ontológica muito mais íntima entre criador e criatura. O Deus de Eckhart era, acima de tudo, uma divindade paradoxal, ao mesmo tempo totalmente transcendente e imanente. "Deus está mais próximo da alma que a alma de si mesma", ele proclamou. "Portanto, Deus está no cerne da alma – Deus e toda a Deidade."[28] Ao distinguir entre "Deus" como é em si mesmo e "Deus" como conceito humano, e também entre "Deus" como pessoa e "Deus" como essência divina (*Gottheit* em alemão, ou "divindade", traduzido como "deidade"), Eckhart propõe que os seres humanos têm a capacidade de transcender o tempo graças à presença da "Deidade" dentro delas, na centelha da alma. De maneira ainda mais chocante, ele propõe uma afinidade bem trinitária entre cada ser humano e Deus ao dizer que todas as realidades divinas podem ser encontradas na alma humana, inclusive a criação do Filho pelo Pai: "O dia de Deus é o verdadeiro momento Agora, que para a alma é o dia da eternidade, no qual o Pai cria seu único Filho primogênito e a alma renasce em Deus. Sempre que esse nascimento ocorre, é a alma parindo o único Filho primogênito".[29] As afirmações de Eckhart levam a ortodoxia até o limite: "A alma que vive no momento Agora é a alma em que o Pai gera seu único Filho primogênito, e nesse nascimento a alma nasce de novo".³⁰ Levando essa concepção das afinidades entre humano e divino à sua maior consequência lógica, Eckhart parecia deleitar-se com proposições extremistas: "Eu sou minha própria causa primeira", ostentou, "tanto do meu ser eterno quanto do meu ser temporal. Com este fim nasci, e em virtude de o meu nascimento ser eterno, nunca morrerei. É da natureza desse nascimento eterno que eu tenha sido eternamente, que eu o seja agora, e que vá ser para sempre".³¹

Mestre Eckhart morreu antes que pudesse se defender das acusações de heresia levantadas contra ele. Algumas pessoas próximas da tradição que ele expressava, no entanto, tiveram menos sorte. Acusados de se dedicarem à "heresia do Espírito Livre", muitos dos homens e mulheres que acreditavam na conexão radical com a eternidade dentro de cada alma humana foram perseguidos, aprisionados ou executados como anarquistas espirituais ou antinomianos.³² O acesso místico à eternidade era uma proposição muito pesada. Sem dúvida, todos aqueles que podiam pretender ao acesso ao eterno momento Agora e à divina *fünklein* em seu interior desafiavam inerentemente a autoridade hierárquica da Igreja, quer o fizessem de maneira explícita ou implícita.³³ Mas a discordância real ou em potencial não era o único subproduto de uma afirmação intensamente vívida a respeito da eternidade na Idade Média. A eternidade existia, estava lá para que todos a apreendessem, simplesmente pisando em qualquer igreja e participando de seus rituais diários.

RITUAL CRISTÃO: A ETERNIDADE REIFICADA

Por mais que as ligações com a eternidade nas tradições místicas e monásticas fossem significativas, elas eram limitadas a poucos selecionados: as elites espirituais. Não obstante, a grande maioria dos cristãos tinha seus próprios pontos de acesso à eternidade, compartilhados também com os monásticos como membros da mesma igreja. O ritual era um dos principais modos como os cristãos ocidentais imaginavam e vivenciavam a eternidade. Enquanto os monges tinham seu próprio espaço divino para entoar cânticos dia após dia, a laicidade tinha suas liturgias pelo menos todo domingo, se não com mais frequência, principalmente nas áreas urbanas. O mais importante de todos os rituais era a celebração da Eucaristia, ou missa, na qual se acreditava que o pão e o vinho oferecidos pelo padre no altar se transmutavam no sangue e no corpo de Jesus Cristo. Cada missa era uma hierofania, um milagre que ligava o Céu e a Terra, o temporal e o eterno, pois o sangue e o corpo de Cristo, além de presentificados, eram oferecidos como alimento a ser consumido. No sentido mais cru possível, os cristãos podiam ingerir e digerir o eterno, encarnar Deus.[34] Obviamente, eles também podiam cultuar o pão consagrado, ou hóstia, que era o que a maioria deles fazia.

Quer esse pão fosse ingerido ou adorado a uma distância respeitosa, não havia como negar que a Eucaristia colocava os cristãos face a face com a eternidade, como concebida na época. Jesus Cristo – o próprio Deus – de alguma maneira tornava-se presente, como em seu sacrifício na cruz. Cada missa era uma reconstrução, ou recordação, daquele momento sublime no Calvário, acontecido há séculos, que se tornava mais uma vez manifesto, repetidamente, em todos os lugares. E cada átomo dos elementos consagrados continha Deus completamente. Não importa quão minuciosamente uma hóstia consagrada pudesse ser dividida (latim: *hostia*, "vítima sacrificial"), o próprio Cristo estaria totalmente presente em cada um dos pedacinhos – o mesmo Cristo que estava sentado à direita de Deus-Pai nos céus, por toda a eternidade. O mesmo era válido para o vinho. Como se acreditava que Cristo havia ascendido ao Céu no corpo ressuscitado, isso significava que a Eucaristia era a prova mais fascinante e mais frequente da capacidade de Deus de transcender o tempo e o espaço, bem como da capacidade da Igreja de unir Céu e Terra, tempo e eternidade.[35]

Embora a comunhão leiga fosse rara, a missa continuava tendo um papel central na devoção. Como o rito mais celebrado, a missa reunia as comunidades para oração, instrução e celebração com mais frequência que qualquer outro ritual. Como encenação dos mistérios mais profundos da fé, expressada de modo simbólico, a missa permitia que a laicidade experimentasse repetidas vezes uma síntese dos valores cristãos supremos quando ostensivamente compartilhados. Na função de ritual supremo no qual o divino era abordado e presentificado, a liturgia da missa também adquiriu valor terapêutico. As missas chamadas "votivas" podiam ser oferecidas para repelir ou corrigir todos os males que se abatiam sobre a raça humana: para proteger as colheitas da chuva, evitar as pragas, prevenir pensamentos maus ou luxúria e ainda ajudar a encontrar objetos. Algumas dessas missas votivas específicas eram oferecidas no âmbito local, outras mais amplamente.[36]

E não eram só os milhares e milhares de missas oferecidas em todo o mundo cristão, todos os dias, que ligavam o tempo e a eternidade, mas também as hóstias consagradas e milagrosamente transformadas no altar. Como a Igreja ensinava que Cristo era fisicamente presentificado no vinho e no pão eucarísticos, a própria missa e em especial o pão consagrado tornaram-se o *locus divinitatis* supremo, a mais alta materialização do divino e do eterno. Se cada pedacinho do pão consagrado na verdade era Deus, então a devoção a esse objeto parecia não só correta e justa, mas também obrigatória. As hóstias consagradas eram exibidas para adoração em recipientes especiais conhecidos como ostensórios, que poderiam ser dispostos dentro das igrejas ou levados em procissões. Acreditava-se que as hóstias consagradas faziam maravilhas, especialmente quando denegridas por céticos, hereges e infiéis. Os relatos de milagres eucarísticos aumentaram em larga escala no século XV, assim como a quantidade de santuários construídos para venerar as hóstias, que supostamente sangravam, faziam levitar ou mutilavam seus pretensos assaltantes.[37]

Foi também durante o século XV que a festa anual devotada à Eucaristia, o *Corpus Christi* ou *Corpus Domini*, estabelecida em 1264, assumiu um lugar especialmente privilegiado no calendário cristão. Essa festa era celebrada em cidades e vilas com cortejos, autos e grandes procissões que procuravam incluir a comunidade toda, principalmente as elites. No dia de Corpus Christi, o centro de devoção era a hóstia consagrada, que seguia em procissão pelas ruas, sacralizando o mundo fora das igrejas. Essas procissões serviam a múltiplas funções de uma só vez, em diversos níveis. No nível político e social, as procissões de Corpus Christi, cuidadosamente organizadas, nas quais todos os participantes percorriam as ruas dispostos de acordo com o lugar que ocupavam na sociedade, com os menos eminentes à frente, e os mais eminentes ao fundo, reificavam e santificavam a estrutura hierárquica de todos os lugarejos e cidades. Elas também reificavam as pretensões de autoridade da Igreja, principalmente quando monarcas ou outros governantes participavam. Nesses casos, as autoridades temporais mostravam sua submissão ao Deus eterno de acordo com a mediação da Igreja, reconhecendo pelos gestos simbólicos o que costumavam negar na relação com bispos e papas.[38]

A missa também estava muito próxima da devoção leiga por outra razão. Como se acreditava que cada missa transcendesse o tempo e o espaço e unisse todos os cristãos, passados e presentes, ao sacrifício de Cristo na cruz, essa liturgia assumiu uma função prática espiritual e social concernente ao tempo e à eternidade, aos vivos e aos mortos. Em termos teológicos, as missas para os mortos encurtavam o tempo que a alma dos falecidos passava no Purgatório; em termos práticos, funcionavam, em vários níveis, para cimentar as relações entre parentes e próximos. No século XV, as missas para os mortos tornaram-se um elemento fundamental da devoção leiga em toda a Europa, e uma ligação constante e inevitável entre o tempo e a eternidade. O assunto das exéquias para os mortos aparecerá de forma mais destacada no próximo capítulo. Por enquanto, devemos nos concentrar em outra dimensão do culto cristão aos mortos: a veneração.

Podemos dizer que uma das maiores mudanças provocadas pela cristandade na Antiguidade tardia foi a redefinição das relações entre os vivos e os mortos, uma área da atividade humana – e também uma forma de comércio com consequências sociais, políticas e econômicas – inseparável das crenças sobre a vida após a morte. Há alguns anos, Peter Brown argumentou que a conjunção entre Céu e Terra no túmulo dos mortos, na Antiguidade tardia, não havia sido tão explorada quanto merecia, e então resolveu preencher esse vazio com um estudo brilhante sobre o advento do culto aos santos.[39] Como demonstrou Brown, os cristãos reverteram a antiga prática de segregar os vivos e os mortos. Ao levar para dentro das igrejas as relíquias de seus santos e mártires e venerá-las como pontos de contato com o Céu, os cristãos reificavam algumas das suposições metafísicas e teológicas mais básicas, reordenando as relações sociais nesse processo.

Entre as suposições metafísicas básicas reificadas pelo culto dos santos, a mais significativa era a interconexão entre matéria e espírito, entre tempo e eternidade – uma suposição primorosamente resumida na supracitada lápide de São Martinho de Tours, e novamente reproduzida aqui, para enfatizar: "Aqui jaz Martinho, o bispo, de memória sacra, cuja alma está nas mãos de Deus; mas *ele está aqui em plenitude*, presente, confirmado por milagres de todos os tipos".[40] Como vimos no segundo capítulo, as relíquias encerravam não só o divino, mas também o eterno. Nas palavras de Vitrício de Ruão, cada fragmento das relíquias de um santo, até mesmo o mais minúsculo, estava "ligado, como que por um elo, a toda a amplitude da eternidade".[41] A devoção às relíquias fazia parte da religião cristã desde os primeiros dias, quando os restos dos mártires começaram a ser santificados e venerados e a prática espalhou-se bem rápido, tão logo as perseguições acabaram, no século IV. Em todos os períodos medievais e da Antiguidade tardia, o culto às relíquias humanas esteve profundamente entrelaçado na tessitura da devoção leiga e nas movimentações da vida cotidiana. Como vimos no capítulo anterior, o culto aos santos era um elemento significante na economia medieval, pois os recursos devotados às relíquias e à sua veneração eram igualmente substanciais entre as elites e as não elites. Santuários e relicários exigiam os melhores e mais caros materiais disponíveis, geralmente um conjunto incomum de materiais: pedra, madeira serrada, vidro, pedras e metais preciosos, tudo de altíssima qualidade, em geral reunidos pelos mais habilidosos construtores, artesãos e artistas.[42]

Um dos relatos mais detalhados que temos da construção de um santuário é o do abade Suger (1081-1151), que construiu a primeira capela em estilo gótico para honrar as relíquias de São Dênis, sepultado poucos quilômetros ao norte de Paris.[43] Como costumava acontecer na Idade Média, Dênis, enterrado fora de Paris, teve a identidade confundida com a de outro santo. Nesse caso, a troca foi com Dionísio, o Areopagita. Convencido de que estava honrando o Areopagita, o abade Suger não economizou nada nesse projeto, e gabou-se do custo dos materiais e do trabalho. Afinal, sua própria leitura de Dionísio o havia convencido da íntima relação entre a realidade temporal e a eterna. Confiante na transparência dos símbolos e na capacidade deles de comunicar realidades superiores e eternas, Suger inscreveu o seguinte nas portas douradas do santuário:

> *Quem quer que sejas tu que queiras exaltar estas portas,*
> *Que não te maravilhes com o ouro nem com os gastos,*
> *mas com o acabamento da obra.*
> *Este nobre trabalho brilha, mas, por brilhar com nobreza, ele*
> *Iluminará as mentes, permitindo-lhes viajar pelas luzes*
> *Até a verdadeira luz, onde Cristo é a verdadeira porta.*
> *A porta dourada define como é iminente a luz nessas coisas.*
> *A mente estúpida se eleva à verdade pelas coisas materiais,*
> *E ressurge de sua imersão no abismo à vista dessa luz.*[44]

Um portal para o Céu, as portas do santuário e cada objeto dentro dele levavam à eternidade. Empregando a metafísica neoplatônica, Suger ponderou sobre seu fascínio com "as coisas mais caras":

> Foi então que, por causa do meu deleite com a beleza na casa de Deus, o encanto multicolorido das pedras preciosas me distanciou de minhas preocupações e da meritória meditação, transportando-me das coisas materiais para as imateriais [...] vejo-me existindo em algum plano, por assim dizer, além do terrestre, não completamente no limo da Terra, nem completamente na pureza do Céu. Pela graça de Deus, posso ser conduzido, de modo anagógico, deste nível inferior para o superior.[45]

A Basílica de Saint Denis, no norte de Paris, foi construída sob a direção do abade Suger, de modo a suscitar no intelecto a perfeição do Céu e da eternidade.

A tumba de São Dênis era uma maravilha não só artística e econômica, mas também política, pois era o local de sepultamento dos monarcas franceses, que desejavam estar associados ao santo pela eternidade. Essa prática era bastante comum: quem detinha uma posição de autoridade buscava avidamente pontos de contato com o eterno e o celestial. A grande maioria dos cristãos não podia gozar de um privilégio tão grande quanto ser sepultado perto de um santo poderoso, mas podia gravitar na direção deles de outra maneira, pelas peregrinações. A Europa medieval estava coberta de lugares sagrados, ou portais para a eternidade, como Saint Denis. Alguns santuários atraíam peregrinos locais, geralmente quem não podia arcar com as despesas de uma longa viagem. Outros santuários, no entanto, como os de Aquisgrano, Santiago de Compostela ou Conques, atraíam milhares de peregrinos, e todos eles, à medida que paravam no caminho para se alimentar ou dormir, contribuíam com a indústria turística que prosperava ao longo das rotas percorridas por tanta gente. Roma e Jerusalém atraíam ainda mais peregrinos.[46]

E nenhum lugar do mundo tinha uma carga tão alta da presença do sagrado e do eterno quanto Jerusalém e a Terra Santa. Qualquer pessoa que duvide da influência dos conceitos na história precisa apenas pensar nas Cruzadas, aquelas aventuras épicas pelas quais os europeus ocidentais buscavam afirmar o acesso direto ao eterno. É verdade que os cruzados e os peregrinos não necessariamente se envolviam em suas buscas por razões puramente espirituais. Algumas páginas de *Crônica da Quarta Cruzada* (1204), de Godofredo de Villehardouin, e de *Contos de Canterbury* (c. 1390), de Geoffrey Chaucer, facilmente afastariam quaisquer ilusões que pudéssemos ter sobre as perseguições realizadas em nome da devoção. Ao que parece, os cruzados e os peregrinos cometiam os sete pecados capitais com uma frequência muito maior do que a dedicada às sete virtudes. Além disso, para cada relíquia genuína, pareciam existir várias de origem duvidosa.[47] Os restos da "verdadeira" cruz de Cristo podiam ser encontrados praticamente em todo lugar; a cabeça de João Batista foi venerada em pelo menos sete diferentes santuários; corpos inteiros e fragmentos dos apóstolos tinham sua autenticidade reivindicada ao mesmo tempo em lugares improváveis. Genebra, por exemplo, vangloriava-se de ter a cabeça de São Pedro – cujo corpo estava enterrado em Roma (os protestantes diziam tratar-se simplesmente de uma pedra-pomes) – e o braço de Santo Antônio (que os protestantes diziam ser "o membro viril de um veado").[48] Algumas pessoas do clero e da laicidade aparentemente resolviam essas afirmações conflituosas acreditando que Deus milagrosamente multiplicara os restos mortais, para o benefício da humanidade, ou baseando-se na suposição de que essas "fraudes pias", como eram conhecidas, eram uma forma bem útil e apropriada de engendrar a devoção genuína entre o povo comum. Mas não importa quão grosseiros e não espirituais possam ter sido muitos dos rituais, festejos e costumes estabelecidos na Europa medieval; a verdade é que a eternidade invadia o mundo temporal praticamente em cada esquina, não só como conceito, mas também como algo de real valor político, social e econômico.

Uma das características mais evidentes da devoção medieval era essa fixação aguda em pontos terrestres específicos que supostamente estariam mais próximos do Céu e da eternidade. Consequentemente, grande parte da vida religiosa consistia nos processos de identificar, confirmar, abordar e venerar esses pontos de junção entre Céu e Terra, e explorar o poder sobrenatural que supostamente habitava esses locais, na esperança de obter proteções específicas. Em suma, a devoção estava fortemente inclinada a localizar o divino e o eterno, torná-lo tangível e aproveitar-se do seu poder.

Se o espaço fosse um gráfico no qual pudéssemos marcar os lugares sagrados, assim também seria o tempo. Outra característica distintiva da cristandade medieval era a presença constante de um tipo mais elevado de tempo, que interceptava o tempo ordinário. Esse tempo mais elevado era *liminar*, ou seja, uma entrada conectando o tempo comum com a eternidade (em latim, *limen*, limiar). A devoção medieval tinha uma qualidade rítmica – uma oscilação cíclica interminável entre o tempo ordinário e indiferenciado e o tempo sagrado intermitente, que era a conjunção do *aqui* e *agora* com o *aqui* e *ali*.[49] A Paixão de Cristo, em especial, tinha uma qualidade atemporal e eterna, não só porque era presentificada a cada celebração da Eucaristia, mas também porque era revivida e reinterpretada todo ano na Semana Santa. O mesmo vale para outros eventos de importância na vida de Cristo, de sua mãe, Maria, e de todos os santos. As festas mais importantes eram o Dia de Reis, a Sexta-Feira Santa, a Páscoa, Pentecostes e o Natal.

A natureza cíclica de todas as festas lhes fornecia uma aura de eternidade, tanto dentro quanto fora do tempo. O tempo não tinha um fluxo certeiro, horizontal e unidirecional, conforme o percebemos hoje em dia. Em vez disso, o tempo era disposto em várias camadas, com portais e todos os tipos de limiares para a eternidade, onde, se prestássemos atenção, nos veríamos transportados para realidades superiores e momentos eternos. E todos esses limiares, esses dias e momentos especiais, estavam no reino de Deus, na eternidade, e, como tais, estavam mais próximos uns dos outros, ano após ano, do que os dias comuns estavam um do outro.[50]

O ciclo mais curto era a semana, que estabelecia o domingo como dia sagrado, um momento santo em que se exigia a participação na missa e a paralisação do trabalho. Os ciclos mais longos eram os períodos do Advento, antes do Natal, e da Quaresma, antes da Páscoa. Na preparação para reviver o nascimento e a morte de Jesus, os cristãos tinham de jejuar e rezar, porque se supunha que esses momentos exigiam purificação. Ano após ano, os dias especiais recordavam a presença dos santos com os quais as comunidades tinham alguma ligação. Os santos eram reverenciados no aniversário de sua morte, de acordo com o calendário cristão. Algumas festas santas, como a de João Batista, eram bastante celebradas e tinham uma característica universal. Outras eram de natureza local. Cada comunidade, e até mesmo cada paróquia, ou guilda, tinha suas festas especiais, de acordo com seus santos patronos. As festas eram marcadas pela celebração de procissões e missas especiais, além de festejos públicos. Como as comunidades dificilmente tiravam seus patronos do calendário, as festas podiam se acumular à medida que outras eram acrescentadas. Na Alemanha, no final do século XV, havia 161 dias de festa para celebrar, e todas elas exigiam algum tipo de abnegação. Como poderíamos esperar, é claro que as festas religiosas muitas vezes se transformavam em ocasiões turbulentas e levianas, nas quais a linha de separação entre o sagrado e o profano se dissolvia e ninguém dava a mínima para o jejum ou para a eternidade. Ainda assim, profanidade à parte, não há como negar que a multiplicação dos dias de festa ou "tempos mais elevados" ligados à eternidade interferia na produtividade.[51]

SUB SPECIE ÆTERNITATIS: ETERNIDADE E POLÍTICA

Por fim, em nenhuma outra área do empreendimento humano, a eternidade se insinuava de maneira tão rude e persistente, ou com resultados tão turbulentos, como no caso das relações entre Igreja e Estado. Já no século IV, quando a perseguição acabou, os líderes da Igreja viram-se em desacordo com as autoridades civis em diversos aspectos. Basicamente, a maioria das disputas era jurisdicional, a respeito dos limites do poder pretendido por um e outro. Desde muito cedo, os bispos reivindicavam o maior espaço entre todos, argumentando que sua autoridade espiritual era derivada do próprio Deus, e que, como eles detinham as chamadas chaves do reino que Cristo havia concedido ao apóstolo Pedro, tinham a responsabilidade mais alta de todas. Encarando a vida sob a luz da eternidade, *sub specie æternitatis*, as elites da Igreja começaram a argumentar que sua autoridade *espiritual*, que tangia o destino *eterno* da raça humana, era muito superior à autoridade *temporal* dos governantes civis, que tangia apenas a vida em um tempo sequencial, aquela dimensão rejeitada por Agostinho e outros como *meramente* transitória.

À medida que a sociedade feudal evoluía na Europa ocidental, depois do colapso do Império Romano, essa concepção do papel do clero na sociedade tornou-se elemento integrante da própria tessitura da vida, com a ordem social inteira dividida em três classes distintas de pessoas: as que rezavam (os clérigos), as que lutavam (os nobres) e as que trabalhavam (o campesinato). Consequentemente, a eternidade mais que interferia na tessitura da vida diária como uma dimensão invisível: ela realmente deu forma à estrutura social do Ocidente medieval. As chaves para a eternidade, que estavam nas mãos do clero, podem parecer metafóricas, mas para os cristãos medievais eram muito mais do que isso: quer eles gostassem ou não, sua sociedade era estruturada de tal modo que atribuía a essas chaves um valor tão essencial quanto o das espadas brandidas pelos cavaleiros e o dos arados usados pelos camponeses.[52]

Assim, surgiu uma polaridade em todo o discurso sobre Igreja e Estado, na qual o poder sobrenatural *eterno* e *espiritual* da Igreja contrastava com a autoridade *temporal* e *mundana* dos governantes civis. Acreditava-se, é claro, que o espiritual e o eterno representavam o divino e eternamente verdadeiro, *per omnia sæcula sæculorum*, ao passo que o temporal ou mundano era inferior, ilusório e intoxicado pelo pecado original.[53] Não foi preciso muito tempo para esse tipo de pensamento surgir. Nós o encontramos plenamente desenvolvido, por exemplo, em uma carta escrita pelo papa Gelásio I ao imperador Anastácio em 494. Ao fazer uma distinção entre a autoridade sagrada (*auctoritas*) do sacerdócio e o poder real (*potestas*) do imperador, Gelásio afirma:

> A responsabilidade dos sacerdotes é mais pesada na medida em que responderão, no Juízo Final, pelos próprios reis dos homens. Saibas [...] que, embora tu como imperador tenhas precedência sobre todos os homens em dignidade, não obstante deves piamente baixar a cabeça àqueles que detêm o comando das questões divinas e buscar neles os meios de tua salvação.[54]

As pretensões do clero e do papa de preeminência sobre as autoridades civis foram posteriormente confirmadas pela interpretação da Igreja a respeito da queda de Adão e Eva e pela transmissão de uma natureza pecaminosa a todos os seus descendentes na Terra. Da perspectiva das elites da Igreja – e como argumentou Agostinho em *Cidade de Deus* –, os governos humanos eram um subproduto do pecado, uma necessidade infeliz, dada a violência e a crueldade inatas dos seres humanos. Além disso, seguindo a lógica de Agostinho, as elites da Igreja também argumentaram que o verdadeiro fim dos seres humanos estava além deste mundo, na eternidade, e que somente eles, os clérigos, tinham autoridade sobre esse reino. *Sub specie æternitatis*, portanto, podia ser mostrado para os governantes civis que sua autoridade era inferior em face do clero.

Numerosos bispos e papas usariam a eternidade como arma contra as autoridades civis, não só em argumentos, mas também pelo poder da excomunhão, pela qual eles condenavam reis e imperadores ao tormento eterno no Inferno, e, nesse processo, também absolviam seus súditos da obediência a eles, tornando as rebeliões legalmente possíveis. Às vezes, os eclesiásticos venciam batalhas, como fez o papa Gregório VII em 1077 contra Henrique IV, imperador do Sacro Império Romano-Germânico, que teve de implorar pelo perdão, ajoelhando-se na neve em Canossa por três dias, com a cabeça descoberta, do lado de fora do castelo onde ficava o papa.[55] Algumas vezes, no entanto, a força bruta dominava todas as pretensões clericais. Foi isso que acabou acontecendo com o papa Gregório VII, cuja vitória contra Henrique IV foi inexpressiva: em 1081, marchou até Roma, depôs o papa e conduziu-o às mãos de Roberto Guiscardo, duque da Normandia, que, por sua vez, forçou Gregório a fugir de Roma. O papa morreu em Salerno, e suas últimas palavras foram: "Amei a justiça e odiei a iniquidade, portanto morro no exílio".[56] A força bruta também teve vantagem em 1170, quando o arcebispo Thomas Becket foi assassinado no altar pelos cavaleiros do rei inglês Henrique II, e em 1303, quando o papa Bonifácio VIII foi capturado e agredido fisicamente por aliados do rei francês Filipe IV. Pouco importava para Filipe IV e seus aliados em Roma, os Colonnas, que o papa Bonifácio tivesse expedido uma bula, *Unam Sanctam*, na qual dissera:

> Devemos reconhecer da maneira mais clara que o poder espiritual supera em dignidade e nobreza quaisquer poderes temporais, pois as coisas espirituais superam as temporais. [...] Nós declaramos, nós proclamamos, nós definimos que é absolutamente necessário para a salvação que cada criatura humana seja súdita do pontífice romano.[57]

Algumas vezes os papas realmente venciam, apesar da sua relativa fraqueza militar, e devemos dar bastante crédito ao seu domínio sobre a eternidade, conforme empregado pelo poder da excomunhão. Um desses vitoriosos foi o papa Inocêncio III (*c*. 1161-1216), que conseguiu vencer estrategicamente a dinastia dos Hohenstaufen.[58] Levando até as últimas consequências a perspectiva da *sub specie æternitatis*, o papa não só sobreviveu como prevaleceu ao dizer:

O criador do Universo ergueu dois grandes luminares no firmamento do Paraíso: a luz mais forte para governar o dia, a luz mais fraca para governar a noite. Da mesma maneira para o firmamento da igreja universal, da qual também se diz Paraíso, ele designou duas grandes dignidades: a maior para ditar regras das almas (estas sendo, por assim dizer, os dias), a menor para ditar regras dos corpos (estes sendo, por assim dizer, as noites). Tais dignidades são a autoridade pontifical e o poder real. Ademais, a Lua extrai sua luz do Sol, e em verdade é inferior ao Sol em tamanho e qualidade, em posição e também em efeito. Igualmente, o poder real extrai sua dignidade da autoridade pontifical.[59]

Os especialistas tendem a concordar que Inocêncio III e seus sucessores Gregório IX (c. 1170-1241) e Inocêncio IV (c. 1185-1254) subjugaram efetivamente os Hohenstaufen. Uma das teorias até culpa esses papas medievais por tolher as sensibilidades políticas alemãs de maneira irreparável, evitando assim a unificação da Alemanha até o século XIX.[60]

Os papas e os bispos não eram os únicos clérigos que baseavam suas pretensões de primazia na tutela da eternidade. Toda a classe eclesiástica, de cima até embaixo, ostentava os mesmos argumentos, transformando-se em um povo separado que não podia ser tributado ou julgado nas cortes civis e que estava literalmente fora da lei civil e imune a ela.

O que esse extenso cabo de guerra político revela sobre o lugar da eternidade na sociedade medieval? Dois elementos se destacam e são tão difíceis de ser ignorados quanto a tiara papal na cabeça de Inocêncio III.

Primeiro, parece bem óbvio que, embora a eternidade pudesse ser evocada pelo clero para reforçar suas pretensões de autoridade, um grande número de governantes leigos simplesmente não acreditava nas suas afirmações. Isso não quer dizer que eles não acreditassem na eternidade, mas sim que não a viam exatamente da mesma maneira que o alto clero. Em muitos casos, os governantes leigos se recusavam a aceitar o monopólio total sobre a eternidade reivindicado pelo clero. As desavenças faziam parte da vida medieval tanto quanto agora. Mas a diferença entre aquela era e a nossa é que os limites das discórdias eram mais estreitos naquela época, quando se tratava de religião.

A sociedade medieval estava estruturada de tal maneira que era extremamente difícil rejeitar a Igreja por completo, e praticamente impossível rejeitar a eternidade, pelo menos no que se refere às relações sociais. A cristandade ocidental era dividida em três classes: os que lutavam, os que rezavam e os que trabalhavam, e o funcionamento da sociedade medieval dependia da classe clerical tanto quanto das outras duas, por mais difícil que seja para nós, em uma época secular, imaginar isso.[61] O clero fazia muito mais do que rezar: seus integrantes eram os vigilantes de posições de autoridade e, sem sua bênção e apoio, os cargos seculares podiam desaparecer, e os tronos, se desintegrar. Eles também eram os vigilantes da vida após a morte e da eternidade, o que talvez nos soe distante demais de nosso cotidiano para ter algum significado, mas o fato de terem as chaves para o reino – o poder da excomunhão – tinha um efeito profundo nas relações sociais naquele mundo. A maioria dos monges podia não deter todas essas chaves importantíssimas, mas seu lugar na estrutura social e na economia era considerado tão necessário quanto suas orações e sua proximidade da eternidade, pois sua santidade supostamente garantia as bênçãos do Céu sobre seus semelhantes.

No final das contas, no entanto, não há como negar que a eternidade pudesse ser aberta à interpretação. Assim como acontecia em quase todos os aspectos da religião medieval, as normas podiam ser pontos flexíveis ou desencadeadores de conflito, e as exceções às normas podiam facilmente ser encontradas em toda a cristandade ocidental. Isso ajuda a explicar a grande ruptura que aconteceria no século XVI.

Uma segunda característica das concepções medievais de eternidade revelada pela luta entre Igreja e Estado é a relação simbiótica entre o pensamento e as estruturas social e política.

Na linguagem dos clérigos, "o mundo" que eles ostensivamente deixavam para trás era chamado de "secular" por uma boa razão: era o mundo enredado nesta era (*sæculum*), no tempo, e não na eternidade. Tanto para eles quanto para a laicidade, essa distinção não era de modo nenhum ilusória. Na verdade, a pretensão à eternidade por parte do clero era visível, palpável e mensurável: o clero, com efeito, era uma classe separada, isenta de todos os tipos de leis e tributações, protegida pelo próprio tribunal de justiça, enriquecida pelas propriedades substanciais que detinha e pelas contribuições que os leigos eram obrigados a fazer para os cofres da Igreja.

Pode-se dizer que os clérigos medievais não eram apenas os vigilantes da eternidade, mas também os seus arquitetos, engenheiros, embaixadores e revendedores. Eles não podiam abrir mão da eternidade, tampouco dos rituais e símbolos da Igreja a que serviam: ela era a razão de sua existência. Isso não quer dizer que eles ostentassem a eternidade como arma contra uma laicidade reprimida e descrente, ou que seus ensinamentos e rituais fossem criados astuciosamente para ludibriar e explorar seus rebanhos. De modo nenhum. Voluntária e avidamente, o clero e a laicidade dividiam essa visão de mundo na maior parte do tempo, embora a presença constante de hereges de todo tipo confirme que nem todo mundo estava disposto a concordar com a Igreja em todos os aspectos e momentos. A eternidade medieval era uma invenção tanto social quanto teológica: era defendida pelo clero, mas livre e voluntariamente desenvolvida, mantida e *convivida*, o tempo inteiro, tanto pela laicidade quanto pelo clero. Afinal, as catedrais e os santuários sublimes da Europa, que atraem hordas de turistas hoje em dia – esses espelhos da eternidade –, não foram construídos somente por padres, monges ou freiras. E a obra-prima literária mais celebrada dessa época, A *divina comédia*, de Dante, que trata da eternidade, tampouco foi escrita por um padre ou lida exclusivamente pelos clérigos.

 No final do século XV, essa mentalidade e as realidades social, política e econômica que a refletiam pareciam permanentemente entrelaçadas. A eternidade transbordava de maneira tão abundante no tempo e no espaço que o mundo parecia flutuar nela, ainda sedento por mais. Num piscar de olhos, no entanto, tudo mudou. E essa mudança faria um mundo de diferença.

Eternidade reformada

"Vou em busca de um grande talvez", disse François Rabelais no momento de sua morte, em 1553. Ou pelo menos é o que dizem.[1] Pouco importa se ele falou isso ou não: a frase é perfeitamente adequada tanto a ele quanto a sua era. É um aforismo que resume uma grande ruptura na história ocidental, quando suposições não questionadas foram desafiadas com êxito e a eternidade foi reconfigurada.

De que modo esse "talvez", praticamente inaudível durante séculos, foi soando mais alto e ficando mais persistente é o assunto deste capítulo.

Como vimos, a eternidade era muito mais do que um conceito abstrato naquela época, antes de Rabelais e antes de o mundo ocidental se tornar moderno. Sim, não há dúvida de que havia aqueles que abordavam a eternidade como um quebra-cabeça teológico e filosófico: os teólogos escolásticos. A eternidade era exatamente o tipo de desafio intelectual que eles adoravam. Pegue qualquer livro sobre o assunto escrito no século XII e será bem possível que, se tratar da Idade Média, o livro seja sobre as discussões escolásticas a respeito da eternidade.[2] Distinções e elaborações requintadas sobre definições anteriores fluíam copiosamente de suas penas e leitoris, e debates acirrados jamais eram escassos. Por mais que as ideias agostinianas sobre a eternidade ainda continuassem bastante em voga – a eternidade como campo que transcende totalmente o tempo e é separado dele –, isso não impediu que os escolásticos debatessem outras definições, principalmente concernentes à *sempiternidade*, ou seja, a eternidade como um *continuum* ilimitado, sem início ou fim. As concepções medievais de tempo e eternidade não estavam rigidamente confinadas a uma única dimensão; um tipo de tempo ou um tipo de eternidade não necessariamente eliminava o outro. E, como a eternidade envolvia o pensamento sobre Deus, as possibilidades eram infinitas, literalmente. A longo prazo, suas discussões chegaram a uma clareza lógica maior, mas não tinham nenhum efeito prático, e também não tinham esse propósito. A escolástica consistia em uma linguagem altamente técnica, falada por poucos conhecedores, ou seja, um privilégio bastante parecido com roupas de pele raras e muito caras, que só podiam ser usadas pela nobreza. Os "avanços" ou "descobertas" da escolástica envolviam intensas e minuciosas discussões, como a distinção entre a eternidade que passou (*æternitas a parte ante*) e a eternidade ainda por vir (*æternitas a parte post*).

Pouco importa que essas distinções pareçam envolventes ou proibidas – elas eram realmente um espetáculo secundário. Em essência, não podem ser associadas a quaisquer mudanças substanciais no núcleo do conceito de eternidade, muito menos na vida cotidiana. O que mais importava sobre a eternidade na Idade Média, principalmente no período final, era como ela estava entrelaçada à tessitura do dia a dia, enquanto algo bem real e acessível. Sim, o assunto pode ter fascinado os teólogos escolásticos, mas para eles, assim como para qualquer pessoa, a eternidade também era algo inegável no reino da devoção e da vida cotidiana. E seria justo nesse reino que o conceito de eternidade entraria em colapso, rompendo-se, por assim dizer, junto com todas aquelas dicotomias finamente sintonizadas, ou seja, as costuras que uniam de modo aparente o eterno ao temporal.

A ruptura inicial ocorreria na enganosa linha da vida após a morte, uma complexa trama que unia os vivos e os mortos. Imediatamente, à medida que os pontos dessa costura se rompiam, as outras também foram se rompendo, incluindo as três tramas significativas analisadas no primeiro capítulo: a do monasticismo, que ligava um grupo social à eternidade de modo mais intenso que outros; a do misticismo, que permitia de modo ostensivo que alguns indivíduos experimentassem a eternidade; e a das pretensões clericais de superioridade, que dividia o corpo político em duas esferas distintas e duas classes de elites.

Assim, comecemos com os mortos, que, até o surgimento da Reforma Protestante, não estavam realmente mortos e enterrados.

Distinções escolásticas

A *sempiternidade*, ou eternidade total, que não tem início nem fim, pode ser considerada como divisível em duas eternidades, a qualquer momento, à medida que avança:
1 › A eternidade passada: *æternitas a parte ante*
2 › A eternidade futura: *æternitas a parte post*

Podemos falar dessa eternidade total de quatro maneiras:
A › Eternidade absoluta, sem início nem fim.
B › As duas "eternidades": *æternitas a parte ante* e *æternitas a parte post*.
C › A eternidade passada; tempo sem início: **somente** *æternitas a parte ante*.
D › A eternidade futura; tempo sem fim: *æternitas a parte post*.

E cada uma dessas quatro maneiras tem seu(s) ponto(s) de referência:
A › Pertence a Deus e seu conhecimento não sucessivo de todas as coisas.
B › Pertence a Deus *antes* e *depois* da criação do Universo e do espaço-tempo.
C › Pertence a Deus *antes* da criação do Universo e do espaço-tempo.
D › Pertence a Deus e ao Universo *depois* da criação e *depois* do espaço-tempo.

A REFORMA DO ALÉM

Orar ao Pai no Céu, ou aos santos mortos aglomerados em sua corte celestial, lá nas alturas, acima das estrelas, não envolve a crença em alguma outra dimensão fora do espaço e do tempo, ou a descoberta da diferença entre *æternitas a parte ante* e *a parte post*. Tampouco a oração aos mortos, cuja maioria estaria no Purgatório, aquele lugar lá embaixo, a antecâmara para a eternidade abaixo dos nossos pés, entre a superfície da Terra e o Inferno, que tem seu tempo particular, determinado pelo sofrimento e medido em milhares de anos. Naquela época, os mortos exigiam a atenção das pessoas tanto quanto seus parentes e semelhantes, assombrando não só a imaginação e a memória, mas também o calendário, o bolso e o Estado. Os mortos também podiam ser extremamente úteis, talvez mais verdadeiros e valiosos do que qualquer amigo na Terra, pois os santos que passaram ao Céu eram advogados leais, loucos para defender a causa de alguém diante do trono de Deus. E a proximidade da eternidade não era limitada às almas que partiram: em igrejas de todos os lugares, muitos mortos eram enterrados dentro do espaço sagrado, bem sob os pés da congregação viva, ou talvez, como no caso de muitos santos, debaixo do altar, ou mesmo eram postos a jazer acima dele.

Em suma, o tempo e o espaço estavam diretamente ligados à eternidade por meio de inúmeros pontos de contato, lugares que eram claramente demarcados como sagrados. Protegida pelo clero em espaços controlados com cautela, a eternidade não podia só ser vista e tocada, mas também cheirada. Filósofos e teólogos podiam analisar escrupulosamente as distinções na terminologia, mas, no tocante aos rituais do mundo cristão medieval, não havia diferença essencial entre eternidade, Céu e Inferno, ou entre a vida após a morte e o eterno. Qualquer ponto de contato com o reino divino – qualquer ligação entre o espiritual e o material – era uma ligação com a eternidade. Essa crença era inculcada repetidas vezes na adoração, seja na doxologia, "Glória ao Pai, ao Filho e ao Espírito Santo, *como era no princípio, agora e sempre, amém*", ou no Credo, "e Seu reino não terá fim [...] e espero a ressurreição dos mortos, e a vida do mundo que há de vir".

A teologia e a devoção estavam ligadas por uma crença comum: o que a matéria é para o espírito, o temporal é para o eterno. Consequentemente, os silogismos metafísicos davam forma à doutrina e à devoção. Deus está no Céu; Deus é eterno; o Céu é a eternidade. Deus é espírito; Deus é eterno; o espiritual é eterno. A alma humana é imortal; a alma humana vai para o Céu ou para o Inferno depois da morte; Céu e Inferno são eternos. E assim por diante. A Eucaristia era um elo forte com a eternidade – talvez o mais intenso de todos – porque o ritual da missa transcendia o tempo e o espaço e tornava presente o próprio Deus.[3] As palavras de Cristo, repetidas pelo padre na consagração – "Este *é* meu corpo; este *é* meu sangue" –, eram tomadas literalmente. A crença na presença real de Cristo no pão e no vinho consagrados a cada missa era associada à crença na dimensão sacrificial do ritual, não *apesar do fato* de que o corpo físico de Cristo estava no Céu, como poderíamos pensar, mas sim *por causa* disso. A divindade de Cristo e sua presença física na eternidade tornavam-no ambíguo, bem como seu sacrifício. Em outras palavras, Cristo, Filho de Deus, a segunda pessoa da Trindade, podia estar *lá* e *aqui* ao mesmo tempo, e sua crucificação podia ser tanto *agora* quanto *naquela época*. Esse cruzamento de fronteiras no tempo e no espaço, repetido inúmeras vezes todos os dias em todo o mundo cristão, ligava os vivos e os mortos.[4]

Os mortos, portanto, eram outro ponto de contato intenso e inevitável. E todos esses lugares não eram meras abstrações, mas sim elos concretos, com dimensões sociais, políticas e econômicas bem específicas. Até mesmo a vida após a morte, o "grande talvez" de Rabelais, manifestava-se pelos vínculos sociais. Na Idade Média, a extensão dos vínculos sociais para a vida após a morte tinha seus adversários, que trabalhavam para aboli-la: mais notavelmente cátaros, valdenses, lollardos e hussitas, todos caçados como hereges. Mas a maioria dos cristãos medievais parecia aceitar os mortos com bastante fervor e investir celestialmente neles, de maneira literal e figurativa. Os indícios deixados para trás são muito claros. Um famigerado exemplo deve bastar aqui. Considere o caso de João Tetzel e a propaganda mais infame da história ocidental.

No outono de 1517, o padre dominicano João Tetzel partiu para a Saxônia oferecendo indulgências, mercadoria de preço altíssimo. Bilhetes para o Céu, diríamos. Ingressos para a graça eterna que nunca eram propriamente comprados nem vendidos, tecnicamente falando, mas obtidos por meio de contribuições de caridade a causas aprovadas pela Igreja, como nos cupons de desconto em sacolas, catálogos e CDs oferecidos incessantemente pelas estações de rádio e televisão nos Estados Unidos. A causa legítima de Tetzel era angariar fundos para a construção de uma nova basílica de São Pedro, em Roma. Expondo o abismo entre a teologia oficial e a devoção popular, e valendo-se, para induzir a culpa e raspar o bolso das pessoas, de um discurso pelo qual ele oferecia indulgências a uma laicidade angustiada, João Tetzel pregava as seguintes palavras para grandes multidões saxãs em 1517, em nome do papa Leão X e do arcebispo Alberto de Mainz:

> Apressai-vos e salvai vossas almas [...] Escutai o chamado de Deus e de São Pedro. Considerai a salvação de *vossas* almas e de *vossos entes queridos* que se foram. [...] Escutai as vozes *de vossos falecidos parentes* e amigos, suplicando a *vós* e dizendo: "Tende compaixão, tende compaixão. Estamos em um terrível tormento do qual *vós* podeis nos resgatar por uma ninharia". Não o desejais? Abri *vossos* ouvidos. Ouvi o pai dizendo ao filho, a mãe dizendo à filha: "Nós vos parimos, vos alimentamos, vos criamos, vos deixamos fortunas, e sois tão cruéis e injustos que agora sequer desejais nos libertar por tão pouco. Deixar-nos-eis em chamas? Adiareis nossa prometida glória?". [...] Lembrai-vos de que sois capazes de libertá-los, pois *tão logo a moeda no cofre cair, a alma do Purgatório vai sair*. Por centavos de florim deixareis de receber estas cartas de indulgência pelas quais sois capazes de conduzir uma alma imortal e divina à terra do Paraíso?[5]

É claro, todo mundo sabe – ou deveria saber – como se dá o resto dessa história. Tetzel mudou involuntariamente o curso da história, e da maneira mais inesperada. Martinho Lutero, monge agostiniano, discordava da abordagem de Tetzel sobre a salvação e o chamou para um debate sobre 95 questões bastante refinadas de teologia – o tipo de questões que os escolásticos debatiam rotineiramente e com as quais o povo leigo não se importava. O desafio gerou uma resposta furiosa de Tetzel e outros na hierarquia da Igreja, o que por sua vez levou Lutero a não arredar pé de sua posição. O papa Leão X menosprezou a discussão como nada mais que uma briga monacal entre dominicanos e agostinianos. Mas, longe das vistas de Leão X, Lutero ampliou a dimensão de seu desafio para além da mera teologia, levando-o a questões que tocavam em pontos fracos e na vida cotidiana, e a Saxônia e outras partes da Alemanha rapidamente se uniram a ele. Uma coisa levou à outra, e, antes que pudesse ser detida, em 1521 a Reforma Protestante acontecia a todo vapor e a cristandade ocidental estava a caminho de um colapso irreversível. Justamente ali, nesse estágio embrionário da Reforma, de uma maneira tão compactada quanto a matéria no Universo antes do *Big Bang*, o que encontramos?

Os mortos e sua relação com os vivos, ligados inextricavelmente pela Eucaristia.

Uma das mudanças mais profundas ocasionadas pela Reforma – e uma das mais ignoradas – foi em relação aos mortos. O que Martinho Lutero começou como um ataque a Tetzel e às indulgências acabaria como uma revisão indiscriminada da relação entre mortos e vivos, e entre o temporal e o eterno. Lutero e todos os outros protestantes rejeitariam a crença não só nas indulgências e no Purgatório, mas também em todo tipo de inter-relação entre vivos e mortos.

Apenas três anos depois de ele ter desafiado Tetzel para um debate sobre as indulgências com suas 95 teses, Lutero argumentaria que rezar *pelos* mortos era tão errado quanto rezar *para* os mortos. Acreditar que as pessoas na Terra podiam rezar pelas almas no Purgatório ou que os mortos no Céu – os santos – podiam rezar por qualquer pessoa na Terra era mortalmente errado, para usar um trocadilho, ou ainda pior. "As Escrituras proíbem e condenam a comunicação com o espírito dos mortos", argumentava Lutero, citando Deuteronômio 18:10-1 ("Que em teu meio não se encontre alguém que [...] interrogue espíritos ou adivinhos, ou, ainda, que invoque os mortos"). Além disso, Lutero também demonizava todos os relatos medievais de aparições que reforçavam a crença no Purgatório: "Qualquer espírito que vague por aí, fazendo barulho, gritando, reclamando ou procurando ajuda, tudo não passa de obra do demônio".[6] As missas para os mortos, portanto, nada mais eram que magia e necromancia inspirada pelo demônio.

Desse modo, para Lutero, a morte não era um véu diáfano, através do qual os vivos e os mortos continuavam se vendo, mas sim a mais grossa e definitiva das cortinas. Tampouco a comunhão dos santos mencionada no Credo deveria ser entendida como algo além de uma esperança escatológica sobre a ressurreição prometida e o reino por vir. Em outras palavras, a *communio sanctorum* era uma expectativa, não uma realidade concreta. E a morte era o mais profundo de todos os abismos, um hiato ontológico e metafísico intransponível. Mesmo antes de o tempo e o espaço serem pensados como interdependentes, os protestantes insistiam que esse hiato entre vivos e mortos se aplicava a ambas as dimensões, que atravessar do *aqui e agora* para a eternidade era a mais solitária das jornadas sem volta, e que só podíamos pensar nos mortos em termos de *aqui e agora*. Lutero resumiu tudo isso em um sermão em 1522:

> A convocação da morte vem para todos nós, e ninguém pode morrer pelo outro. Cada um deve lutar sua batalha com a morte por conta própria, sozinho. Podemos gritar nos ouvidos dos outros, mas cada um deve estar preparado para o momento da morte: não estarei lá contigo, nem tu estarás comigo.[7]

Para entender de fato o que Lutero rejeitava e o que a Igreja Católica lutava para enfatizar como resposta a esse desafio, devemos primeiro tratar do lugar dos mortos na religião da Idade Média tardia.

O PURGATÓRIO, OS MORTOS E AS INDULGÊNCIAS

O ponto crítico do ataque de Lutero a Tetzel foi a doutrina do Purgatório e o costume de realizar determinados rituais para aliviar o sofrimento dos mortos no *post-mortem*. O que Lutero rejeitava como invenção medieval era na verdade uma prática antiga, já tão difundida no século IV que Santo Agostinho (354--430) não só a aceitava sem questionar como também a promovia.[8] No século VI também era um lugar-comum acreditar que a purgação, ou a limpeza dolorosa da alma, poderia acontecer na vida após a morte, e que os vivos na Terra eram capazes de aliviar o sofrimento dessas almas.[9]

A teologia formal tinha pouco a ver com essa noção de Purgatório no além. Não havia uma doutrina pensada cuidadosamente, como a Trindade, mas sim um estranho amálgama de devoção prática, ritual e lógica. As Escrituras sagradas tinham pouco a dizer sobre os mortos ou sobre sua relação com os vivos, a não ser alguns poucos textos que tratavam do assunto de maneira oblíqua.[10] A mera esperança da possibilidade do perdão depois da morte, junto do desejo de se conectar com os mortos, tinha mais a ver com o Purgatório do que a interpretação bíblica: era uma necessidade escatológica extraída da realidade dolorosa da aflição, da certeza do fracasso moral nesta vida e do medo da danação eterna. Como resultado, portanto, a relação entre a purificação pós-morte e a eternidade não era muito considerada, se é que era considerada. O *onde, quando* e *como* da purgação importava muito menos do que o fato de que algo poderia ser feito *aqui e agora*, por si mesmo e pelos outros. Desde o início, essa purgação era uma responsabilidade tanto corporativa como pessoal, uma via para a salvação pela ajuda mútua: tu me ajudas e eu te ajudarei.

Equilibrado nebulosamente entre o tempo e a eternidade, o Purgatório adquiriu pouco a pouco características mais definidas. Por fim, a Igreja Católica desenvolveu uma maneira de medir o Purgatório em termos de anos, mesmo que ninguém tivesse jamais concebido essa medição antes. Na época de Lutero, havia uma fórmula bastante precisa e amplamente aceita: o sofrimento de um dia na Terra equivalia a mil anos no Purgatório. As indulgências – favores espirituais oferecidos por Tetzel – também foram fundamentais nessa fórmula, e medidas em termos de quantos milhares de anos eliminariam do pós-morte. Atos específicos de devoção podiam equivaler a quantidades específicas de anos no além, e a contabilidade podia ser bem precisa. Por exemplo, a coleção de relíquias reunida pelo príncipe de Lutero, Frederico, o Sábio, da Saxônia, podia render a qualquer pessoa que a venerasse – na igreja do castelo em Wittenberg, no dia 1º de novembro, data decretada pelo papa – exatamente 1.902.202 anos e 270 dias a menos no Purgatório.[11] Era uma fórmula lógica e ilógica ao mesmo tempo, e uma mostra de como o tempo no Purgatório podia ser diferente daquele da Terra, pois ninguém esperava que a Terra durasse tanto tempo. Afinal, Lutero e muitos de seus contemporâneos esperavam que o fim do mundo acontecesse logo, além de pensarem que o próprio Universo tinha apenas uns 5 mil anos de idade.

Sendo assim, enquanto o Purgatório era definitivamente temporal e não eterno, seu tempo corria em um relógio extremamente diferente. Os mortos purgados nesse reino já estavam no vestíbulo da eternidade, por assim dizer, e apenas suportavam um leve período de espera. Qualquer intervalo de tempo é pequeno quando comparado à eternidade. Até mesmo 1.902.202 anos e 270 dias.

O Purgatório fornecia um campo de atividade espiritual para os mortos, um campo no qual a Igreja estava incluída e em que os vivos podiam exercer impacto. Um dos principais fatores que contribuíram para definir essa assistência aos mortos foi o papa Gregório, o Grande (540-604), que resumiu e aprovou o que já era parte constituinte da crença e devoção cristãs na sua época. O papa promoveu o poder redentor da Eucaristia nesse campo: "Se os pecados após a morte forem perdoáveis, então a oferenda sagrada da santa hóstia será usada para ajudar a alma dos homens".[12] Aqui, em poucas palavras, estava o fundamento lógico da celebração de missas para os mortos. Os católicos medievais eram firmemente apegados a cinco crenças básicas, todas enfatizadas por São Gregório, no final do século VI:

1 › Que a pessoa humana é composta por dois componentes básicos: um corpo perecível e uma alma imortal.
2 › Que a alma se separa do corpo na morte e é instantaneamente julgada.
3 › Que a alma é imediatamente enviada a um destes três destinos: Céu, Purgatório ou Inferno.
4 › Que o Purgatório é um destino temporário, uma dolorosa antecâmara do Céu e da glória eterna, na qual a alma é purificada e pode ser ajudada pelo sacrifício da missa, oferecida pelos vivos por intermédio da Igreja.
5 › Que haverá um Juízo Final no fim da história, quando o Purgatório será abolido e todas as almas serão reunidas aos corpos ressurgidos pela eternidade, algumas para gozar a glória eterna e outras para suportar a eterna tormenta.

Esses cinco princípios foram impecavelmente resumidos no adágio latino *salus hominis in fine consistit*, que, em tradução livre, significa "o destino final do homem é decidido no momento da morte". Nesse quadro teológico de referência, o destino eterno de cada alma dependia do seu comportamento – fazer o bem e evitar o pecado – e também de seus pecados serem ou não perdoados pela Igreja. Ademais, o destino de cada alma no pós--morte dependia do seu estado no momento da morte, ou seja, se a alma quisesse evitar o Inferno, seria preciso ter uma "boa morte". De longe, o elemento mais importante de uma boa morte era a presença de um padre que poderia administrar os sacramentos da confissão, a Eucaristia, e a extrema-unção. Os cristãos medievais acreditavam que confessar os pecados e receber a absolvição, a comunhão e os últimos ritos era tão essencial que eles viam a morte súbita e inesperada como uma das coisas mais terríveis no mundo ou, pior, como um claro sinal da ira de Deus.

Havia mais uma série de crenças e práticas importantíssimas na Idade Média tardia. Em seus ensinamentos oficiais, a Igreja medieval deixava claro que, embora todos os pecados fossem perdoados pelo sacramento da confissão, o que se obtinha da absolvição pelos padres não era uma tábula totalmente rasa, mas sim uma sentença comutada, uma redução das penalidades eternas em penalidades temporais. É por isso que o padre sempre impunha *penitências*, para que as pessoas fizessem a *expiação*: orações, jejuns, peregrinações, atos de caridade e outras boas ações, que compensavam ostensivamente os pecados. Se a pessoa pecava com pouca frequência, como os santos, as penitências eram exequíveis, e ela poderia ir diretamente para o Céu quando morresse. Mas, se os pecados eram regulares, como acontecia com a maioria das pessoas, podia ser que as penitências nunca fossem cumpridas antes da morte – ou seja, elas teriam de ser cumpridas depois da morte. É por essa razão que ir para o Purgatório era o melhor resultado que a maioria dos cristãos esperava, e por isso o Purgatório estava tão abarrotado de gente.

Nos níveis mais altos da devoção mística e monástica, o Purgatório podia ser visto como uma necessidade absoluta e um passo evolutivo que a alma dos mortos estava disposta a tolerar. Nas vésperas da Reforma, tais sentimentos foram claramente expressos por Santa Catarina de Gênova. Para ela, tão logo a alma se separa do corpo na morte, instantaneamente percebe que seu caráter pecaminoso "não pode ser eliminado de outra maneira [e] se atira ao Purgatório". Além disso, segundo Catarina, "no Purgatório, o grande júbilo e o grande sofrimento não excluem um ao outro". Quanto mais uma alma fica no Purgatório, e quanto mais sofre de bom grado, mais perto ela fica de Deus. Na verdade, Catarina chegou ao ponto de propor algo que ia contra as atitudes vigentes em relação ao sofrimento no além, declarando de maneira inequívoca que nenhuma alma no Purgatório desejaria ser libertada antes que seu bem merecido tormento tivesse se completado:

> Se uma alma se coloca na presença de Deus ainda com uma hora a ser purgada, seria o mesmo que causar a si própria uma grande injúria. Ela sofreria mais do que se fosse lançada em dez purgatórios, pois não suportaria a justiça e a suma bondade de Deus, tampouco isso seria conveniente da parte de Deus. Aquela alma, ciente de que ainda não havia satisfeito totalmente a Deus, mesmo que lhe faltasse apenas um piscar de olhos para a purificação,

preferiria se submeter a mil infernos em vez de estar diante da presença de Deus.[13]

O que os místicos entendiam, no entanto, não estava exatamente em consonância com a devoção popular, intensamente centrada nos aspectos negativos do Purgatório: suas dolorosas tormentas e a necessidade de libertar a alma dos mortos do sofrimento o mais rápido possível. Ainda que o Purgatório fosse um ponto de entrada para a glória eterna, ele era aterrorizante, talvez tão assustador quanto o próprio Inferno, pois o sofrimento retratado lá costumava ser escandalosamente insuportável. Mesmo antes de São Gregório, os cristãos contavam histórias sobre almas atormentadas que visitavam os vivos para pedir sufrágios e lembrá-los da terrível realidade do Purgatório. Uma dessas histórias, que resultou no influente *Legenda áurea*, resume de maneira sucinta esse mito. Silo, um erudito, pediu que um amigo voltasse do mundo dos mortos para lhe contar como eram as coisas no pós-morte. Alguns dias depois de sua morte, o amigo aparece na sala de estudos de Silo "usando uma capa feita de pergaminho, toda escrita com sofismas e cheia de chamas por dentro". Quando o amigo explicou que a capa era uma punição por seu orgulho intelectual e seu amor por peles caras e macias, e que as chamas o queimavam constantemente enquanto a capa exercia sobre ele a pressão do peso de uma grande torre, Silo respondeu que aquela parecia ser uma punição muito leve, e que então o Purgatório não deveria ser tão terrível assim. "Dê-me sua mão e sinta quão leve é a punição", disse o visitante do Purgatório. Então Silo estendeu a mão e:

o erudito deixou que uma gota de suor caísse sobre ela. A gota atravessou a mão de Silo como uma flecha, causando uma dor excruciante. "É assim que me sinto por inteiro", disse o erudito. Mestre Silo, alarmado pela severidade da punição aplicada ao outro homem, resolveu abandonar o mundo e dedicar-se à vida religiosa.[14]

Embora o enfoque dessa história seja a dor do Purgatório, muitas outras acrescentam mais uma mensagem: a do valor dos sufrágios por parte dos vivos. Com bastante frequência, os mortos apareciam implorando alívio, e para lembrar os vivos de seu dever para com eles. Não surpreende, portanto, que uma das características mais relevantes do Ocidente católico seja como os vivos constantemente agiam como intercessores dos mortos. Isso significa que, na Idade Média tardia, missas sempre eram oferecidas aos mortos, em toda parte, o tempo todo, em uma escala muito maior do que antes, com o apoio de uma teologia altamente sofisticada. Um componente significativo dessa teologia deu origem a mais uma ligação entre vivos e mortos, e entre a Igreja e o pós-morte, uma ligação que aproximou ainda mais o Purgatório da Terra: a cobrança de indulgências.

As indulgências – das quais falamos rapidamente algumas páginas atrás – eram um favor ou privilégio garantido pela Igreja, que perdoava uma dívida de pecado para com Deus depois que ela fosse absolvida no sacramento da confissão. As indulgências foram difundidas no século XI, em conexão com as Cruzadas, quando o papa Urbano II garantiu indulgência plenária a todos os guerreiros que lutassem para recuperar a Terra Santa; consequentemente, elas seriam estendidas às almas no Purgatório, cujo destino se tornara responsabilidade dos vivos. E, como podemos ver no texto do sermão de Tetzel, as indulgências, em 1517, eram interpretadas, de maneira quase grosseira, como passagem garantida para o Céu, e comprá-las era uma obrigação. Ironicamente, portanto, adquiriram um valor inverso, como um pecado potencial de omissão, ou seja, como mais uma boa ação que jamais deveria ser negligenciada. O espelho de um pecador, manual de confissão publicado por volta de 1470, deixava isso bem claro para os penitentes que queriam fazer um exame da própria consciência: "Deixastes de oferecer orações, dar esmolas e celebrar missas para os parentes falecidos? Estes são pecados contra o quarto mandamento".[15] Tetzel usava a culpa produzida pelas indulgências em proveito próprio, o que para Lutero era censurável. Para ele, não se tratava apenas de má teologia e charlatanice, mas também de uma injustiça.

Porém, o Purgatório não era a única morada dos mortos acessível aos vivos, ou ao menos não a única que os protestantes condenavam, por muitos motivos. O Céu pairava bem perto da Terra, tão próximo quanto o Inferno. O Céu era onde moravam os santos, na presença de Deus, e onde estes trabalhavam incansavelmente como advogados da corte celeste. O Inferno era a morada não só dos condenados, mas também de legiões de demônios que perambulavam pela Terra, tentando seduzir incansavelmente as almas dos mortos. Na teologia oficial e na devoção popular, os limites entre o Céu e esses dois outros campos eternos eram igualmente permeáveis.

O Céu era acessado constantemente, não só pelos sacramentos da Igreja, e sobretudo pela Eucaristia, mas também pela oração e por intermédio daqueles visitantes extraordinários que apareciam na Terra com uma frequência razoável, auxiliando os vivos com mensagens e bênçãos de todo tipo. Aparições de Jesus Cristo, Virgem Maria, anjos e santos não eram necessariamente um lugar-comum, mas ocorriam com frequência. E eram um lembrete constante da lacuna infinitesimalmente pequena entre o Céu e a Terra, e entre vivos e mortos. Há exemplos em abundância, oriundos de todos os séculos medievais. São Gregório, o Grande, por exemplo, viu Cristo no altar enquanto consagrava o pão e o vinho na missa; São Bernardo de Claraval tomou leite dos seios de Maria; Santo Antônio de Pádua segurou nos braços o Menino Jesus; e Santa Catarina de Siena tomou Jesus como seu marido em uma cerimônia presenciada por todos os seus santos padroeiros e por um coro de anjos. Uma freira de nome desconhecido, em Florença, viu São Pedro Mártir ascender aos céus no instante em que ele foi morto, a quilômetros de distância. O mesmo São Pedro Mártir também apareceu depois de morto para ajudar a curar um moribundo e para salvar um navio do naufrágio em uma tempestade. E por aí afora. Dois dos livros mais populares da Idade Média tardia, *Legenda áurea*, de Jacopo de Varazze, ou *Lenda dourada* (século XIII), e *Diálogo sobre milagres* (século XIII), de Cesário de Heisterbach, são tão cheios de relatos desse tipo que quantificá-los ou catalogá-los de maneira sistemática constitui um desafio hercúleo.

A oração aos santos era mais que essencial para a devoção católica: era parte fundamental de sua própria estrutura, talvez de seu próprio cerne. No Céu, os santos podiam tornar-se defensores pessoais de alguém, às vezes até os únicos amigos verdadeiros, e muitas pessoas consideravam seu poder espantoso. É claro, havia céticos e incrédulos, e estes muitas vezes eram acrescentados às hagiografias como bodes expiatórios para atiçar a fúria dos santos. Escarnecer um santo era algo perigoso, pois, da mesma maneira como podiam abençoar, eles podiam amaldiçoar. O mesmo São Pedro Mártir que curava os aleijados podia emudecer os zombadores, castigá-los com febres ou fazer seus novelos de lã sangrarem.[16]

O Inferno também podia estar próximo. Nada podia ser feito pelos condenados lá embaixo, mas eles às vezes recebiam permissão para visitar os vivos, a fim de alertá-los de sua desgraça iminente. Histórias desse tipo são abundantes não só na literatura monástica, mas também em textos de devoção popular. Livros como *Diálogo sobre milagres* também tornavam essas histórias sobre aparições infernais bastante comuns nos sermões, popularizando depois a ideia de que os mortos, mesmo os que estavam no Inferno, podiam visitar os vivos.

O DESAFIO PROTESTANTE

Jacques Le Goff datou o nascimento do Purgatório mais ou menos do século XII – não a ideia de purgação nem a da prática de rezar para os mortos, que ele reconhece já estar presente entre os primeiros cristãos, mas o Purgatório como *locus*, um lugar distinto no Cosmo.[17] Essa datação mostrou-se controversa. Em contrapartida, ninguém pode argumentar contra a data exata que foi dada para o fim do Purgatório: 31 de outubro de 1517, quando Lutero começou a contestar a pregação da indulgência por parte de Tetzel.

Lutero só rejeitaria o Purgatório completamente em 1520, mas selou seu destino ao contestar a soteriologia da Igreja, sua teologia da salvação. A vida após a morte, segundo a Igreja medieval, tinha uma dimensão construída a partir de comportamentos específicos, ou "obras", como diria Lutero. A própria fórmula *salus hominis in fine consistit* (a salvação do homem é definida no fim), que enfatizava o momento da morte, e a própria noção de Purgatório eram ambas inconcebíveis sem uma crença correspondente na relação entre atos específicos e *status* da pessoa para a eternidade no pós-morte. Ao rejeitar o que ele chamava de "salvação pelas obras", Lutero também destruiu necessariamente a concepção católica medieval de vida após a morte e de como os mortos e os vivos se relacionavam uns com os outros. A fórmula soteriológica de Lutero pode ter modificado uma única letra, mas essa simples consoante faria toda a diferença: *salus hominis in fide consistit* (a salvação humana depende da fé). Agora não era mais *o fim* que determinava o lugar das pessoas no pós-morte, mas sim a *fé* – a fé dada livremente por Deus *nesta* vida, a fé no sacrifício definitivo de Cristo na cruz, que perdoou todos os pecados e tornou o Purgatório irrelevante. A purificação depois da morte era totalmente desnecessária na soteriologia luterana.

O que Lutero rejeitou, e o que ele substituiu, pode ser resumido da seguinte maneira:

Soteriologia católica medieval: *Salus hominis in fine consistit*

1 › *Ars vivendi*: *a arte de viver*. O modo como vivemos determina o modo como passaremos a eternidade.

2 › *Non posse non peccare*: *o pecado é inevitável*. É impossível não pecar. Devido à Queda do homem provocada por Adão e Eva, todos os seres humanos são manchados pelo pecado original e não conseguem deixar de ofender a Deus. Mas cada um dos pecados pode ser perdoado, não importa quão terrível ele seja.

3 › *Mea culpa, mea culpa, mea maxima culpa*: *tudo é culpa minha, minha bem merecida punição*. Somos totalmente responsáveis por nossas ações, portanto todo pecado precisa ser perdoado por Deus. Um pecado que seja, se não perdoado, pode nos levar ao Inferno pela eternidade. As penas para cada pecado podiam ser pagas em vida ou após a morte. Os pecados não perdoados são pagos eternamente, no Inferno. Os pecados perdoados são pagos com o tempo, na Terra ou no Purgatório.

4 › *Extra ecclesiam nulla salus*: *não há salvação fora da Igreja*. A única maneira de escapar ao Inferno é confiar na Igreja e em seus sacramentos, as fontes mais diretas da graça. Principalmente o sacramento da penitência. Sem confissão não há absolvição, nem salvação.

5 › *Caelum, Purgatorium, Infernus*: ao morrer, somos imediatamente julgados por Deus, e vamos direto para o Céu, para o Purgatório ou para o Inferno, dependendo do estado de nossa

alma. Pouquíssimas almas vão direto para o Céu. A maioria vai para o Purgatório, porém muitas vão para o Inferno.

6 › *Ars moriendi: a arte de morrer.* Precisamos buscar ajuda para morrer bem, pois nosso destino eterno depende de como lidamos com nossos pecados no momento da morte.

7 › *Ora pro nobis: rogai por nós.* Os vivos na Terra podem orar pelos mortos no Purgatório, e os mortos no Céu podem rogar pelos vivos na Terra. E, como o sacramento da Eucaristia – a missa – transcende o tempo e o espaço, pode ajudar a libertar as almas do Purgatório.

Soteriologia luterana: *Salus hominis in fide consistit*

1 › *Sola fide; sola gratia*: somos salvos *só pela fé*, e não pelas obras. A fé é obtida *só pela graça*, como um dom dado livremente por Deus. Nada pode ser feito para obter a fé.

2 › *Simul justus et peccator: pecador e perdoado, tudo ao mesmo tempo.* Mesmo com a fé e a graça, sempre continuaremos a pecar, mas a pena pelos pecados é anulada. O perdão pelos pecados depende da fé no ato redentor definitivo de Cristo na cruz.

3 › *Theologia crucis: teologia da cruz.* É somente Cristo que salva, por meio de sua morte na cruz. Ele é o único intercessor entre o Céu e a Terra, entre o Pai e o homem.

4 › *Sola scriptura: apenas a escritura.* Todos os verdadeiros ensinamentos cristãos são encontrados apenas na Bíblia, e o Purgatório não é mencionado em lugar nenhum nas Escrituras sagradas. Tampouco a intercessão dos santos.

5 › *Docendi sunt christiani: os cristãos devem aprender* que o Purgatório

e a intercessão dos santos são ficções que não pertencem às Escrituras, erros teológicos da mais alta magnitude. Desmascarar essa fraude é primordial: os vivos não podem rezar pelos mortos do Purgatório; tampouco os mortos no Céu podem rezar pelos vivos.

A rejeição do Purgatório era universal entre os protestantes: Lutero, Karlstadt, Zuínglio, Bucer, Oekolampad, Calvino, os anglicanos e até os radicais. Todos eles condenavam o Purgatório como uma fábula, uma invenção perversa, criada por clérigos corruptos para enganar os leigos. No nível popular, o fluxo de dinheiro para o culto dos mortos chegou a ser visto como um dos sinais mais seguros da falsidade da Igreja Católica e de sua exploração do povo, dando origem à expressão inglesa *"purgatory pick-purse"* ["purgatório rouba-bolsa"].[18] O dramaturgo suíço Nicholas Manuel atribuiu a seguinte fala ao personagem do papa em sua peça anticatólica e altamente satírica *Die Totenfresser* (Os que se alimentam dos mortos):

> *Oferendas da Igreja, missas semanais, mensais e anuais para os mortos*
> *Propiciam-nos mais que o bastante...*
> *Também damos muito crédito ao Purgatório,*
> *Muito embora as Escrituras quase nada digam sobre ele.*
> *Tudo porque precisamos aproveitar cada chance*
> *De pregar um susto dos infernos no povo.*
> *Pois é isto que mantém oculta nossa fraude.*[19]

A descoberta dessa "fraude" era uma das mensagens centrais da Reforma Protestante, e a lógica do Purgatório e do papel dos sufrágios parece ter sido um ponto vulnerável na teologia católica, e talvez a porta de entrada mais certa para a dúvida. Como argumentou um sensato inglês de Lincoln:

> Se houvesse o Purgatório e cada missa celebrada retirasse dele uma alma, jamais haveria almas lá, pois deve haver mais missas em um único dia do que corpos enterrados em um mês.[20]

Junto com o fim do Purgatório veio uma rejeição concomitante de todas as "obras" ou sufrágios que supostamente ajudavam a libertar as almas de lá. Acabaram as missas para os mortos, as orações, os aniversários, as doações e tudo o mais que acompanhava esses rituais para os falecidos. A expressão inglesa "dead and gone" [morto e passado] adquiriu um novo significado entre todos os protestantes, pois, uma vez morta, a pessoa era literalmente varrida ou para o Céu, ou para o Inferno, para campos totalmente além do alcance de qualquer ser humano, onde, segundo aquele importantíssimo texto do Evangelho (Lucas 16:26), há um "grande abismo, a fim de que aqueles que quiserem passar daqui para junto de Vós não o possam, nem tampouco atravessem de lá até nós".

Os mortos protestantes habitavam, assim, outra dimensão na eternidade e eram totalmente segregados dos vivos. Além disso, no que se refere ao último vestígio de sua presença entre os vivos, o sepultamento, os mortos também eram sujeitos à segregação física, pois se tornou prática comum entre muitos protestantes retirá-los das igrejas e adros e levá-los para lugares afastados, onde não se misturassem com o cotidiano, como era tão comum em todo o mundo cristão medieval. A separação espiritual e a separação física passaram a existir, acabando praticamente com todo o comércio entre vivos e mortos, exceto no que diz respeito ao cuidado com os cadáveres.

Essa segregação, ou separação, passou a existir instantaneamente e em todos os lugares onde o protestantismo se enraizou. Um único acontecimento revela a intensidade da mudança. Ao comentar a revisão do código penal de Nuremberg, em 1521, um jurista argumentou que punições não poderiam mais ser aplicadas aos cadáveres de criminosos condenados, como era de costume. Se um criminoso morresse antes da execução da sentença, qual era a função de aplicar-lhe a pena completa? Citando Lutero em seu relatório, esse jurista opinou: "Depois da morte, a pessoa está livre de toda a autoridade humana, e põe-se apenas ao juízo de Deus".[21]

Tal mudança não foi apenas monumental, mas também bastante repentina em quase todos os lugares que se tornaram protestantes. As consequências espirituais e culturais de uma transformação tão rápida são difíceis de mensurar e terão de ser consideradas no final do capítulo. Mas as consequências materiais são fáceis de avaliar, e apontam para efeitos que não foram examinados, com cautela ou exaustivamente, exceto os ocorridos na França do século XVIII.[22]

O efeito mais imediato do fim do Purgatório foi o desaparecimento das missas para os mortos e de todos os rituais ligados ao bem-estar após a morte. Essa foi uma revolução econômica considerável. Sufrágios para os mortos sempre envolveram dinheiro: fosse uma única missa ou uma doação perpétua, algum custo sempre tinha de ser mantido pelos vivos, que costumavam manter uma relação com os falecidos e tinham de consentir em ver parte de sua herança consumida por eles, ou, para ser mais exato, pelo clero. A maioria dos rituais pós-morte era financiada, de uma maneira ou de outra, por bens imóveis: ou por meio de aluguéis ou por doações imediatas de propriedades para a Igreja. Com o passar das décadas e dos séculos, a transferência de fundos e propriedades para a Igreja tornou-se substancial.

Embora não tenhamos uma análise abrangente de quantos postos clericais foram financiados, de maneira direta ou indireta, pelo culto aos mortos na Europa pré-Reforma, a pesquisa relativamente irregular realizada até agora sugere que a ligação entre os mortos e o clero era, sim, muito intensa, e que o vínculo financeiro entre vivos e mortos também era formado em grande parte pela trama da Igreja. Em 1529, um jovem advogado protestante chamado Simon Fish queixou-se ao rei Henrique VIII de que a crença no Purgatório havia colocado "mais de um terço de todo o reino" nas mãos do clero.[23] O jovem João Calvino, ao escrever para o ex-amigo Gerard Roussel – que acabara de aceitar o bispado de Oleron –, repreendeu-o por fazer parte de uma fraude tão grande e hedionda como enriquecer à custa dos mortos.

Na visão de Calvino, os arrendamentos anuais que mantinham a maior parte do clero não existiriam não fosse a crença no Purgatório, pois essa renda era obtida de doações para financiar missas e orações para os mortos. Além disso, o clero beneficiado vivia dos mortos, mais especificamente da ficção (*"fause imagination"*) do Purgatório. "Portanto é justo afirmar", disse Calvino a

Roussel, "que tu não deténs nenhum pedaço de terra que não tenha sido colocado nas tuas mãos pelo Purgatório". Chamando Roussel de "vilão", "ladrão" e "saqueador", e comparando-o a um pirata, Calvino pôs um fim àquela amizade, observando que "só poderás preparar tua comida se o fogo do Purgatório estiver aceso".[24]

Calvino estava certo, e até mesmo os polemistas católicos concordavam nesse aspecto. Na década de 1560, o cardeal inglês Willian Allen reconheceu que o mundo inteiro sabia que a doutrina do Purgatório "financiou todos os bispados, construiu todas as igrejas, ergueu todos os oratórios, instituiu todos os colégios, manteve todas as escolas, sustentou todos os hospitais e promoveu todas as obras de caridade e religião, qualquer que fosse o tipo".[25]

Obviamente, o efeito mais imediato da abolição do culto aos mortos, onde quer que a Reforma Protestante se estabelecesse, era a redistribuição de propriedades e fundos que o clero vinha consumindo em nome dos mortos. Mudanças menores também modificaram a tessitura social e econômica, tanto nas áreas urbanas quanto nas rurais. Recentemente, Eamon Duffy detalhou como a segregação dos mortos a um campo inalcançável mudou drasticamente a vida no pequeno vilarejo de Morebath, em Devonshire.[26] As repercussões de uma mudança desse gênero precisam ser estudadas em detalhes, especialmente fora da Inglaterra: como, exatamente, toda essa riqueza e todas essas propriedades foram redistribuídas, e como essa mudança afetou as economias locais e a economia europeia como um todo?

As repercussões intelectuais e espirituais dessa reconfiguração da eternidade também ainda precisam ser avaliadas, e esta não é uma questão de pouca importância. Reconfigurar a eternidade, no século XVI, significou redefinir muitas realidades sociais, políticas e econômicas. As mudanças na crença e na tessitura da sociedade caminhavam lado a lado, não em simples relação de causa e efeito, conforme argumentariam muitos materialistas extremos ou historiadores intelectuais, mas sim em relação complexa e mutuamente dependente. Alterar uma mentalidade ou visão de mundo implica muito mais que simplesmente rearranjar as ideias na cabeça das pessoas: mudanças externas são tão essenciais para a mudança no pensamento quanto as ideias o são para as mudanças no mundo "real". A reconfiguração da eternidade é, então, tanto causa quanto sintoma da mudança.

Sem dúvida, no campo do abstrato, a maior mudança provocada pela reconfiguração protestante do eterno foi a mudança de enfoque: sair da especificidade e da especulação filosófica e partir para uma abordagem mais prática e apofática, ou agnóstica ("agnóstica" no sentido de admitir que o que podemos conhecer ou afirmar sobre certos assuntos é extremamente limitado). Considerando que os escolásticos tinham debatido em grande medida a lógica da eternidade, além de terem buscado uma precisão maior sobre pontos como a relação entre providência, onisciência e eternidade de Deus, os protestantes agora se concentravam nos efeitos ético e prático que esses conceitos teriam sobre os cristãos.

Martinho Lutero, por exemplo, não via propósito em se concentrar no mistério da glória eterna: "A razão humana é incapaz de apreendê-la pela especulação. Com nossos pensamentos, não podemos ir além do físico e do visível. Coração de homem nenhum compreende a eternidade. [...] Não podemos imaginar o que é o prazer na eternidade".[27] Isso não quer dizer que Lutero considerasse inútil meditar sobre a eternidade; ao contrário, ele discorria sobre ela com o intuito de desconstruir os paradigmas medievais. Mais que qualquer outro reformador protestante, Lutero era dado ao pensamento em termos de proposições paradoxais e oposições dialéticas binárias que dependiam umas das outras para fazer sentido, apesar de sua contradição aparente, como fé e obras, lei e Evangelho, carne e espírito. Consequentemente, Lutero via a mortalidade e a eternidade como horizontes intransponíveis, e como um ponto de partida básico para entender a natureza humana e a relação entre Deus e o homem:

> Pois não fomos criados como bois e asnos; fomos criados para a eternidade. Logo, quando Deus nos diz para fazer uma promessa, Ele não fala apenas em nome das coisas temporais; tampouco se preocupa apenas com o ventre. Deus quer preservar nossa alma da destruição e nos garantir a vida eterna.[28]

Lutero leu as *Confissões* de Agostinho e tinha bastante familiaridade com sua discussão sobre o tempo e a eternidade, mas estava longe de achar necessário insistir nessa questão, ou sequer mencioná-la.[29] A especulação meditativa desse tipo não lhe agradava de modo nenhum. Em vez disso, ele escolheu tomar o caminho apofático – não porque condiz com seu biblicismo e seu entendimento algo nominalista do Deus oculto em seu poder absoluto (*potentia absoluta*). "Tamanha é a duração da vida de Cristo que não pode ser expressa", disse ele uma vez. "A menos que acreditemos nela pela fé, a eternidade está além da expressão."[30]

Essas meditações eram raras. Na verdade, suas reflexões sobre a eternidade são razoavelmente frugais, generalizadas e centradas no assunto da fé, como essa descrição do papel da Eucaristia: "Portanto o sacramento é para nós um vau, uma ponte, uma porta, um barco e uma maca, pelo qual e no qual passamos deste mundo para a vida eterna. Logo, tudo depende da fé".[31] A maioria das poucas passagens em seus escritos que lidam com a eternidade é menos mística. Na verdade, a maioria delas tem uma inclinação bastante prática, ética ou pastoril e situam-se no início de sua carreira: "Pensar que os malvados possam ter a punição eterna e os bons ter júbilos eternos deixa nossa alma notavelmente horrorizada e aturdida", disse ele em certa ocasião. "Vós que não sentis horror, com isso, demonstrais que realmente não pensais nem ponderais com cautela, mas fazeis de maneira superficial e descuidada."[32]

OS CATÓLICOS E SEUS MORTOS

Como resposta à Reforma Protestante, os católicos aderiram aos mortos de uma maneira ainda mais forte do que antes, intensificando as diferenças surgidas no século XVI entre as duas religiões.

Com respeito ao Purgatório, o Concílio de Trento (1545- -63) decretou que, de fato, "existe um Purgatório, e as almas lá detidas são ajudadas pelos sufrágios dos fiéis e principalmente pelo aceitável sacrifício do altar". Além disso, ele também instava todos os bispos a "lutar diligentemente até o fim para que a doutrina do Purgatório, transmitida pelos padres e concílios sagrados, fosse acreditada e mantida pela fé de Cristo, e fosse ensinada e pregada em todos os lugares".[33]

Sobre a veneração dos santos no Céu, o concílio manteve-se igualmente firme em sua defesa da tradição, pedindo a todos os bispos para:

> instruir diligentemente os fiéis em questões relativas à interseção e à invocação dos santos, à veneração de relíquias e ao legítimo uso de imagens, ensinando-os que os santos que reinam junto a Cristo oferecem suas orações a Deus pelos homens, que é bom e benéfico invocá-los em súplica e recorrer às suas orações, ajudar e apoiar de modo a obter favores de Deus através de Seu Filho, Jesus Cristo, nosso Senhor, que, apenas Ele, é nosso redentor e salvador.[34]

Essa reafirmação da tradição foi extremamente bem-sucedida em todos os níveis, nem tanto por ter sido decretada desde o alto, pelo papa e o concílio, mas sim porque parece ter sido abraçada, de maneira incondicional, por todo o mundo católico, tanto as elites quanto o povo. Era de grande ajuda, é claro, que as elites da Igreja e o Estado cultivassem uma retomada do interesse pelos mortos e pela vida após a morte.

Na Espanha, supostamente a nação católica mais influente do planeta naquela época, um exemplo fundamental da elite em torno dessa renovada devoção tridentina foi o próprio rei, Filipe II, que trabalhou muito para reificar não só seu papel como monarca católico, mas também o poder da Igreja sobre os mortos e a ligação entre vivos e mortos. Filipe construiu para si e seus sucessores um complexo de monastério e palácio diferente de todos os outros na Terra, e seu eixo era o culto dos mortos. Construído entre 1563 e 1596, ao custo dos tesouros trazidos durante um ano inteiro do Novo Mundo, a imensa estrutura de San Lorenzo de El Escorial era, na época, a maior construção do mundo. Dentro desse perímetro, Filipe fez um aglomerado de palácio, mosteiro, basílica, biblioteca e seminário, junto com 8 mil relíquias de santos – a maior coleção do mundo, com a mais meticulosa catalogação –, às quais foram atribuídas dezenas de milhões de anos de indulgências. Composto por monges hieronimitas, cujo único propósito era rezar pelo rei e pela família real, tanto vivos quanto mortos, o mosteiro de San Lorenzo era uma verdadeira máquina de rituais, em que missas eram oferecidas constantemente em numerosos altares – exceto quando a regra hieronimita impunha que os monges dormissem –, nos quais centenas de monges entoavam o Saltério dia após dia, cem cessar.

Não contente em apenas viver com seus monges e padres, o rei Filipe também construiu aposentos privados o mais próximos possível do Céu, bem atrás do principal altar da basílica, flanqueada de todos os lados pelas 8 mil relíquias, e posicionou seus aposentos de tal modo que conseguisse avistar de sua própria cama o altar principal. Logo abaixo desse altar, e, portanto, também abaixo de sua cama, Filipe construiu uma cripta imensa para toda a dinastia Habsburgo, incluindo seu pai, ele mesmo e todos os futuros sucessores do trono. Sempre que estava no Escorial, o que acontecia com a maior frequência possível, ele vivia, trabalhava e dormia logo acima do corpo do pai e do túmulo que ele mesmo um dia ocuparia, bem como da tumba de seu filho e de todos os descendentes ainda não nascidos.

Em seu testamento, Filipe fez saudações a tantos santos intercessores que sua lista de protetores assemelhava-se ao total de santos invocados em todos os testamentos escritos em Madri. Ele também retirou todas as suspensões no que se referia aos sufrágios, atribuindo aos padres hieronimitas trabalho perpétuo e impondo demandas pesadas aos padres de todos os lugares, e não apenas em Escorial. Primeiro, Filipe queria a celebração diária de missas por cada padre no Escorial durante nove dias depois da sua morte. Depois, pediu que 30 mil missas fossem oferecidas "o mais rápido possível" pelos franciscanos de todo o reino, "com a mais alta devoção". Não contente com tudo isso, Filipe também exigiu que uma missa solene fosse celebrada por sua alma no altar principal da basílica do Escorial, todos os dias, até a segunda vinda de Cristo, e acrescentou uma oração especial para sua alma às horas canônicas diárias dos hieronimitas. Isso sem considerar as outras dezenas de milhares de missas que ele exigiu para os parentes, ou como se concentrou em cada detalhe de seu funeral, ou quantos funerais foram realizados em todo o reino depois da sua morte, e ainda quantas centenas de milhares de velas foram usadas. É de deixar qualquer um desorientado.

Para que esse passeio alucinante pelo Escorial não fique sem graça, dado que a extravagância convém aos reis, consideremos que Filipe e sua cidade dos mortos combinada com fábrica de orações eram apenas a ponta do *iceberg*. Quando examinamos os testamentos de seus súditos, encontramos centenas de milhares, até mesmo milhões de espelhos refletindo o mesmo tipo de obsessão, apenas em uma escala relativamente menor. Vistas no conjunto, as missas e orações exigidas pelos espanhóis na época de Filipe II e seus sucessores, Filipe III e

San Lorenzo de El Escorial, o complexo palacial do rei Filipe II de Espanha, construído pelos arquitetos Juan Bautista de Toledo e Juan de Herrera. Quando foi finalizado, em 1584, era a maior construção do mundo e servia a múltiplas funções: palácio, mosteiro, biblioteca, escola, relicário e mausoléu.

Filipe IV, ofuscariam os esforços no Escorial e os fariam parecer apenas o ponto no final de uma das frases de *Dom Quixote*, de Cervantes. Quando, daqui a algum tempo, finalmente forem calculados os custos, e tenho certeza de que o serão, é bem provável que a quantidade de dinheiro gasto pelos súditos desses três Filipes com suas almas e as dos seus mortos tenha facilmente facilmente superado a quantidade gasta pelos monarcas, resultando em muito mais do que vários anos de tesouros levados do Novo Mundo.

Dois estudos independentes apontam nessa direção: um feito por mim mesmo, em Madri, e o outro por Sara Nalle, em Cuenca. Usando métodos e amostras bastante semelhantes – e trabalhando sem o conhecimento dos esforços do outro –, Nalle e eu chegamos a descobertas quase idênticas. Tanto em Madri quanto em Cuenca, os gastos com os mortos subiram gradualmente depois que os decretos do Concílio de Trento foram colocados em prática, em 1565. Em Madri, o aumento de requisições de missas foi proporcionalmente maior que em Cuenca, devido ao fato de que a corte real se mudou para lá em 1561, alterando a estrutura social e econômica da cidade. Mas o padrão geral nos dois lugares revela uma obsessão idêntica com números altos, bem como com funerais cada vez mais elaborados. O custo desse interesse maior na vida após a morte, que aconteceu em paralelo a uma inflação na economia, pode parecer astronômico e talvez até doentio ou insano para nós. Como Nalle tinha arquivos paroquiais completos e eu não, ela conseguiu encontrar o prêmio que me escapou: o custo disso tudo a longo prazo. Rastreando as doações que financiaram as missas durante quase dois séculos, Nalle calculou que, em 1750, a Igreja tinha mais que a metade das propriedades de Cuenca e praticamente metade de todos os arredores. Também empregava cerca de dois quintos da população total.[35] Dada a quantidade de missas requeridas em Madri e o quanto custavam, podemos identificar um perfil semelhante nos registros paroquiais da cidade, e os números provariam isso se os papéis não tivessem sido queimados pelos comunistas na década de 1930, em uma tentativa orwelliana de apagar o passado.

Por mais que eu não tivesse como rastrear o dinheiro em Madri, deparei-me com uma constatação valiosa quando fiz algumas perguntas básicas sobre minhas descobertas ao célebre economista Albert Hirschman. Depois de ajudar-me a entender a relação entre a inflação na economia espanhola e a inflação nos pedidos de missas, o que foi relativamente fácil de perceber, ele disse algo inesperado, que lançou toda uma nova luz sobre minha pesquisa. Basicamente, sua observação é a minúscula semente que acabou crescendo neste livro. "Pense em tudo o que eles poderiam ter feito com esse dinheiro", disse o economista. "Imagine quantas coisas mais a Espanha poderia ter realizado!"[36]

É o que diria um bom capitalista, talvez até calvinista, como Max Weber teria colocado. Retornaremos a esse ponto mais adiante.

Enterrar dinheiro na eternidade – basicamente gastar uma parte substancial de suas propriedades em apólices de seguro para a vida eterna e que só poderiam ser convertidas além desse mundo – não era a única maneira de os católicos melhorarem os vínculos com os mortos. Todos os paradigmas medievais foram reforçados e intensificados depois do Concílio de Trento. A devoção aos santos cresceu gradativamente, pois aumentou o número deles, graças ao influxo de santos notáveis, tanto homens quanto mulheres. Aparições de pessoas mortas continuavam sendo relatadas e representadas na literatura e na arte religiosa – principalmente aparições que confirmavam a existência do Purgatório e a eficiência de orações para os mortos. Santa Teresa de Ávila, por exemplo, foi apenas uma das centenas de freiras que relataram ter visto a alma dos mortos enquanto saíam do Purgatório. A própria Teresa também teria sua vez, aparecendo para um grande número de freiras e padres depois de sua morte, até mesmo dando instruções do que deveria ser feito com seu corpo incorruptível.[37]

Em contrapartida, os protestantes acabaram com as aparições, pelo menos em teoria. Embora a crença em fantasmas continuasse sendo parte integrante da cultura protestante, seus teólogos insistiam que a natureza de tais eventos era realmente demoníaca e que todos os "fantasmas" eram, na verdade, ilusões demoníacas. É provável que a vida após a morte descrita pelo fantasma do pai de Hamlet na peça de Shakespeare nos aproxime das crenças populares mais que qualquer outra coisa, e o que encontramos na sua descrição a uma plateia protestante elisabetana é uma mistura perfeita de tradições anticristãs bastante *incorretas* e crenças católicas sobre o Purgatório:

Sou o espírito de teu pai
Condenado, por um certo tempo, a vagar pela noite

> E a passar fome no fogo enquanto é dia,
> Até que os crimes cometidos em meus tempos de vida
> Tenham sido purgados, se transformando em cinza.[38]

Também é bastante provável que Shakespeare quisesse que seu público experimentasse a plena ambivalência dos ensinamentos da Igreja Anglicana a respeito dos fantasmas, pois, dada a confusão causada pelo pai de Hamlet, na verdade é bem possível que ele fosse apenas um demônio.[39]

Mas, se procurarmos diferenças nítidas em vez de ambivalência, poucos contrastes seriam mais claros que aquele entre o funeral de Calvino e o de Teresa de Ávila. Enterrado em um túmulo sem identificação, do lado de fora dos muros de Genebra, conforme suas próprias instruções, Calvino intencionalmente fez-se desaparecer do mundo dos vivos. Depois de sua morte, ninguém mais rezava por sua alma, ninguém mais rezava por ele. Exceto por seus muitos textos, que continuam sendo lidos até hoje, Calvino deixou de ter quaisquer relações com os vivos. Já com Teresa foi bem diferente. Continuamente exumado e reenterrado, cortado, fatiado, talhado e espalhado pelo mundo todo em pedaços grandes e pequenos, o corpo milagrosamente incorruptível de Teresa tornou-se o centro de uma intensa veneração, que perdura ainda hoje. Até mesmo um ditador tão maquiavélico quanto o fascista Francisco Franco tentou reivindicar a mão dela para si. Embora algumas missas e orações fossem oferecidas a ela, bem como a todas as almas, não importa quão sagradas, Teresa foi logo venerada como santa e teve orações dedicadas a ela. Canonizada em 1620, elevada a doutora da Igreja em 1970, ela continua viva entre os católicos de diversas maneiras, para além de seus textos.

O MONASTICISMO COMO VÍCIO

Monásticos como Teresa de Ávila estavam próximos da eternidade de muitos modos, mas em dois aspectos eram quase como os mortos. Primeiro, "morriam" ostensivamente para o mundo e se concentravam no Céu. Na verdade, sua condição legal era semelhante à dos mortos, na medida em que muitos deles tinham de escrever seu último testamento antes de ir para o monastério. Suas vontades, na Madri do século XVI, não diferiam em nada da vontade dos leigos no leito de morte. Segundo, os monásticos eram muito parecidos com os santos no Céu, não só por estarem ostensivamente além deste mundo, mas também porque se acreditava que rezavam sem parar e agiam como intercessores. Suas orações, combinadas com sua santidade, eram supostamente bastante eficazes e beneficiavam a Igreja como um todo, em especial seus patronos e semelhantes. De muitas maneiras, a relação entre os patronos e os monastérios que eles financiavam não era muito diferente da relação entre os devotos e os santos no Céu, para os quais se constroem santuários ou obras de arte comissionadas. O mesmo era válido para comunidades inteiras que apoiavam os monásticos locais. Com um pé na eternidade, por assim dizer, os monges reivindicavam um lugar diferenciado na estrutura social, política e econômica do Ocidente.

Uma das mudanças mais profundas provocadas pela Reforma Protestante foi a abolição do monasticismo. De repente, em muitos lugares, monges e freiras desapareceram da noite para o dia e tiveram suas propriedades confiscadas por autoridades civis, junto com sua vasta riqueza coletiva. Essa mudança descomunal, que envolveu uma transferência considerável de propriedades da Igreja para mãos seculares, foi defendida sobre fundamentos ontológicos que tinham uma vantagem pragmática bastante acentuada, vantagem que se revelou de longe uma das qualidades mais singulares do protestantismo: a preocupação com este mundo e o desdém para com as tentativas de reivindicar a eternidade. Os monásticos foram descartados como totalmente inúteis, não só porque a teologia protestante da salvação pela fé fazia todo seu asceticismo e oração parecer uma total perda de tempo e esforço, mas também porque eles pareciam parasitas que sugavam os recursos da comunidade. De acordo com um documento escrito por alguns monges que se tornaram protestantes:

> Não deveríamos ficar ociosos à espera de que pombos assados voem até nossa boca. Sim, trabalhar é o que o homem tem de fazer, cada um conforme sua capacidade, a serviço de seu concidadão. O ócio é proibido; não há nada de cristão na contemplação.[40]

Outro monge que se tornou protestante, Eberlin von Günzburg, reclamou do desperdício do monasticismo ao alegar que o modo de rezar dos "leigos devotos", por meio do seu trabalho físico, era muito superior ao canto dos monges. Além disso, Eberlin também argumentou que as orações vazias e todas as regras impostas aos monges – principalmente o voto de castidade – eram uma forma de tortura, "opressiva, anticristã, desumana", ainda pior que a escravidão sob o domínio dos turcos. Entre outras coisas, ele propôs que todos os conventos fossem transformados em escolas para o casamento, onde as meninas seriam treinadas para o único tipo de vida apropriado para uma mulher cristã, a vida doméstica.[41] O contraste entre essa visão de mundo e a de Bernardo de Claraval, citada no início do primeiro capítulo, não poderia ser mais nítido.

A intercessão não era mais vista como "obra" ou "serviço" para a comunidade, pois os protestantes recusavam-se fortemente a considerar tal coisa possível. Os monges não estavam mais próximos do Céu e da eternidade que qualquer outra pessoa, simplesmente porque essa proximidade era um engano, até mesmo uma ficção abusiva, engendrada para explorar o povo comum. O único enfoque da vida deveria ser o aqui e agora, não a eternidade. O trabalho físico e o envolvimento com as ocupações deste mundo não só contaria como oração, mas também podia ser superior ao tipo de oração que os monges faziam o tempo todo no "ócio". Em outras palavras, o protestantismo "secularizou" a vida: empenhou-se em defender que o *sæculum*, este tempo, este mundo, era o único reino com o qual os cristãos podiam se preocupar. O protestantismo também lutou para nivelar a hierarquia que permitia a alguns cristãos estar mais próximos de Deus e da eternidade que outros – a mesma hierarquia que Dionísio, o Areopagita, enaltecia. E, ao livrar a sociedade dessa hierarquia e de uma ordem social que aceitava duas vias para a salvação, uma superior e outra inferior, os protestantes esperavam trazer todos de volta à Terra, ao reino temporal, no mesmo nível, longe da eternidade. A rejeição do monasticismo, que eliminou não só uma classe social inteira, mas também suas pretensões sobrenaturais, reforçou a tendência secular do protestantismo. Séculos depois, alguns teólogos protestantes perceberiam isso e lamentariam o modo como a cristandade protestante perdeu sua capacidade de transcender a cultura secular. Entre aqueles que sugeriram que os protestantes reconsiderassem a rejeição do monasticismo durante a Reforma, encontramos ninguém menos que Karl Barth, o célebre teólogo do século XX.[42]

O MISTICISMO COMO ILUSÃO

É desnecessário dizer que, se o monasticismo fosse uma perda de tempo e recursos, então também o seria seu objetivo principal: a contemplação das realidades eternas e divinas. Com exceção de uns poucos radicais – como Thomas Müntzer, que se juntou às revoltas camponesas de 1524-25, e Melchior Hoffman, cujos seguidores tomaram a cidade de Münster em 1534 –, os protestantes tendiam a rejeitar todas as pretensões a experiências místicas extraordinárias. Müntzer, na verdade, desprezava Lutero por sua mundanidade e falta de misticismo. "Todos os verdadeiros pastores devem ter revelações", afirmou. Mas pouquíssimos as tinham, na verdade. Convencido de que Deus falava pelos profetas que foram julgados na fornalha mística da abnegação espiritual, como o próprio Müntzer, e certo de que o fim do mundo estava prestes a acontecer, ele se enfureceu contra todos, chamando-os de "produtores de diarreia", "médicos de palha", "cara de escroto" e "peidos de asnos da teologia".[43] Reservou as piores injúrias para Lutero, a quem chamou de:

> Doutor Mentira [...] Doutor Escárnio [...] Irmão Boa-Vida [...] a carne ímpia de Wittenberg [...] Corvo do Mal [...] puxa-saco [...] herege [...] canalha cu de ferro [...] traquinas cu de ferro [...] novo papa [...] Condenado dos infernos [...] cobra [...] raposa fingida [...] pagão do mal [...] velhaco dos infernos [...] escroque [...] raposa raivosa [...] embaixador do Inferno.[44]

Müntzer era uma exceção não por conta de sua venenosa grosseria, mas sim porque era um dos poucos protestantes que achavam possível uma interseção entre tempo e eternidade, não só no iminente apocalipse, mas também na alma dos fiéis. O mesmo pode ser dito dos radicais de inclinação mística que tentaram estabelecer a Nova Jerusalém em Münster, de certo modo convencidos de seus dons proféticos e da proximidade do fim da história humana. Mas sua tradição desapareceria, como fumaça no ar, com sua derrota e execução.

A grande maioria dos protestantes rejeitava a possibilidade de uma intimidade mística com o divino nesta vida, mesmo na tradição anabatista radical.

Embora alguns líderes protestantes, como Lutero, tivessem lido os escritos dos discípulos renanos de mestre Eckhart, Tauler e Suso, que influenciaram Müntzer, a principal afirmação feita pelos místicos era tida como falsa para a maioria deles. Lutero rejeitava todos que pretendessem esse tipo de intimidade com Deus como *schwärmer*, ou "maníacos". Lá se foi o conceito de *fünklein*, ou "centelha divina da alma", substituído por uma antropologia bem inferior, que colocava a mancha do pecado original no cerne de nossa alma. Lá se foram os êxtases, transes e arrebatamentos dos contemplativos que se misturavam a Deus em seu eterno momento agora, substituídos pela afirmação vulgar do pecado, da finitude e do distanciamento de Deus. Nisso concordavam todos os reformadores protestantes. E caberia a João Calvino (1509-1564) transformar o que Lutero dissera em uma doutrina absolutamente cristalina. Como Calvino argumentou, a alma humana, "além de ser fadada aos vícios, é *totalmente desprovida de todo bem*".[45] Levando a uma conclusão lógica o que Lutero dissera sobre a natureza humana, ele defenderia que a única maneira de os seres humanos serem salvos é ter a vontade própria apagada por completo pela graça divina. Assim, em vez de um ponto de contato ontológico com o divino, ou uma centelha que nos daria a chance de encontrar Deus em seu reino eterno, o que temos é algo tão vil que deve ser aniquilado:

> O Senhor corrige nossa vontade má, ou antes extingue-a; ele a substitui por uma boa. [...] A origem do bem está apenas em Deus. E é apenas no eleito que encontramos uma vontade inclinada ao bem. [...] Segue-se então que o homem tem uma vontade reta não por si só, mas que ela flui do mesmo comprazimento pelo qual fomos eleitos antes da criação do mundo.[46]

Para Calvino e todos aqueles que seguiam seus ensinamentos, o trabalho da salvação e da regeneração consistia em tornar os seres humanos obedientes a Deus, e não em permitir qualquer tipo de perfeição espiritual ou vínculo místico com Deus. Obedecer aos mandamentos e adorar da maneira correta é o máximo que podemos esperar para "expressar Cristo", como ele coloca, e "cuidar para que a glória de Deus irradie sobre nós [...] e não nos deixemos macular pela imundície do pecado".[47] Ironicamente, embora Calvino usasse a eternidade em sua teologia por meio da doutrina da predestinação (sermos "eleitos antes da criação do mundo"), ele negava que pudéssemos ter acesso a ela nesta vida através de qualquer tipo de êxtase místico. E essa virada irônica se tornaria uma das marcas características do protestantismo e, por meio dela, da modernidade.

SECULARISMO TRIUNFANTE

Uma vez que a eternidade foi descartada do discurso teológico como uma dimensão distante e inatingível, as afirmações que mantinham unida a própria estrutura da Igreja medieval começaram a desabar como um castelo de cartas. Se os membros do clero não eram os detentores da chave para a eternidade, então qual era a função deles? De que maneira chegavam a pretender uma posição superior? Segundo os protestantes, cada pretensão à supremacia clerical foi anulada, desde o sumo pontífice até o mais desleixado e ignorante vigário.

Desprovidas da conexão com a eternidade – que os protestantes deixaram inteiramente nas mãos de Deus –, a natureza e a função da classe clerical tiveram de ser redefinidas. E os protestantes não perderam tempo, tanto nos níveis mais altos do discurso teológico quanto nos níveis mais baixos da propaganda popular. Em um nível mais abstrato, Lutero começou sua redefinição falando do "sacerdócio de todos os fiéis", argumentando que todos os cristãos tinham uma participação igual no sacerdócio de Cristo. Outros teólogos bem instruídos seguiram o exemplo. No nível popular, dezenas de panfletários voltaram imediatamente o olhar para qualquer ressentimento que os leigos tivessem sentido pelo clero e suas pretensões de superioridade. Se de fato todos os cristãos tinham participação igual no sacerdócio de Cristo, por que o clero devia ser isento de tributações ou da justiça das cortes civis? Por que os bispos e papas reivindicavam um lugar mais elevado que os governantes "temporais" ou "seculares", quando na verdade absolutamente todo mundo, inclusive o papa, estava completamente fora da eternidade, preso neste reino "temporal"? Como argumentou um ex-monge agostiniano, por que o clero se voltava para "vacas sagradas", promovendo o engano da separação e o "direito espiritual" especial, reivindicando "todos os tipos de exceções e privilégios do Paraíso"?[48] Um dos líderes da facção protestante em Estrasburgo, Wolfgang Capito, resumiu os argumentos de seu partido dizendo que todos os integrantes do clero deveriam, ao contrário, ser submetidos às mesmas obrigações civis dos leigos, em vez de ser "tratados como deuses", e que qualquer pretensão ao contrário era "contra Deus, contra o amor ao próximo, contra todo senso de lisura, contra a natureza humana e a razão, e prejudicial à comunidade como um todo".[49]

Dados esses pontos de vista, é razoável que os protestantes também acusassem o clero católico de submeter a laicidade a todo tipo de ficções e superstições, principalmente pelo ritual. Se sua pretensão de eternidade era falsa, então por que não todas as outras coisas que eles manipulavam? Um panfletário menosprezou o trabalho do clero como "fantasia, magia, heresia, fantasmas do demônio e superstição".[50] Eberlin von Günzburg concentrou-se no maior embuste de todos: a pretensão do clero em relação aos mortos. Segundo ele, nenhuma outra pretensão fez mais para explorar o medo e promover a "superstição". É claro, para defender esse argumento e esperar que ele tocasse em um ponto sensível, Eberlin teve de pressupor que seus leitores já tivessem descoberto que as pretensões de eternidade do clero eram falsas e que sua única intenção era depenar os leigos:

> A superstição e a ingenuidade são tão óbvias entre as pessoas simples e crédulas e foram observadas com cautela pelos padres. O padre é um sujeito astuto e esperto. Ele projeta sua autoridade apostólica no confessionário, a partir do púlpito, e tem muitas histórias e explicações sobre tudo o que pertence aos mortos. As pessoas simples e ingênuas não são páreo para ele, e ele as convence facilmente a instituir aniversários e missas perpétuas e a intensificar as orações, vigílias e missas semanais e mensais para as almas dos falecidos.[51]

Os protestantes não concordavam com o tipo de relação mantido entre a Igreja e o Estado. Lutero propôs uma teoria dos "dois reinos", segundo a qual a Igreja e o Estado deveriam cuidar cada um dos próprios assuntos, mas a Igreja, em última análise, teria o controle dos poderes seculares. Na Suíça e no Sul da Alemanha, Ulrich Zwingli e outros insistiram, ao mesmo tempo, em despojar o clero de suas posições elevadas e torná-lo útil no governo da ordem civil. Alguns chamaram essa abordagem de "teocrática".[52] Calvino e todos os seus seguidores adotaram esse ideal teocrático, em que o clero, destituído da posse da eternidade, fez de tudo para garantir que o governo civil fosse religioso e que ninguém, aqui e agora, se comprometesse com nada exceto a ordem presente. Ironicamente, pelo que se viu, ao se concentrarem na transformação do aqui e agora e não nos vínculos da comunidade com a eternidade, os calvinistas transformaram seu clero em uma formidável elite.[53] Em contraste, os protestantes na tradição radical criaram uma ética semimonástica para si próprios, a ética da separação do "mundo" e suas vias pecaminosas. E pagariam caro por aderir a essa ética, sendo perseguidos igualmente por outros protestantes e católicos.[54]

Mas, independentemente do quanto discordassem sobre sua interpretação da verdadeira abordagem cristã das relações entre Igreja e Estado, todos os protestantes concordavam em relação a um aspecto: o clero não tinha, de modo nenhum, superioridade ontológica sobre a laicidade, precisamente porque não tinha nenhuma chave "mágica" ou "supersticiosa" para a eternidade. Seu papel era pregar o Evangelho e garantir que seus rebanhos permanecessem centrados em seu comportamento aqui e agora. O pós-morte estava além do alcance de todos.

Quando o clero foi secularizado, também o foram o tempo e o espaço. Um dos marcos da Reforma foi a abolição praticamente instantânea dos lugares e tempos sagrados. Segundo a visão de todos os protestantes, não obstante suas diferenças a respeito de outras questões, o divino e o eterno não estavam mais intensamente presentes em nenhum lugar especial. Lá se foram os santuários, as peregrinações e procissões. Lá se foram os altares. As igrejas continuavam sendo lugares especiais, na medida em que permitiam que os fiéis se reunissem para ouvir a palavra de Deus pregada pelos clérigos, que eram cidadãos plenos, como quaisquer outros. Mas não havia nada de inerentemente sagrado nesse espaço físico. Um celeiro também serviria, tanto quanto um campo aberto. Segundo os protestantes, o único dia especial mencionado na Bíblia era o *shabat*. Por mais que Lutero mantivesse um apego ao Natal, outros protestantes nem sequer ligavam para ele. Os calendários passaram por uma limpeza brutal. Lá se foram todos os festins e jejuns e todas as celebrações públicas que cercavam o culto dos santos. Como todos os lugares eram igualmente bons para o encontro com Deus, os dias também o eram. E seis dias da semana eram igualmente bons para a devoção a atividades úteis: não havia quebra na rotina exceto pelo domingo, quando se esperava que, em muitas cidades protestantes, as pessoas comparecessem à igreja, um lugar que não era mais ou menos sagrado que o dormitório ou a oficina de alguém.

A salvação foi consideravelmente "secularizada". Assim como o mundo.

A secularização, no entanto, não poderia e não deveria ser atribuída apenas aos protestantes, muito menos a sua teologia. De modo nenhum. Na verdade, podemos dizer que suas ideias sobre as relações entre Estado e Igreja são um reflexo de mudanças sociais, políticas, culturais e econômicas muito mais profundas que varreram a Europa ocidental durante o século XVI. Na verdade, também podemos dizer que o sucesso se devia ao fato de eles responderem a tendências, em vez de criá-las. De muitas maneiras, o que passou a ser conhecido como "cristandade" fervilhava com um interesse renovado nas coisas deste mundo, e não na eternidade. Em uma esfera um tanto diferente, longe dos reformadores sérios, encontramos uma prova disso, sobretudo no trabalho de um teórico político que acabou sendo igualmente desprezado por católicos e protestantes, Nicolau Maquiavel (1469-1527).

Se for tomado literalmente, sem maiores análises, o manual de Maquiavel para os governantes, *O príncipe*, poderia ser interpretado como uma rejeição total de quaisquer concepções de virtude estimadas pelos cristãos. Também poderia ser visto como desprovido de qualquer interesse na eternidade, centrado apenas no aqui e agora, totalmente despido de quaisquer insinuações de imortalidade para além das que surgem da adoção e do apego à autoridade terrena. A opinião predominante tende a esse tipo de interpretação, ainda que haja dissidentes eloquentes.[55] Dado o tom surpreendentemente mundano e cínico do texto, uma leitura espiritual de qualquer tipo exige esforço. Alguns também diriam que é preciso alcançar um prodígio de imaginação para ver Maquiavel como outra coisa que não um materialista frio, porém outros escavam abaixo da superfície do texto, em busca de tesouros espirituais escondidos.[56]

Mas deixemos um pouco de lado esses desacordos acadêmicos. Se Maquiavel foi ou não um homem espiritualista tem pouca importância quando se trata da atitude refletida em *O príncipe*, o qual, a princípio, é audaciosamente anticristão. No mínimo, esse texto é um claro testemunho não só das atitudes que podiam ser sustentadas no início do século XVI, mas também de um comportamento anticristão por parte de governantes ostensivamente cristãos. Sendo assim, mesmo se for visto como uma crítica oblíqua do "mundo", como diriam os monges, *O príncipe* ainda proporciona um vislumbre claro das atitudes e do comportamento que faziam parte do final da Idade Média e do início da civilização moderna. Se nos concentrarmos em seu texto e o tomarmos ao pé da letra, esse livro tem muito a revelar sobre o mundo de Maquiavel e Lutero, talvez até sobre o próprio Maquiavel.

Em *O príncipe*, Maquiavel argumenta de maneira incisiva que a única virtude genuína dos regentes é sua capacidade de obter e manter o poder, e a única imortalidade genuína é a encontrada nos monumentos e histórias que celebram os feitos de alguém. Com isso, vão-se muitas das principais suposições da cristandade, como a crença inquestionável nas sete virtudes ou na necessidade de basear nosso comportamento em princípios estanques, que, em lugar da força bruta, privilegiam o amor ao próximo, a justiça, a magnanimidade ou a fé em qualquer coisa.

Graças à noção cristã de pecado original e também às próprias observações, Maquiavel argumentou que os seres humanos eram impelidos pelo egoísmo e pela cobiça, e profundamente propensos à violência; a ignorância da natureza humana lhe parecia pior que a ignorância da história. Não era por intermédio da arte da retórica, dos catecismos ou da observação das sete virtudes que poderíamos obter e manter o poder, argumentava ele, mas sim pelo exercício da força bruta e até mesmo da crueldade, se necessário. O clero não teve lugar em O príncipe, salvo como ferramenta do líder astuto. Segundo Maquiavel, as pessoas não respondiam a um discurso elaborado ou a um gesto magnânimo tão bem quanto respondiam ao simples medo. "É melhor para um governante ser amado ou temido?", pergunta Maquiavel. Sua resposta foi tão impassível quanto o eram seus conselhos, e calculista na mesma medida: o medo é a melhor ferramenta, disse ele, talvez até uma mistura de amor e medo, pois o amor sozinho jamais prevalecerá sobre a perversidade humana.[57]

Usando exemplos históricos, Maquiavel mostrou como as virtudes clássicas e cristãs podiam ser vistas como vícios em alguns casos: a temperança podia transformar-se em ineficiência, a generosidade em bancarrota e a caridade em vulnerabilidade e colapso. De maneira oposta, a crueldade, se judiciosamente aplicada, poderia transformar-se em uma virtude superior a qualquer outra. Quase tudo dependia do fato de a crueldade "ser mal empregada ou bem empregada".[58]

Assim, uma coisa considerada um vício na ética cristã podia realmente conduzir à segurança e ao bem-estar, e não à punição divina. A eternidade não podia ser vista em lugar nenhum, em horizonte nenhum: não havia Céu nem Inferno, tampouco Purgatório, ainda que Maquiavel fosse um florentino, como Dante. Se tomado de maneira literal, Maquiavel era um realista inflexível, cujos conselhos eram completamente antitéticos aos paradigmas dominantes, e tão brutais quanto o próprio mundo:

> Creio, ainda, que é feliz aquele que combina o seu modo de proceder com as exigências do tempo e, similarmente, que são infelizes aqueles que, pelo seu modo de agir, estão em desacordo com os tempos. [...] se [aquele] mudasse de natureza de acordo com os tempos e com as coisas, não mudaria de fortuna.[59]

Publicado postumamente, em 1532, quando a Reforma Protestante já tinha completado onze anos, *O príncipe* deu margem a uma ampla variedade de respostas, desde a rivalidade, em um extremo, até o medo e a censura, no outro extremo.[60] Apesar de ter sido condenado por completo, tanto por católicos quanto por protestantes, como "ateístico",[61] o livro de Maquiavel jamais sumiria de vista – um lembrete constante do abismo entre o real e o ideal, ou entre o melhor e o pior na natureza humana. Também poderíamos dizer que ele provou, sem sombra de dúvida, que a eternidade podia ser desmascarada como *mero* conceito, não atacando sua existência, mas simplesmente ignorando-a totalmente. Não admira, portanto, que a verdadeira medida do lugar de Maquiavel na história possa estar na linguagem, e não no pensamento político. Desde o século XVI até nossa época, o adjetivo "maquiavélico" raras vezes foi interpretado como elogio.[62]

Se Maquiavel realmente provou alguma coisa além do fato de o idealismo cristão ter se tornado apenas um sonho no início dos anos 1500, diríamos que foi a extrema complexidade de sua era, repleta de contradições. Talvez ele também prove, mais do que qualquer reformador protestante empenhado na "secularização" do mundo, que a crença na eternidade era mais efêmera do que qualquer teólogo admitiria na época e que todas as mudanças que se seguiriam na visão de mundo só colocariam a eternidade ainda mais próxima da esfera do puramente imaginário e totalmente dispensável.

O CREPÚSCULO DA ETERNIDADE

Portanto, o que devemos pensar da Reforma Protestante da eternidade? Bastante coisa, eu diria, mas não demais. Os protestantes fizeram mais do que simplesmente mudar as crenças ao eliminar o Purgatório, rejeitando uma eternidade acessível e segregando os vivos e os mortos: eles reordenaram sua sociedade e sua economia. No século XVI, tanto quanto no nosso, mudar as crenças era mudar o mundo, ou ajustar o pensamento às mudanças no mundo.

Os católicos tinham uma maneira bastante concreta de misturar o temporal e o eterno e de trazer os mortos à lembrança, redesenhando e representando sua proximidade social o tempo todo, fosse através de relíquias ou de missas para os mortos. Entre os católicos, portanto, os mortos não eram simplesmente lembrados, como no caso dos protestantes, mas sim relembrados e reintegrados à tessitura social e econômica da comunidade.[63] As missas para os mortos, assim como as relíquias, serviam a vários propósitos ao mesmo tempo, em diferentes níveis. Eram moeda e mercadoria: como moeda, compravam apólices para a eternidade; e como mercadorias, podiam ser compradas por determinado preço. De um jeito ou de outro, elas tinham um valor real, do tipo que se converte em dinheiro e em vínculos sociais e obrigações de todo tipo, unindo não só vivos e mortos, mas todos os vivos que lidavam com questões relativas à vida após a morte dos seus. As relíquias eram tesouros espirituais e materiais, joias temporais e eternas inestimáveis que exigiam veneração e sempre envolviam um tipo de prêmio, como tudo o mais. Se a pessoa fosse rei ou príncipe, poderia coletá-los aos milhares; do contrário, poderia apenas ajoelhar-se diante das relíquias na igreja ou, se tivesse sorte o bastante, beijá-las. De um jeito ou de outro, elas também tinham um valor real, do tipo que se converte em poder e no modo mais tangível de vínculo entre o Céu e a Terra, o temporal e o eterno e os vivos e os mortos.

Entre os protestantes, o que encontramos no lugar das missas e relíquias? O que, caso isso seja possível, preenche o vazio deixado pelo desaparecimento dos mortos no Purgatório e no Céu?

As repercussões sociais e culturais dessa redefinição da morte e da vida após a morte nunca foram assunto de estudos mais elaborados. Apenas recentemente foi proposto que esse rompimento do vínculo entre vivos e mortos deveria ser visto como uma mudança importantíssima na vida cotidiana dos europeus cristãos.⁶⁴ Nos níveis pessoal e social, a mudança da responsabilidade compartilhada comunitariamente por cada morto para uma responsabilidade bastante pessoal e privada significou uma virada rumo ao individualismo – uma virada considerada fundamental para a modernidade.⁶⁵ Essa virada individualista talvez fosse mais intensa para os protestantes no momento da morte, e Martinho Lutero tinha plena ciência disso. Vale a pena repetir aqui suas palavras citadas anteriormente: "A convocação da morte vem para todos nós, e ninguém pode morrer pelo outro. Cada um deve lutar sozinho, por conta própria, sua batalha com a morte".⁶⁶

O impacto psicológico e cultural desse individualismo ainda precisa ser analisado adequadamente pelos historiadores. De repente, a morte e a vida após a morte deixaram de ser uma experiência coletiva. Proibidos de ajudar as pobres almas no Purgatório, de rezar pelos santos no Céu e de recorrer a sufrágios de parentes e semelhantes, os protestantes agora encaravam o tribunal divino e seu destino eterno *sozinhos*, no fim *desta* vida. Não havia mais a comunhão dos santos e a chance de obter a salvação no mundo por vir, pela eternidade. *Esta* vida e *este* mundo tornaram-se, assim, o único enfoque da religião, bem como o *individual* em relação ao coletivo e até mesmo à própria história. Essa ideia protestante fundamental foi resumida de maneira eloquente, em meados do século xx, por Rudolph Bultmann:

O significado da história está sempre no presente e, quando o presente é concebido como o presente escatológico pela fé cristã, o significado na história é compreendido. O homem que reclama "não vejo significado na história; logo, minha vida, entrelaçada na história, não tem significado", deve ser advertido: não olhe para a história universal à sua volta, olhe para sua própria história pessoal. Sempre no presente está o significado da história, e não podemos vê-lo como espectadores, mas apenas em nossas decisões responsáveis. Em cada momento dormita a possibilidade de se dar o momento escatológico. Devemos despertá-la.[67]

Em *A ética protestante e o espírito do capitalismo*, Max Weber argumentou que os protestantes obtiveram uma vantagem econômica sobre os católicos porque tiraram sua atenção do além e voltaram-na para o aqui e agora, desenvolvendo uma devoção que ele chamou de "ascese intramundana".[68] Weber também afirmou que a Reforma foi um passo gigantesco no longo e árduo processo de "desencantamento do mundo".[69] Talvez ele devesse ter se concentrado nos rituais de morte *per se* para defender sua tese, pois as repercussões econômicas dessa virada individualista, "intramundana" e "desencantada" foram profundas e bem fáceis de perceber e classificar. As sociedades que antes investiam pesado no culto dos mortos de repente redirecionaram uma quantidade substancial de dinheiro e recursos para outros fins. A importância dessa diferença fundamental entre a cultura protestante e a católica parece ainda maior quando levamos em conta que a Igreja Católica respondeu à rejeição protestante do Purgatório salientando mais do que antes o valor das missas para os mortos, e que os católicos de todos os lugares intensificaram seus investimentos na vida após a morte, pelo menos até os séculos XVIII e XIX.

A religião consiste em descobrir na vida mais do que aquilo que se vê, principalmente indícios da imortalidade. A Reforma é um ponto de virada fundamental na história do Ocidente por muitas razões; portanto, quem selecionar apenas uma ou duas mudanças provocadas pelo protestantismo estará realmente burlando a história. Mas bem no topo da lista, entre as maiores mudanças, podemos ver o desaparecimento dos mortos, desvanecendo-se em uma eternidade nebulosa, com apenas duas portas no horizonte, de largura suficiente para uma única pessoa passar: uma delas conduz ao Céu, outra ao Inferno. E o que há por trás das portas só pode ser imaginado, muito temerariamente, com um salto de fé e uma Bíblia na mão.

A Reforma da eternidade foi um primeiro passo significativo para a elevação deste mundo como realidade suprema e para a extinção da alma. Não estou sugerindo uma relação causal imediata, mas apenas apontando uma trajetória clara de vários séculos. Se a secularização do Ocidente deve-se ou não, principalmente ou unicamente, aos protestantes, está fora de questão. Antes que nos esqueçamos, Rabelais podia falar de um "grande talvez" em 1553, quando a incursão do protestantismo ainda não era grande na França. E O *príncipe* de Maquiavel pode ter sido publicado em 1532, mas foi escrito antes que Martinho Lutero sequer pensasse em enfrentar a venda de indulgências promovida por João Tetzel. À primeira vista, Maquiavel parecia tranquilo com ausência da eternidade e dos protestantes em seu pensamento. Além disso, se ouvirmos as queixas do clero reformador, podemos ficar com a impressão de que a descrença era desenfreada, como nesta declaração de 1620: "Uma grande quantidade de cristãos, inclusive católicos, não acredita que haja uma eternidade no Inferno e no Paraíso; ou seja, decerto eles viveriam de outra maneira caso de fato acreditassem nela".[70] Aparentemente, portanto, já havia certa descrença e "secularização" na Europa no século XVI, a corroer por dentro o *status quo*.[71] Mas não há como negar o fato de que, de modo geral, os zelosos protestantes fizeram muito mais do que Maquiavel para desmantelar essas estruturas sociais, políticas e econômicas que reificavam a eternidade para os europeus ocidentais no início da era moderna. Afinal, a grande maioria dos italianos continuou celebrando missas para os mortos durante séculos, e muitos ainda o fazem até hoje. Mas a grande maioria dos saxões e zuriquenhos, bem como dos ingleses e escoceses, parou de rezar para os mortos há praticamente cinco séculos.

Traçar a história de um conceito como o de eternidade permite ver como as ideias podem realmente tornar-se realidades concretas, ou refleti-las, e como, com a passagem do tempo, as ideias e suas manifestações concretas podem crescer e diminuir, geralmente em conjunto. Muitas de nossas principais suposições não questionadas sobre a "realidade" são construções sociais. Falo por experiência, como um exilado que fugiu de um regime repressor e opressor, no qual o pensamento era cuidadosamente monitorado e todos os desvios da ideologia marxista punidos de maneira brutal. Qualquer um que acabe na América do Norte ou na Europa Ocidental depois de fugir de um Estado totalitário, onde falar de "liberdade", "direitos humanos" ou "liberdade de imprensa" é ilegal, se espantará na mesma hora com o modo como esses conceitos – tão completamente *incorretos* e inconcebíveis e cuja defesa custa tão caro no lugar de origem da fuga – são aceitos com total indiferença, de maneira inquestionável, em uma sociedade que os sustenta como verdades "autoevidentes" e até sagradas.

    A nítida diferença que as ideias podem fazer na sociedade e a interdependência das superestruturas ideológica e política podem ser percebidas mais facilmente por quem viveu em lugares onde o pensamento é vigiado e o significado de termos-chave como "dignidade" é manipulado com astúcia. No entanto, ao fim e ao cabo, temos de assumir que a própria dignidade é um conceito culturalmente condicionado. Admitir isso por completo, até mesmo de má vontade, é doloroso. As culturas e as reações culturalmente condicionadas são inseparáveis, assim como os conceitos, suposições e estruturas não questionados que governam cada sociedade. Isso foi o que me ensinou minha experiência como exilado. O fato de as ideias serem culturalmente condicionadas não as torna menos reais, tampouco uma bênção ou uma maldição.

    O fato de nós, indivíduos sofisticados vivendo no início do século XXI, podermos pensar em nós mesmos como "animais" e como mais próximos dos chimpanzés do que de Deus é uma reação culturalmente condicionada: uma atitude tipicamente moderna ou pós-moderna, que requer uma opinião maquiavélica sobre o mundo e o acolhimento da separação que os reformadores protestantes começaram a impor aos mortos no século XVI. Pensar dessa maneira é nossa maior bênção e nossa maior maldição como cultura. É nossa bênção porque impede que matemos a nós mesmo com uma bomba em um ônibus lotado em nome de um paraíso invisível ou que matemos uns aos outros por causa da interpretação correta da vida após a morte. É nossa maldição por tornar a morte tão conclusiva, o mal tão banal e a vida tão confusa ou sem propósito.

Sendo assim, ou estimamos aqueles poucos e preciosos cromossomos que nos separam dos chimpanzés, ou os lamentamos. Saber que viemos do nada e que caminhamos de volta para o nada é um fardo pesado, assim como a nudez em qualquer ambiente. Junto com os poetas, odiamos a luz cujo esplendor já não fulgura, incapazes de realmente entender o eterno silêncio dos espaços infinitos entre nossas palavras.

E como não podemos fazer perguntas sobre assuntos supremos, não temos nenhuma resposta.

Bem-vindo à modernidade e à sua sombra efêmera, a pós--modernidade, na qual agora devemos nos aventurar.

Da eternidade aos planos quinquenais

Em 1882, quatro anos antes de morrer, Emily Dickinson escreveu, de seu esplêndido isolamento em Amherst, Massachusetts:

> Os moribundos, ao morrer, outrora,
> Sabiam de seu destino –
> A Mão Direita de Deus –
> Essa Mão agora está amputada
> E Deus não pode ser encontrado –[1]

Dickinson, que pensava em si própria como entregue a um "doce ceticismo", quando não preferia chamar-se de druida, cínica ou hermetista, expressou assim sua consciência de viver em um "agora" bem diferente de um "outrora", quando Deus e a eternidade podiam ser levados a sério. A crença foi substituída pela dúvida e por uma desconfiança de tudo que os sentidos não podem confirmar. A apenas 55 quilômetros do lugar onde Jonathan Edwards proferira, 140 anos antes, seu infame sermão "Pecadores nas mãos de um Deus irado", Emily Dickinson disse:

> A morte é um diálogo
> Entre o espírito e o pó.
> "Esvai", diz a Morte.
> "Tenho outra crença", diz o Espírito.
> Lá do chão a Morte desconfia.
> O Espírito então se vira,
> E se despe, como prova,
> De um sobretudo de argila.²

Por mais que grande parte da obra de Dickinson seja permeada por fervor místico e transcendental, também prevalece um respeitoso agnosticismo:

> Pelo menos – rezar – nos resta – nos resta –
> Oh, Jesus – no Éter –
> Não sei qual é Teu Aposento –
> Estou batendo em todo lugar –³

De inúmeras formas, Dickinson ainda é uma de nós, apesar do fato de ser genuinamente moderna, e nós, supostamente, pós-modernos. Seu "outrora" também é nosso, assim como seu "agora". O propósito deste capítulo é traçar a evolução do ceticismo que encontrou uma voz em Dickinson, bem como refletir sobre alguns aspectos irônicos que fazem cada "agora" e cada "outrora" – mesmo os pós-modernos – parecerem tão insubstanciais e mistificadores quanto a própria eternidade.

ATIÇANDO AS CHAMAS DO INFERNO

Poderíamos dizer que o florescimento da dúvida e do ceticismo que acompanhou os levantes da Reforma foi fertilizado pelo excesso de crença e zelo religioso, e que, paradoxalmente, os excessos de fé também foram engendrados pela superabundância da dúvida. Existe um enigma antigo, tão antigo quanto o homem: quem duvida da crença geralmente aprofunda a fé dos que acreditam, e quem veementemente insiste em promover suas crenças para e contra quem as nega quase sempre fortalece a descrença, pelo menos a princípio. Poucos círculos viciosos podem competir com o turbilhão engendrado pela fé e pela dúvida, o *yin* e o *yang* supremos. E poucos turbilhões podem ser comparados ao que girava sem controle nos séculos XVI e XVII. À medida que a batalha religiosa se intensificava e o ceticismo se tornava predominante, as igrejas rivais se agarraram à eternidade com uma força cada vez maior, reivindicando a posse exclusiva do Céu e o atiçamento do fogo do Inferno.

Diversos historiadores argumentaram que protestantes e católicos eram muito parecidos em sua obsessão pelo Inferno, sobretudo no século XVII, quando surgiram reflexões altamente detalhadas sobre o assunto. Aparentemente, muitos dos fiéis também adoravam o tema, pois textos devocionais dedicados à morte e à vida após a morte, nos quais o Inferno aparecia de modo proeminente, compunham um gênero popular, que vendia bastante. Sermões sobre o fogo do Inferno ressoavam nas igrejas protestantes e católicas, e seu grito de alerta era sempre claro: a melhor maneira de compreender a eternidade é em conexão com o pecado e o Inferno. Como afirmou um jesuíta espanhol: "Toma cuidado por onde pisas. Por que zombas da eternidade? Por que não temes a morte eterna, por que amas tanto essa vida temporal? Estás no caminho errado; muda de vida".[4] Se esses alertas não bastarem, descrições visuais do Inferno talvez sejam mais úteis:

> Eu adoraria que tu pudesses abrir uma janela pela qual visses o que acontece no Inferno, e visses as tormentas infligidas aos ricos que vivem na comodidade, sem compaixão alguma para com os pobres. Ah, se pudesses ver como a carne deles é fervida em caldeirões e como são cozidos nas chamas inexoráveis, onde são marcados com tições por cada um dos demônios. […] Será muito bom imaginar como aqueles que não suportam o calor do verão fora de seus espaçosos porões sofrerão nas labaredas do fogo eterno.[5]

Segundo alguns historiadores, livros, ensaios e sermões sobre o Inferno proliferavam nesse período devido aos processos comuns de "confessionalização", "disciplinamento social" e "construção do Estado" compartilhados por protestantes e católicos. Pregar um susto dos diabos nas pessoas, literalmente, era uma estratégia do antigo Estado moderno: era uma maneira de criar cidadãos mais temerosos e dóceis, com a ajuda da Igreja.[6] Se essa interpretação reducionista do lugar do Inferno no início da cultura moderna passará no teste do tempo continua sendo uma questão em aberto, mas podemos seguramente apostar que o próprio Inferno não será descartado com facilidade por quem estuda essa época.[7]

Um dos textos devocionais mais significativos do século XVII é *A diferença entre o temporal e o eterno*, de Juan Eusebio Nieremberg, um tratado que, além de ser publicado repetidas vezes, foi traduzido para muitas línguas.[8] *A diferença*, de Nieremberg, tem um viés asceta e dualista tão intenso quanto sugere o título: o principal objetivo desse teólogo e naturalista jesuíta era inculcar no leitor, ao mesmo tempo, o medo e a esperança: alertá-lo sobre a estrada fácil para o Inferno e apontar-lhe a direção do caminho íngreme e estreito para o Céu. Assim como todos os seus predecessores e contemporâneos, Nieremberg enfatiza o contraste entre o mundo temporal e passageiro que habitamos e o mundo eterno que nos espera; seu dualismo é tão rigoroso quanto sua antropologia. "Todas as coisas preciosas na Terra, todas as coisas honradas e estimadas são fumaça e sombra, considerando sua breve duração e a eternidade do fogo da vida por vir."[9] Ele também descreve as tormentas a que cada sentido será submetido pela eternidade como castigo pelos pecados e ainda insiste nos "corpos incandescentes" dos *Exercícios espirituais*, de Inácio de Loyola, para sempre envolvidos em chamas, por dentro e por fora, considerando um sofrimento interno ainda maior. Os poderes da alma – vontade, razão e memória – deverão sofrer os piores tormentos. A vontade, alerta ele, será arruinada por uma eterna autodestruição e pela fúria imortal em relação a Deus e a toda a criação. Ela também será eternamente submetida a uma "insuportável tristeza".[10] Para piorar ainda mais as coisas – acima de todos os demônios horrendos que ele descreve em detalhes, e das torturas físicas impostas por eles aos pecadores, também descritas com riqueza de detalhes –, Nieremberg afirma que a própria memória de cada alma será um dos piores e mais cruéis verdugos no Inferno.

A memória será a lembrança constante do que a pessoa fez de errado, bem como das oportunidades que perdeu. Em suma, a alma se culpará por toda a eternidade, sem descanso, sem cessar. Nieremberg ilustra a questão com uma prosa tão altiva quanto um retábulo barroco:

> O miserável no Inferno lembrar-se-á com grande arrependimento de quantas vezes poderia ter merecido o Paraíso, e como acabou merecendo o Inferno em seu lugar, e dirá para si mesmo: "Ah, quantas vezes eu poderia ter rezado, mas perdi tempo me divertindo! Agora pago por isso! Quantas vezes eu poderia ter jejuado, mas cedi ao meu apetite! Agora pago por isso! Quantas vezes eu poderia ter feito doações, mas gastei o dinheiro no pecado! Agora pago por isso! Quantas vezes pediram-me para perdoar meus inimigos, mas em vez disso eu me vinguei deles! Agora pago por isso! Quantas vezes eu poderia ter sido paciente, mas sofri por má vontade! Agora pago por isso! Quantas vezes eu poderia ter feito atos de caridade e humildade, mas fui cruel com meus irmãos! Agora pago por isso! Quantas vezes eu poderia ter participado dos sacramentos, mas em vez disso continuei relutante em evitar situações pecaminosas! Agora pago por isso!". Nunca te faltaram oportunidades de servir a Deus, mas nunca aproveitaste a chance; agora pagas por isso. Agora vê, miserável maldito, como perdeste

o Paraíso por falta de autocontrole e por te aventurares em frivolidades. [...] Tudo é tua culpa, e agora pagas por isso.¹¹

Apesar do excesso churrigueresco, tão fossilizado e cheio de adornos, trata-se de um Inferno bastante moderno, pois o eu culpado atormenta a si próprio para sempre, sem nenhum psicoterapeuta disponível. Mas isso não é tudo. Esse reino da dor perpétua infligida a si mesmo é apenas um ponto no meio da cratera ardente e do buraco lamacento e fedorento, abarrotado com toda a humanidade condenada, como uvas numa prensa de lagar. E Nieremberg deixa claro que nunca, jamais, haverá um alívio:

> Aquele fogo não morrerá jamais, como diz Isaías, nem tu jamais morrerás, e todos os teus tormentos serão perpétuos. Depois de cem anos, e depois de cem bilhões de anos, teus tormentos serão tão vivos e fortes quanto no primeiro dia.¹²

Se você estiver se sentindo deprimido agora, como deve estar, então talvez nem queira pensar que Nieremberg era apenas a ponta do *iceberg*, por assim dizer. Muitos outros padres e escritores se referiram continuamente a esses temas, *ad nauseam*. Muitos deles atiçaram o fogo do Inferno na imaginação, por meio de reflexões visuais. Um desses escritores, outro jesuíta, chamado Drexelius ou Jeremias Drexel (1581-1638), escreveu muitos livros de grande procura, incluindo *Considerações sobre a eternidade*, publicado em 1620, e *Morte, mensageira da eternidade*, de 1627. Os livros de Drexel não eram explorações filosóficas ou teológicas da eternidade, mas sim guias bem pragmáticos, que visavam melhorar a atitude e o comportamento dos leitores. Na nossa época, eles poderiam ser chamados de livros de autoajuda, embora seja difícil imaginá-los na prateleira de qualquer livraria, muito menos perto das revistas e dos livros de dietas, junto aos caixas de supermercados. *Considerações sobre a eternidade*, que foi reeditado e traduzido diversas vezes, é repleto do tipo de reflexões pelas quais os jesuítas eram conhecidos, como a que segue, da qual reproduzo os aspectos essenciais, apenas porque a cadência das frases aparentemente intermináveis é inseparável da mensagem:

> Suponhamos que exista uma montanha composta por minúsculos grãos de areia, tão ampla quanto o mundo inteiro, ou talvez ainda maior em massa e tamanho, e que uma vez ao ano apenas um grão seja retirado dela por um anjo. Quantos milhares de anos, e mais milhares de milhares, ou milhares de milhões de anos, passariam até que a montanha pudesse diminuir e decrescer? […] Suponhamos agora que o último grão dessa imensa montanha tenha sido de fato contado; ainda assim, a eternidade excede esse número em uma duração incomparável (e nada é mais certo), pois não há comparação ou proporção entre o finito e o infinito. A eternidade não admite limites, não admite fronteiras; por conseguinte, os condenados queimarão durante esse período longo e incompreensível em chamas perpétuas, até que uma montanha de tão gigantescas proporções […] seja transferida para outro lugar. Mas a medida e o limite das tormentas estarão longe de chegar a um fim nesse momento, quando então pode ser dito: "Agora a eternidade está

só começando; nada foi subtraído dela, permanece inteira. Depois de mil anos, depois de cem mil anos, ainda não há fim, nem meio, nem começo da eternidade, pois sua medida é *sempre*".[13]

Tais reflexões têm um propósito, além de aplicar um susto dos infernos no leitor. Drexel era jesuíta, afinal de contas, e o guia básico dos jesuítas, *Exercícios espirituais*, de Inácio de Loyola, era bem parecido com isso: reflexões com um propósito. O próprio Drexel transmitiu a mensagem diversas vezes, só para garantir que o leitor não fosse obtuso a ponto de não acompanhar o sentido desses exercícios:

> "Momentâneo é o que deleita; eterno é o que tortura." [...] essas palavras, assim inculcadas no coração, devem ser especialmente ponderadas e, com frequência, repetidas, quando o prazer atrair, quando a paixão incitar, quando o luxo seduzir, quando a carne se rebelar, quando o espírito enfraquecer, quando há a ocasião ou o perigo do pecado.[14]

Os historiadores que destacam o "disciplinamento social" como principal característica desse período diriam que Drexel estava dando o melhor de si para criar cidadãos complacentes para os Estados-nações que surgiam, sobretudo quando nenhum deles tinha forças policiais regulares para patrulhar as ruas. Mas Drexel discordaria dessa avaliação, pelo menos em parte. O que ele também tinha em mente ia além do nível do pragmatismo, ou da doutrinação:

Portanto pensa nos tempos antigos e tem em mente os tempos eternos. Pensa na eternidade, amigo, pensa, pensa nas punições eternas e nos júbilos eternos, e jamais (seguramente, prometo) reclamarás de nenhuma adversidade. Que as seguintes palavras jamais saiam dos teus lábios: "Isso é severo demais, intolerável demais, difícil demais". Tu dirás que todas as coisas são fáceis e toleráveis, e nunca estarás mais satisfeito contigo do que quando te sentires aflito.[15]

Então *este* era o benefício: com a eternidade no horizonte, a vida pode ser tolerável, até boa. Em uma era sem anestesias, vacinas, antibióticos, saneamento básico, ar condicionado ou papel higiênico, talvez esse tenha sido o melhor livro de autoajuda no mercado. E os leitores deviam concordar, pois ele vendeu bastante por mais de um século.[16]

PARAÍSO REARRANJADO

Drexel e Nieremberg foram contemporâneos dos pioneiros da física e da matemática: Galileu Galilei, René Descartes, Johannes Kepler e William Harvey. Nieremberg, que viveu duas décadas a mais que Drexel, era muito mais jovem que Francis Bacon e muito mais velho que Gottfried Wilhelm Leibniz, John Locke e Isaac Newton, mas esteve na Terra ao mesmo tempo que todos eles.[17] Nieremberg pode ter vivido no século XVII, a chamada era da razão, ou a época da revolução científica, mas ele incorporou outros valores que poderíamos chamar de "medievais". Uma figura liminar, Nieremberg era tanto asceta quanto algo parecido com um cientista moderno – passou a maior parte da vida em Madri, ensinando história natural no Colégio Imperial dos Jesuítas, servindo como confessor na corte real e escrevendo sobre assuntos diversos, como botânica, biologia, astronomia, teoria política, filosofia, história, biografia, exegese bíblica, teologia e misticismo. Embora tenha escrito um livro extremamente influente sobre a flora e a fauna da Ásia, da África e do Novo Mundo (*Historia Naturae Peregrinae*), Nieremberg não fez uma pesquisa própria, mas simplesmente compilou com perfeito cuidado todas as informações detalhadas que lhe eram enviadas por missionários jesuítas de todos os cantos do planeta.[18] Desse modo, embora ensinasse ciência e trabalhasse como enciclopedista, baseando-se em observações empíricas da natureza realizadas por outras pessoas, Nieremberg não pesquisava. Além disso, ele tendia a ver a natureza mais como teólogo do que como cientista e optou por se preparar para a eternidade evitando o mundo material e punindo o próprio corpo. Seu ascetismo não era só incomum para um jesuíta, mas também uma manifestação extrema de valores, que teriam causado aversão a homens "modernos" como Descartes, Locke e Newton:

> Não havia uma única parte de seu corpo que ele deixasse de flagelar por conta própria: nos braços e nas coxas usava braceletes e correntes de ferro com pontas afiadas; nos punhos, pulseiras de cerdas e correntes menores. Enchia os sapatos com grãos duros, que cravavam em seus pés como agulhas e o feriam a cada passo.

Em volta do pescoço ele usava um cordão feito de cerdas e guarnecido com arame farpado, e o esticava ao redor do peito e da cintura. Usava cintas e cruzes no peito e nas costas e, acima delas, um cilício comprido até os joelhos.[19]

Contudo, ao mesmo tempo que Nieremberg torturava a si próprio, outros desenvolviam o método científico e as mudanças de paradigma, alterando o modo como todo o Cosmo era percebido. Críticos da religião, e da cristandade em particular, cresceram vertiginosamente durante todo o século XVII e o XVIII, ganhando cada vez mais espaço entre os eruditos que confiavam na razão em vez da fé e consideravam a si mesmos "esclarecidos". Primeiro veio o desmantelamento do Cosmo tradicional, em que o Céu e o Inferno não eram outras dimensões, mas sim lugares físicos. No Cosmo tradicional mais antigo, a Terra era o centro do Universo, cercada por sete esferas celestes: o Céu onde morava Deus e as almas abençoadas era o lugar mais alto de todos, o empíreo ou sétimo céu, a própria eternidade, para além do tempo; o Inferno era o lugar mais baixo de todos, bem no centro da Terra. De maneira ilógica, o Inferno também era eterno, embora parte da dimensão terrestre. Graças às descobertas astronômicas de Nicolau Copérnico (1473-1543) e Galileu Galilei (1564-1642), a geografia tradicional do Cosmo e da vida após a morte desapareceu, e o questionamento aumentou.

Não mais o centro do Universo, a Terra agora parecia uma mera partícula entre tantas outras, à deriva na vastidão ilimitada do nada que outrora chamavam de Céu. O *axis mundi* existencial que tornava os seres humanos o último propósito da criação não só foi modificado – ele desapareceu totalmente, junto com o reino eterno de Deus, e foi substituído por um agrupamento aparentemente sem sentido de objetos giratórios que apontavam para nada exceto eles mesmos. A partir daí, ninguém que tivesse uma boa educação podia idealizar o Céu ou a própria eternidade como parte do universo visível. Tudo o que havia "lá fora" era o espaço infinito, pontilhado por orbes sem vida que giravam com precisão matemática, algo bem parecido com o interior de um relógio. Poetas como John Donne (1572-1631) reagiram de uma maneira particular à mudança de paradigma:

> *Uma nova filosofia de tudo duvida,*
> *O elemento fogo está quase apagado;*
> *O Sol e a Terra estão perdidos, e o espírito de homem nenhum*
> *Pode indicar onde procurá-los.* [...]
> *Está tudo despedaçado, não há mais coerência.*[20]

O talentoso matemático, inventor e filósofo Blaise Pascal (1623-1662) deu voz a esse trauma em termos definitivos: "O eterno silêncio desses espaços infinitos me enche de pavor".[21]

Desse modo, o Paraíso de outrora foi destituído, o Paraíso que se igualava ao Céu – sempre lá em cima, sempre visível –, o Paraíso acima dos planetas e das estrelas, ao qual Jesus havia ascendido corporalmente, que era ocupado por Deus e pelos anjos e santos. A revolução copernicana não foi apenas uma mudança de paradigma conceitual, mas também uma mudança espacial e temporal. Tantas preces, das mais importantes, recitadas pelos cristãos nas igrejas, citavam o Paraíso como ponto de referência espacial. Para começar, o novo Paraíso exigia uma compreensão totalmente nova dessas orações-chave: a Glória: "Glória a Deus nas *alturas*"; o Sanctus: "O Céu e a Terra se enchem com tua Glória"; o Pai-nosso: "Pai Nosso que estais no Céu"; o Credo: "Jesus Cristo [...] por nós, homens, e para a nossa salvação, *desceu* dos céus [...] E *subiu* aos céus, onde está sentado à direita de Deus Pai".

Esse Céu deslocado estava em nossa vizinhança cósmica, por assim dizer, a última das sete esferas celestes concêntricas que cercavam a Terra. Era possível apontar literalmente para ela, pois que estava *lá em cima*, e era apenas o *sétimo* de um número limitado de céus. Em outras palavras, antes da revolução copernicana na astronomia, o Paraíso era um lugar, e por conseguinte também a eternidade: apenas mais um lugar, concebido praticamente da mesma maneira como concebemos hoje a órbita dos planetas no sistema solar. Esse Céu mais antigo, portanto, dividia um limite com o universo físico e com o tempo. No mais alto de todos os níveis, acima de todas as esferas planetárias, e acima do estrelado firmamento, a última das esferas, Deus habitava em dois níveis. O primeiro deles era o empíreo, ou "Paraíso supremo", que os teólogos também chamavam de "morada externa de Deus", onde os anjos e os humanos salvos viviam eternamente na presença do Divino. No século XIV, Jan van Ruysbroeck, discípulo de mestre Eckhart, o descreveu com grande certeza:

Deus criou o empíreo ou Paraíso supremo como um puro e simples esplendor que envolve e encerra todos os céus e cada coisa corpórea e material já criada. É a morada externa e o reino de Deus e dos santos, repleta de glória e júbilo eterno. Como esse Paraíso é resplandecente por fora e livre de mistura, não há dentro dele nem movimento, nem mudança, pois que é seguramente estabelecido em um estado imutável acima de todas as coisas.[22]

Acima dessa abóbada empírea, a Santíssima Trindade habitava no "Paraíso dos paraísos", para o qual nenhuma criatura poderia passar. Esse Céu era o próprio Deus, e por isso não era o mesmo tipo de "céu" que os outros: era mais uma dimensão, o ser eterno de Deus, e não um lugar. E era dali que a presença radiante de Deus iluminava e preenchia a abóbada dos abençoados, que era o *télos* ou destino derradeiro dos seres humanos.[23]

O telescópio fez esse antigo Paraíso desaparecer como fumaça no ar. Banido da física, o Paraíso entrou no exílio da metafísica, lugar que Immanuel Kant (1724-1804) logo desmascararia como uma ilha imaginária. E como praticamente todas as elites eruditas concordavam com Kant nesse ponto, a metafísica também desapareceu, novamente como fumaça no ar. Desse modo, é razoável que, enquanto esse Paraíso desaparecia, houvesse esforços para reificá-lo, torná-lo visível e imortalizá-lo. E que lugar melhor haveria para isso do que o interior das igrejas?

No início do século XVI, os católicos começaram a ver a eternidade retratada em suas igrejas, geralmente de modo a dar a impressão de que as naves ou domos estavam se abrindo para o Céu. Empregando uma técnica de pintura conhecida como *trompe-l'oeil*, artistas como Antonio da Correggio, Andrea Pozzo e Franz Joseph Spiegler criavam habilmente a ilusão de que as naves altas e arqueadas e os domos gigantescos das igrejas não estivessem lá de fato. Cada uma dessas pinturas é repleta de corpos, angelicais e humanos, suspensos no ar, em movimento sinuoso rumo a um centro nos domínios superiores do próprio Céu. O movimento de todos esses corpos

Assunção da Virgem (1526-1530), de Antonio da Correggio, no domo da catedral de Parma (Itália).

é cuidadosamente orquestrado, como se fosse mesmo uma dança celeste – um espetáculo que se tornou fundamental na decoração das igrejas durante três séculos, como evidenciado mediante três exemplos.

A *Assunção da Virgem* (1526-1530), de Correggio, na catedral de Parma, uma das primeiras tentativas de retratar a eternidade dessa maneira, transforma um domo em um vórtice em espiral ascendente, cheio de nuvens, santos e anjos que se juntam ao redor da Virgem Maria enquanto ela ascende à luz dourada do empíreo, com suas pernas nuas posicionadas de uma maneira nada delicada.

Das numerosas naves ilusionistas de Andrea de Pozzo, *A glorificação de Santo Inácio* (1694), na igreja de Santo Inácio, em Roma, é a mais impressionante. Ela mostra Inácio de Loyola, fundador da ordem jesuíta, ascendendo ao empíreo, amparado por Cristo, que carrega uma cruz e flutua acima dele, banhado na luz dourada da eternidade. Como em todas as pinturas desse tipo, a visão ascendente da composição é uma tentativa de retratar a negação tanto da gravidade quanto do tempo e do espaço.

O Paraíso retratado em 1754 por Dominikus Zimmermann, na igreja de peregrinação de Wies, na Baviera, é bastante complexo. Zimmermann, contemporâneo de ateístas agressivos do Iluminismo como Julien Offray de La Metrie e Paul-Heinrich Dietrich, barão d'Holbach, deu ao Juízo Final uma interpretação bastante moderna ao colocar dentro do quadro todos aqueles que entram na igreja e ao retratar a eternidade por trás de portas fechadas. Lá no alto, Cristo está sentado em um arco-íris, julgando a raça humana. Mas os abençoados e condenados – geralmente retratados em detalhes – não estão em lugar nenhum. Só são retratados alguns anjos e santos, junto com a cruz, para a qual o próprio Jesus aponta, de maneira enfática, como símbolo da salvação.

Em uma extremidade da nave, Zimmermann retrata o trono vazio de Jesus, enfeitado com um esplendor bávaro, e na outra extremidade há uma porta, em cima da qual se enrosca nada menos que o antigo símbolo da eternidade, o Ouroboros, a serpente que devora a própria cauda. A mensagem codificada nessa nave é bastante clara: são julgados por Jesus Cristo todos aqueles que estão embaixo do afresco, para quem o tempo ainda não terminou. O Juízo Final ainda está no futuro, e a eternidade ainda espera atrás de portas fechadas. Os que serão julgados ainda terão tempo para obter a glória eterna ou a condenação eterna, escondidas atrás da porta. A teatralidade disso tudo é impressionante. E isso é também tão moderno quanto a descrença que procura negar.

Ao eliminar a fronteira entre o próprio prédio das igrejas e o Céu por meio de técnicas ilusionistas, esses artistas faziam mais do que uma poderosa declaração sobre a relação espacial entre o Céu e a Terra, que era agora desafiada: eles também tornavam visíveis as pretensões metafísicas de verdade da Igreja Católica, que estavam sob o ataque de céticos e protestantes, "provando" para os olhos dos devotos que a igreja na qual eles se encontravam na verdade era o portal para o Céu e a glória eterna. Acrescentemos a isso o fato de que esse imaginário seria considerado idolatria e blasfêmia pelos protestantes, e o resultado é um somatório perfeito da propaganda católica

A *glorificação de Santo Inácio* (1694), de Andrea Pozzo, na igreja jesuíta de Santo Inácio de Loyola, em Roma.

moderna, estranhamente presciente da nossa era, na qual o próprio meio costuma ser a mensagem.

Qualquer pessoa que já tenha observado uma dessas pinturas alucinatórias deve admitir o quanto elas são impressionantes, até esmagadoras. A ilusão ótica é transmitida com tanta maestria que chegamos a pensar no tipo de mudança de perspectiva que elas representam, em termos não só visuais, mas também de visão de mundo: além de serem extremamente convincentes, elas "piscam" para nós, como se estivessem cientes do truque que promovem. Alguém poderia dizer que essas pinturas são muito modernas, talvez o verdadeiro epítome da modernidade em múltiplos níveis, pois além de serem exemplares de uma técnica que reflete avanços muito sofisticados na matemática, como os que destituíram o velho Paraíso, elas também pairam, literalmente, no limiar entre a crença e a dúvida, pedindo intencionalmente que suspendamos a descrença – uma descrença que é tão real quanto a pintura na nave e tão pós-medieval quanto os cálculos matemáticos que tornaram inútil o olho humano diante da ilusão, forçando-o dar um salto de fé.[24]

DÚVIDA À LA MODE

Falemos desses saltos e das dúvidas que os engendram: se a invenção do telescópio e os novos cálculos matemáticos podiam provar que a Bíblia e todas as igrejas estavam erradas a respeito do universo visível, então por que não duvidar também da confiabilidade de outras coisas invisíveis, como a eternidade e a vida além da morte? Entre os primeiros a discordar das noções cristãs de vida eterna após a morte estão pensadores altamente influenciados pela nova ciência, contemporâneos de Nieremberg, como John Locke, John Toland e Isaac Newton na Grã-Bretanha, Pierre Bayle na França e Gottfried Wilhelm

Cristo sentado sobre um arco-íris, no Paraíso retratado por Dominikus Zimmermann, em 1754, na igreja de peregrinação de Wies (Alemanha).

Leibniz na Alemanha. Argumentando que todo pensar deveria ser governado apenas pela razão e que ela sempre sobrepuja a revelação, muitos começaram a negar a existência do Inferno, principalmente porque a ideia de um Deus justo e misericordioso, que atormentava suas criaturas por toda a eternidade, parecia totalmente contraditória e desarrazoada. Embora muitos desses primeiros críticos do Inferno pensassem que ele era um ensinamento útil para o povo mais simples, que poderia se tornar ainda mais imoral sem o medo da punição eterna, outros começaram a negá-lo aberta e agressivamente.[25]

Negar o Inferno e a vida após a morte também era aproximar-se da negação da existência da alma, da eternidade em si, e até mesmo da existência de Deus. Não surpreende, portanto, que em meados do século XVIII não fosse difícil encontrar ateístas qualificados, pelo menos entre as elites educadas.[26] Em 1747, por exemplo, Julien Offray de la Mettrie publicou um tratado chamado *L'homme machine* (O homem-máquina), no qual argumentou que era impossível provar pela razão a existência de qualquer coisa para além do universo material, e que a eternidade, Deus e a alma eram conceitos irracionais. Nós, seres humanos, não somos nada mais que nossos corpos, afirmava ele, e nada mais que um aparato orgânico que brotou da terra, como cogumelos ou vermes. O mesmo vale para o Universo inteiro, que é destituído de espírito e meramente uma vasta máquina com tempo limitado. Depois de meados do século, o ateísmo se tornou *à la mode* nos círculos mais intelectualizados do Iluminismo, bem como a hostilidade para com a cristandade e a religião em geral.[27] Por exemplo, em 1761,

Paul Heinrich Dietrich, o barão D'Holbach, amigo próximo de Benjamin Franklin, publicou O *cristianismo desvelado*, um livro no qual ele denunciava a cristandade como contrária à razão e à natureza. Em 1770, publicou um ataque ainda mais popular, O *sistema da natureza*, no qual não só negava a existência de Deus como também condenava como fonte dos piores males da humanidade o conceito judaico-cristão de uma divindade sanguinária, caprichosa e vingativa. Em 1794, o revolucionário norte-americano Thomas Paine resumiu um século inteiro de polêmica anticristã:

> De todos os sistemas religiosos já inventados, nenhum é menos edificante, mais repugnante à razão e mais contraditório do que essa coisa chamada cristianismo. Absurdo demais de se crer, impossível demais para convencer e inconsistente demais para a prática, ele entorpece os corações ou produz apenas ateístas e fanáticos. Como máquina do poder, serve ao propósito do despotismo, e como meio de riqueza, à avareza dos padres; mas, no que se refere ao bem dos homens em geral, ele não leva a nada, nem aqui nem no além.[28]

Comprometidos em substituir a religião por um "iluminismo" racional, homens como Paine se viram diante da velha questão de como as sociedades podem motivar seus membros a agir eticamente sem qualquer noção de recompensa ou punição em uma vida eterna após a morte. Sem o medo do Inferno, o que temos além da força bruta para evitar a transgressão? O grande Voltaire (1694-1778) era cético o suficiente a respeito da razão para dizer que "se Deus não existisse, os homens precisariam inventá-lo".[29] Os governos, concluiu ele, sempre precisavam de Deus e do Inferno: "Não acredito que haja no mundo um governante ou qualquer poder oficial [...] que não perceba que é necessário colocar um deus na boca do povo para servir de rédea".[30] Denis Diderot (1713-1784), amigo de Voltaire, editor da venerável *Enciclopédia*, era menos cínico e mais defensor do otimismo compartilhado por muitos pensadores iluministas. Para ele, a própria razão parecia o bastante. "A filosofia torna os homens mais honoráveis do que a graça suficiente ou eficaz", argumentou. Sem ver necessidade nenhuma de Deus ou do Inferno, ele os substituiu por uma entidade vaga, porém poderosa:

> A posteridade é, para o filósofo, o que o próximo mundo é para o religioso. [...] Ó posteridade, ó suporte santíssimo e sagrado dos oprimidos e infelizes, tu que és justa, tu que és incorruptível, tu que vingarás os homens bons e desmascararás os hipócritas, ideal confortador e infalível, não me abandones.[31]

No entanto, reduzir a eternidade à memória coletiva da posteridade provou ser mais difícil do que esperavam os filósofos. Dolorosamente cientes da falta de simetria entre a promessa de uma imortalidade pessoal encarnada e a de uma imortalidade impessoal desencarnada, muitos contemporâneos de Diderot e D'Holbach lamentaram – rangendo os dentes, de modo geral – o que se perdeu. Como afirmou um ensaísta francês:

A nova ordem das coisas [...] não vê mais nada de grandioso em tudo que é limitado pelo tempo e espaço. A duração dos impérios e a sucessão dos séculos lhes parecem não mais que instantes. Aos seus olhos, os reinos mais vastos são como átomos, e ela vê a Terra reduzida a um ponto no qual perde-se a si mesma, em meio ao espaço infinito que a cerca. [...] ela percebe todo o absurdo e a insignificância daquela imortalidade quimérica que fora seu ídolo.[32]

Desnecessário dizer, à medida que tais visões ganhavam ainda mais seguidores, particularmente na Europa ocidental e nas Américas, atitudes muito antigas para com a morte e a eternidade começaram a mudar em um passo relativamente rápido.

MORTE, A MAL DOMADA

Uma das mudanças mais significativas provocadas pelo Iluminismo em todo o mundo ocidental, incluindo as Américas do Norte e do Sul, foi a crescente secularização da morte. Um dos primeiros sinais desse desenvolvimento foi a separação entre cemitérios e igrejas. Em parte por motivos de saúde pública e em parte por causa das pressões da secularização, os sepultamentos começaram a migrar gradualmente das criptas sob as igrejas ou dos adros para terrenos separados dos templos e, por fim, para áreas mais amplas fora das cidades e das áreas urbanas.[33] Na época em que Thomas Paine escreveu *Idade da razão*, a migração dos cemitérios para espaços neutros estava a todo vapor, bem como o desenvolvimento do funeral não religioso. Um século depois, o processo já era irreversível praticamente em todo o mundo cristão.

Outra mudança que pode ser mensurada nos testamentos é o declínio e o desaparecimento graduais da alma nesses documentos legais. Nas sociedades protestantes, onde se tornou ilegal oferecer missas para os mortos, a mudança é mais sutil, mas nas sociedades católicas, onde as missas para os mortos diminuíram, a mudança de atitude foi tão imensa e abrupta que alguns estudiosos a consideram a prova conclusiva da "descristianização" da Europa.[34]

À medida que a secularização crescia, também crescia o fervor cristão. Na Europa e nas Américas, a era do Iluminismo e das revoluções também foi um período marcado pela devoção intensa e renovada a crenças que estavam sendo desafiadas. É preciso apenas olhar para as muitas aparições e mensagens divinas que os católicos defenderam como genuínas nesse período, as quais suscitaram devoções bastante populares, como ao Sagrado Coração de Jesus e Maria (séculos XVII e XVIII) e à Medalha Milagrosa (século XIX). Uma dessas devoções, o uso de um escapulário de Nossa Senhora do Carmo, mais conhecido como Escapulário Marrom, tinha a ver com a eternidade. De acordo com a tradição pia que remonta ao século XIII, a Virgem Maria prometera em uma aparição que todos aqueles que estivessem usando esse pedaço de tecido no pescoço na hora da morte não "sofreriam o fogo perpétuo". Em outras palavras, o simples uso desse escapulário era capaz de garantir, até mesmo ao pior dos pecadores, o ingresso no Purgatório, e não no Inferno – uma promessa sem dúvida alguma ancorada na antiga crença católica de que o traje monástico garantiria a salvação, posto que o escapulário era uma pequena réplica da parte mais externa do hábito monástico. Em meados do século XVII, graças aos esforços da Ordem das Carmelitas, a devoção a esse escapulário floresceu em todo o mundo católico, e a sedução de suas promessas a respeito da eternidade tornou-se tão atraente que, entre 1650 e 1900, catorze outros escapulários associados a outras ordens religiosas e irmandades seriam aprovados por Roma, cada um relacionado a alguma aparição e a alguma promessa generosa.[35] Exatamente ao mesmo tempo, no mundo inteiro, muitos católicos continuaram sendo enterrados com vestimentas monásticas, compradas de ordens religiosas com o propósito específico de cobrir o cadáver.

Também havia muito fervor entre os protestantes, e parte deles era bem tradicionalista. Nos Estados Unidos, o avivamento evangélico atingiu diversas regiões no chamado Grande Despertar, das décadas de 1730 e 1740, e no longo e lento Segundo Grande Despertar, da década de 1790 até a década de 1840. Mas esse fervor não era tradicionalista por completo. O "Burned Over District", nas regiões central e oeste de Nova York, gerou um emaranhado de novas seitas e igrejas, incluindo o millerismo (precursores das Testemunhas de Jeová) e os Santos dos Últimos Dias, mais conhecidos como mórmons. Especialmente entre os mórmons, a eternidade teria um papel fundamental na teologia e na devoção. Na Alemanha, o pietismo levou a um avivamento religioso que transcendeu os limites políticos e nacionais. Por fim, esse fervor renovado daria origem a avivamentos ainda mais grandiosos, à medida que os pregadores carismáticos espalharam a mensagem cristã no mundo inteiro, para além dos muros das igrejas. Na Grã-Bretanha, o metodismo atiçou a alma coletiva do proletariado recém-formado, uma classe retirada de suas casas na área rural pela Revolução Industrial e levada para cidades sombrias e entupidas de fumaça.

E onde o metodismo não tivesse impacto o teria a eloquente e imprecisa poesia do romantismo, mais bem exemplificada por William Blake, e capaz de suavizar melhor o medo existencial engendrado pela perda da eternidade. Em grande parte da poesia de Blake podemos detectar o lamento por um horizonte perdido. Em "Jerusalém" ele expressou uma desesperança lúgubre diante do âmbito restrito proposto pela nova visão de mundo, na mesma linha de Pascal:

> O que é a Vida e o que é o Homem? O que é a Morte? Por que
> Sois vós, Filhos meus, nativos do Túmulo para onde vou?
> Ou sois nascidos para alimentar as rapinas famintas da Destruição,
> Ser o joguete do Acaso, perder na Fúria e no Amor uma vida
> Penosa, de cuidar da prole, de trabalhos aflitivos, nada mais que ninharia?[36]

No mesmo poema, Blake também se volta contra o legado materialista do Iluminismo, a nova ciência e a Revolução Industrial, como um estreitamento brutal e sem sentido do potencial humano:

> Olho para as Escolas e Universidades da Europa
> E lá está o Vulto de Locke, bramindo um Latido atroz,
> Banhado pelas Rodas-d'água de Newton: negro o tecido

> Em grinaldas pesadas sobre cada Nação: Obras cruéis
> De tantas Rodas que vejo, roda sem roda, com dentes tiranos,
> Girando juntas por compulsão; não como as do Éden, as quais,
> Roda dentro de roda, revolvem em liberdade, paz e harmonia.[37]

Blake não estava sozinho ao rebelar-se contra a maré montante do materialismo e a perda da eternidade. Alguns, como o poeta alemão Johann Wolfgang von Goethe, tornaram-se dogmáticos, apelando à própria natureza em vez de às Escrituras sagradas: "O homem deveria acreditar na imortalidade; ele tem o direito de crer; é algo consoante com as carências de sua natureza".[38] Ou, como ele também coloca: "Cada um carrega dentro de si a prova da própria imortalidade".[39] Mas agora que a dúvida estava profundamente arraigada, todas as afirmações de transcendência e eternidade corriam o risco de parecer ocas, principalmente se não reconhecessem o vazio metafísico no qual estavam à deriva. Percy Bysshe Shelley, entre outros, deu voz a essa nova angústia existencial:

> O Uno permanece, o múltiplo muda e passa;
> A luz do Paraíso brilha para sempre, fogem as sobras da Terra;
> A vida, como um domo de vidros multicoloridos,
> Macula o branco esplendor da Eternidade.[40]

Na América do Norte, o Grande Despertar aconteceria junto com o Iluminismo, e o Segundo Grande Despertar junto com a Revolução Industrial. A crença na eternidade, no Paraíso e no Inferno não desapareceu, mas, ao contrário, se intensificou entre os milhares que se reuniam para os sermões de Jonathan Edwards (1703-1758), John Wesley (1703-1791) e George Whitefield (1714-1770), ou cantavam os hinos transcendentais de Charles Wesley (1707-1778). Tendo em mente que Jonathan Edwards era bem instruído, formado em Yale, terceiro presidente de Princeton e contemporâneo de opositores do Inferno como D'Holbach, Voltaire, Diderot, Franklin e Paine, só podemos ficar admirados diante do dissonante desafio oferecido em seu sermão "Pecadores nas mãos de um Deus furioso", que apavorou muitos que o ouviram em 1741, na região oeste de Massachusetts, levando-os a ataques de desespero e súbitas conversões:

> O Deus que te sustenta sobre o poço do Inferno, como se segurasse uma aranha ou algum inseto repugnante sobre o fogo, te abomina e é provocado terrivelmente: a fúria que dirige a vós queima como fogo; ele vos observa como seres dignos de nada senão serem atirados ao fogo. [...] Apenas a mão dele vos impede de cair sobre as chamas a cada momento. [...] Sim, não há mais nenhuma razão para apresentar como justificativa para que não caiam, neste exato instante, no Inferno. [...] Ó pecadores! Considerai o perigo horrendo em que vos encontrais: uma grande fornalha de fúria, um poço amplo e interminável, tomado pelo fogo da ira, sobre o qual estais suspensos na mão de Deus, vós, em oposição a muitos dos condenados no Inferno. Vós estais pendidos por uma linha tênue, com as chamas da ira divina flamejando em volta dela, prontas para queimá-la a qualquer momento e rompê-la.[41]

Entretanto, as grandes restaurações eram incapazes de deter as tendências de secularização no século XVIII, enquanto a industrialização e a urbanização modificavam grande parte do mundo cristão no hemisfério Norte. No nível intelectual e espiritual, a dúvida e a descrença se intensificaram no século XIX, não só entre os intelectuais, mas também em meio à nova classe trabalhadora, principalmente entre aqueles que adotaram a ideologia socialista e materialista, que tendia a ver a religião como um meio de opressão por parte da elite, e a aceitar – acriticamente – a proposição de Karl Marx de que "a crítica à religião é a base de toda crítica".⁴²

Em um nível prático bem básico, o funeral, ou rito de passagem para a eternidade, rapidamente perdeu muito do seu caráter sagrado. Enterrar os mortos tornou-se um negócio como qualquer outro, assim como o tratamento aos mortos tornou-se a especialidade de agentes funerários, que pouco a pouco foram assumindo muitas das tarefas antes executadas pelas famílias e pelo clero, o que conectava todos os membros da sociedade terrena uns aos outros e à eternidade.

Ao mesmo tempo, à medida que os cemitérios foram sendo transferidos para além das cidades aglomeradas, seu paisagismo se desenvolvia em outras direções, expressando novas atitudes materialistas e mundanas que ofuscaram a eternidade e mudaram a paisagem urbana tanto quanto a relação entre os mortos e os vivos. Livres dos limites de espaço, grandes necrópoles se espalharam pelo mundo cristão, nas quais os indivíduos e as famílias da burguesia em ascensão passavam a ter a chance de erguer os tipos de memoriais antes reservados apenas à nobreza e à realeza. Em grandes cidades, como Paris, de repente os mortos tiveram seus próprios arrabaldes, repletos de grandes e pequenos mausoléus adornados de esculturas, cruzes, obeliscos, epitáfios e placas, tudo em um ambiente ao estilo de parque: símbolo e imagem duradouros do mundo dos vivos, onde a hierarquia social era materializada de modo mais permanente na pedra. Na morte, tanto quanto na vida, os pobres acabavam no equivalente a cortiços, separados da clientela pagante, geralmente em covas coletivas ou locais sem identificação. A maior parte das áreas urbanas da Europa e das Américas ainda é cheia dessas necrópoles, que foram engolidas por cidades em expansão e agora estão superlotadas, bem no meio de áreas densamente povoadas, isoladas atrás de muros e cercas imponentes. Vilarejos e cidades menores também seguiram o exemplo, e no final do século XIX o mundo em que vivia a maioria dos cristãos era o mundo no qual os mortos estavam separados dos vivos, e no qual o cemitério distante se tornou o centro de toda a devoção aos mortos.[43]

A DESCRENÇA, BREVEMENTE SUSPENSA

Belos cemitérios não eram os únicos lugares de comunhão com os mortos, no entanto. À medida que a secularização se intensificou e a cristandade tradicional perdeu seu lugar outrora dominante na cultura ocidental, antigas crenças e práticas ocultas começaram a ressurgir no século XIX sob novas formas, como para preencher o vácuo criado pela descrença. E, à medida que a eternidade se tornava um conceito ainda mais ambíguo, os fantasmas começaram a reaparecer intensamente, bem como as pessoas que acreditavam poder se comunicar com os mortos. Um movimento liberal conhecido como "espiritualismo" rapidamente ganhou muitos adeptos no Ocidente. Basicamente, foi um grande ressurgimento da crença na existência da alma e sua imortalidade, pois todos os "espiritualistas" acreditavam ou esperavam que os espíritos dos mortos se prolongassem na Terra e que pudessem se comunicar com os vivos. Fantasmas e espíritos há muito tempo faziam parte da cultura popular, muito embora tanto o clero protestante quanto o católico tentassem suprimir essas crenças. Os fantasmas nunca deixaram de existir – tampouco podiam parar de falar ou se queixar de ressentimentos e situações pendentes, parece. Mas, a partir de meados do século XIX, relatos de fantasmas e lugares mal-assombrados começaram a proliferar, bem como os chamados médiuns, que diziam ter poderes ou conhecimentos especiais que lhes permitiam conversar com os mortos e transmitir sua mensagem para os vivos.

Nada disso era muito bem articulado, muito menos uma afirmação contundente da eternidade. Com efeito, podemos argumentar que os fantasmas do espiritualismo, presos à Terra, tanto negavam quanto afirmavam a eternidade, pois a dimensão em que habitavam parecia nada mais que uma simples extensão da vida terrena, em uma sintonia relutante com ela. Como é próprio de qualquer movimento popular em um período de rápida mudança, o espiritualismo, por conseguinte, era sintomático da reviravolta em curso nas sociedades ocidentais: ao mesmo tempo uma afirmação e uma negação, imprecisa e até ilógica, da eternidade.

Entre as práticas e crenças espiritualistas que criaram raízes no século XIX, nenhuma foi mais comum que a da sessão espírita, uma reunião na qual os médiuns questionavam os mortos em busca de respostas. Os médiuns podiam alegar qualquer tipo de poder especial que outrora era exclusividade dos místicos medievais ou das bruxas e endemoniados, ou seja, quem estivesse em contato com a dimensão espiritual: telepatia, clarividência, levitação. Alguns alegavam ser capazes de materializar objetos do nada, ou ainda, o que era mais comum, que podiam curar os doentes.[44] Depois da invenção da fotografia, outros "especialistas" entraram em cena afirmando serem capazes de fotografar fantasmas, ganhando uma credibilidade científica ostensiva. O espiritualismo atravessou as divisões de classes e circundou o mundo: seu apelo parecia universal e tão ilimitado quanto a credulidade das pessoas. Sir Arthur Conan Doyle, criador do detetive hiperlógico Sherlock Holmes, por exemplo, foi um firme defensor do espiritualismo e percorreu o mundo a falar para plateias numerosas e mostrar fotografias de fantasmas. Um sobrevivente duradouro da moda espiritualista pode ser encontrado em quase qualquer loja de brinquedos hoje em dia: a mesa Ouija, um jogo levado muito a sério pelos espiritualistas, no qual duas pessoas agem como médiuns, decifrando mensagens dos mortos. O espiritualismo chegaria ao auge da popularidade nas décadas de 1920 e 1930, quando milhões de famílias atormentadas procuravam lidar com a perda dos jovens na Primeira Guerra Mundial.[45]

Um desdobramento do espiritualismo que floresceu no final do século XIX foi a teosofia, movimento fundado por Helena Blavatsky na década de 1870. Sob sua liderança, a Sociedade Teosófica disseminou uma combinação de espiritualismo, filosofia indiana antiga, ensinamentos gnósticos e várias outras crenças e práticas ocultas. A eternidade era uma das principais obsessões da teosofia, assim como a crença na reencarnação e na natureza ilusória do tempo e do espaço. Blavatsky afirmou: "O tempo é apenas uma ilusão produzida pela sucessão de nossos estados de consciência à medida que atravessamos a duração eterna, e ele não existe onde não há consciência na qual possa ser produzida a ilusão; porém, 'permanece adormecido'".[46] Ao reintroduzir no Ocidente a crença na reencarnação e alegar fornecer acesso às memórias de vidas passadas, os teosofistas tiveram um impacto sobre os cristãos. Como no caso do espiritualismo, o fato de todas as igrejas convencionais condenarem a teosofia não impediu todos os cristãos de acreditar em alguns de seus ensinamentos, especialmente a reencarnação e a lembrança de vidas sucessivas na "duração eterna".[47]

NO GRANDE E ESCURO VAZIO

Fantasmas, vidas recicladas e cemitérios afastados não foram as únicas consequências da morte da eternidade. Essa perda também originou um temor existencial tão dominante que afetou a todos na cultura ocidental. E esse temor é o éter no qual ainda vivemos, agimos e temos nosso ser; ele é tão inelutável e tão necessário quanto o ar que respiramos. Poderíamos acrescentar que esse temor – essa percepção da existência como totalmente efêmera, talvez até ilusória – é a própria essência da pós-modernidade. Se a existência em si é insignificante, por que o significado deveria importar? A poesia, e não a filosofia, a teologia ou a ciência, torna-se a única certeza, junto com a morte:

> Mas no total vazio, eterno,
> A segura extinção para a qual nos dirigimos
> E que se perderá no sempre. Não estar aqui,
> Não estar em lugar algum,
> E em breve, nada é mais terrível, nada é mais verdadeiro.
> Eis um modo especial de sentir medo
> Que nenhum truque dissipa [...]
> E assim ela fica, bem no limite da visão,
> Uma manchinha desfocada, um permanente arrepio. [...]
> Ter bravura
> Não poupa ninguém da sepultura.
> A morte é a mesma em lamento ou resistência.[48]

Embora não possamos negar que a crença na eternidade ainda não desapareceu por completo, ou a crença na Verdade universal com V maiúsculo, como testemunham mártires suicidas muçulmanos, entre outros, também não há como negar que todos que continuam acreditando o fazem com uma dolorida consciência da dúvida que permeia o seu mundo e ainda reina suprema entre as elites culturais ocidentais, para as quais o agnosticismo metafísico e epistemológico continua sendo o único princípio inquestionável. Até mesmo Stephen Hawking, talvez o cientista mais famoso do mundo, está disposto não só a reconhecer como também a lamentar a nossa coletiva falta de certeza:

> Por que o Universo se dá ao trabalho da existência? [...] Até agora, a maioria dos cientistas tem estado ocupada demais com o desenvolvimento de novas teorias que descrevem o que é o Universo para se perguntar por quê. Por outro lado, as pessoas que deveriam fazer essa pergunta, os filósofos, não foram capazes de acompanhar o avanço das teorias científicas. [...] Nos séculos XIX e XX, a ciência tornou-se técnica e matemática demais para os filósofos ou para qualquer outra pessoa, salvo alguns especialistas. Os filósofos reduziram tanto o escopo das suas pesquisas que Wittgenstein, o filósofo mais famoso do século XX, afirmou: "A única tarefa que resta para a filosofia é a análise da linguagem". Que degradação para a grande tradição da filosofia, de Aristóteles a Kant![49]

Se o homem considerado pela cultura popular como o cientista mais capaz de todos, citando o homem que ele considera o filósofo mais famoso de todos, reclama da incerteza epistemológica que cerca a todos nós, então essa incerteza certamente deve ser o mais inquestionável dos princípios, como indicado pelo ponto de exclamação que ele usa, bem como pelo que termina esta frase!

Mas assim como os filósofos iluministas, que simplesmente substituíram um sistema de crenças por outro, trocando a noção de verdade revelada pela de poder da razão humana, também nós, das elites pós-modernas, trocamos uma certeza pela outra, não importa o quanto insistimos no fato de que, ao atacar qualquer discurso hegemônico ou conceitos epistemológicos, a única certeza é a incerteza. Do mais zeloso ao mais aborrecido, os arquitetos e guardiões da nossa mentalidade coletiva concordam em uma coisa: todos nós somos prisioneiros da temporalidade final. A eternidade está fora de questão, simplesmente porque não pode ser conciliada com a razão ou com os estímulos sensoriais. A eternidade é a mais certa das incertezas. Pelo menos a eternidade para nós, seres humanos.

A matéria da qual o Universo é feito pode ser eterna – e pode não ser –, mas *nós* certamente não somos. Pouco importa que *nós* sejamos a matéria mais refinada no Universo, talvez até a consciência do próprio Universo. Cada um de nós é, na mesma medida, um candidato à extinção, tanto quanto cada trilobito e cada dinossauro, ou tanto quanto todos os nossos antepassados e descendentes. Pouco importa que sejamos gênios ou estúpidos, honrados ou depravados. Todos nós somos a prole do nada. Pode ser doloroso admitir isso, diriam os sábios, mas a temporalidade final é nosso destino comum: no que se refere ao indivíduo, a não existência supera a existência. E talvez até o Cosmo inteiro. O abismo negro do nada que precede nosso nascimento não é nem um pouco diferente, talvez, daquele que precedeu o *Big Bang*. E o mesmo vale para o abismo que virá depois da nossa breve e insignificante erupção de ser, e ao qual se seguirá o *Big Crunch* ou o *Big Freeze*, ou o que quer que aconteça no final. Esse abismo sombrio e imperscrutável, o Grande Vazio Escuro, é a única eternidade que podemos dar por certa. Nestas circunstâncias, praticamente não existimos, nós, essas partículas insignificantes prensadas por um escancarado nada. E não estamos sozinhos: o mesmo vale para todo o Universo.

Ironicamente, o abismo eterno do nada com o qual nós, os pós-modernos, hoje debatemos, não é nem um pouco diferente, em termos conceituais, do abismo que os pregadores e escritores barrocos adoravam evocar para amedrontar as pessoas. O padre asceta Nieremberg, enrolado em cilício e arame farpado, queria que seus leitores vissem cada pecado como um abismo da injustiça, um abismo sem medida. Sua concepção de justiça eterna era tão severa quanto estava além da imaginação. Para ele, a justiça divina só podia ser satisfeita por tormentas eternas, e essa eternidade era inconcebível. Mesmo que todos os oceanos secassem e se enchessem da areia mais pura, dizia ele, e um pássaro removesse um único grão de areia a cada cem anos até que não sobrasse mais nenhum, Deus não estaria satisfeito com a punição imposta a um único pecado mortal cometido por cada ser humano.[50] Assim como cada grão de areia na metáfora de Nieremberg não é nada – quando medido em comparação com a eternidade e o senso de justiça de Deus –, cada vida humana no nosso Cosmo pós-moderno é um "nada" contra o horizonte eterno e infinito do não ser que nos engole por completo.

Vladimir Nabokov sabia como expressar, de forma bastante eloquente, com uma mistura de entusiasmo e desesperança, sua fúria contra a versão pós-moderna dessa reflexão barroca e também uma inveja rancorosa para com as pessoas que ainda não despertaram do seu torpor pré-moderno. Mesmo assim, eloquência nenhuma é capaz de esconder sua indignada angústia, que é um eco da nossa:

> O berço balança sobre o abismo, e o senso comum diz que nossa existência não é senão uma breve fresta de luz entre duas eternidades de escuridão. [...] Pois me revolto com esse estado de coisas. Sinto uma ânsia de botar para fora toda a minha revolta e fazer um piquete contra a natureza. Minha mente tem feito esforços colossais, vez após vez, para distinguir os mais tênues lampejos pessoais na escuridão impessoal dos dois lados da vida. Que essa escuridão é causada apenas pelos muros do tempo que separam a mim e minhas mãos cerradas e feridas do mundo liberto da atemporalidade é uma crença que divido feliz com o selvagem pintado da maneira mais exagerada. Entrei numa jornada de volta ao pensamento [...] a regiões remotas que tateei em busca de uma saída, para descobrir tão somente que a prisão do tempo é esférica e sem saída. Exceto o suicídio, tentei de tudo.[51]

A angústia de Nabokov não é pós-moderna, estritamente falando. Os "modernos" também compartilharam dela, talvez com a mesma intensidade. E ofereceram um bálsamo estoico. No início do século XIX, o ensaísta inglês William Hazlitt nos apresentou uma reflexão bem similar à de Nabokov, cujo ponto principal era a ideia de que "o amor pela vida [...] é um apego habitual, não um princípio abstrato":

Houve uma época em que não existíamos: e isso não nos preocupa – então por que nos incomoda o fato de que chegará um momento em que deixaremos de existir? [...] Morrer é apenas ser como éramos antes de nascer; contudo ninguém sente remorso ou arrependimento ou repugnância ao contemplar essa última ideia. É, ao contrário, um remédio e um alívio da mente: parece que estávamos em férias. [...] A ideia de um estado preexistente implica a perspectiva de uma existência póstuma, e certamente nada disso serve de estímulo para nosso desejo.[52]

Cerca de um século depois, Sigmund Freud refletiu profundamente a respeito do efeito da temporalidade final, ou "transitoriedade", como ele a chamava, sobre os indivíduos e a cultura ocidental como um todo. Depois de dar um passeio com um jovem poeta em um dia maravilhoso, quando a natureza exibia todo o seu esplendor, Freud ficou intrigado porque seu companheiro de passeio ficara "perturbado com a ideia de que toda aquela beleza estava fadada à extinção". Aquilo que o poeta teria "amado e admirado parecia ter perdido o valor por conta da transitoriedade a que tudo estava fadado". Sempre analista, Freud percebeu que a sombra onipresente da Queda e do não ser que envolve toda a beleza na Terra pode suscitar dois tipos diferentes de impulsos na mente humana. Um leva a um "penoso desalento" – a reação do jovem poeta. O outro, asseverou ele, "leva a uma rebelião contra o fato constatado", ao pensamento de que "de uma forma ou de outra, todo esse encanto deve ser capaz de persistir e escapar a todos os poderes da destruição". A própria reação de Freud a essa constatação foi tão clínica quanto filosófica: "Essa exigência de imortalidade", propôs ele, era apenas uma simples projeção dos nossos desejos mais profundos, uma tentativa desesperada da mente humana de alterar a realidade. Embora o desejo da imortalidade fosse bastante real, admitiu Freud, a imortalidade em si não era. A despeito do platonista cristão Santo Anselmo de Cantuária, que poderia argumentar que a imortalidade deve existir se podemos concebê-la, Freud, o cientista moderno, argumentava exatamente o oposto. O que o jovem poeta sentia não era nada mais que uma "rebelião contra o luto". A ideia de imortalidade, insistiu ele, "é tão inconfundivelmente um produto dos nossos desejos que não pode reivindicar realidade nenhuma". E acrescentou, mais como filósofo que como médico: "O que é doloroso pode não obstante ser verdadeiro". Incapaz de contestar o fato de que todas as coisas são transitórias, inclusive as mais perfeitas e belas, Freud concebeu um bálsamo terapêutico totalmente embalado em forma *wissenschaftlich* [científica] que exigia um salto de fé e de lógica, da mesma maneira que o argumento ontológico de Santo Anselmo para a existência de Deus. A contestar a visão "pessimista" do poeta, Freud, o cientista, ofereceu a seguinte fórmula:

> A transitoriedade do que é belo não envolve nenhuma perda de seu valor. Ao contrário, envolve um aumento! O valor da transitoriedade é o valor da escassez no tempo. A limitação da possibilidade de um gozo eleva o valor do gozo.[53]

O fato de o jovem poeta não ter se consolado de modo nenhum com a fórmula *wissenschaftlich* de Freud não altera o diagnóstico do notável doutor. Identificar o pessimismo do poeta como "rebelião contra o luto" parecia suficiente, e chegar a um teorema que demonstrava que a angústia existencial era em si uma coisa boa parecia um passo adiante para Freud. De várias maneiras, sua abordagem materialista, que transformava a dor em um bônus hedonista, imputado nos seres humanos pela própria natureza, era apenas uma variação do tema, investigado desde o século XVII.

Séculos antes, Blaise Pascal, católico devoto, havia enfrentado o grande e escuro vazio com ousadia semelhante e uma fórmula que também exigia um salto de fé, mas com um modo de pensar metafísico, e não físico: "O homem não é nada mais que um caniço, o mais fraco da natureza; mas é um caniço pensante", disse Pascal. E o pensante fez toda a diferença: por si só, tal fato tornava os seres humanos superiores ao nada que os engole.

> Não é preciso que o Universo inteiro prepare suas armas para esmagá-lo; um vapor, uma gota d'água é o bastante para matá-lo. Porém, mesmo que o Universo o esmagasse, o homem ainda seria mais nobre do que seu assassino, porque sabe que morre e sabe da vantagem que o Universo tem sobre ele; *e o Universo nada sabe disso*. Toda nossa dignidade consiste, portanto, no pensamento. É a partir disso que devemos nos erguer, e não a partir do espaço e da duração, que não poderíamos preencher.[54]

O prazer estava fora do campo de abrangência do radar de Pascal. Para ele, o que predominava era o mero princípio da própria consciência. Se isso oferecia conforto apenas para os filósofos, não era algo que preocupava Pascal: seus *Pensamentos* foram escritos para um público intelectual cético, e esse argumento-chave era um só na longa cadeia que levava à conclusão de que o intelecto, sozinho, não é suficiente, e que um salto de fé é a única maneira de lidar com a dor inevitável da vida. "O coração tem razões que a razão desconhece."[55]

O argumento de Pascal, embora religioso em essência, estava separado das pretensões teológicas o suficiente para perdurar. Gerações de intelectuais encontraram um conforto despretensioso nas afirmações dele e procuraram melhorá-las. Mais de dois séculos depois, quando os avanços na ciência fizeram o Universo parecer muito mais complexo e desconcertante que o de Pascal, encontramos o matemático e físico pioneiro Henri Poincaré, que diz o seguinte:

> Estranha contradição para quem acredita no tempo. A história geológica mostra que a vida é apenas um episódio curto entre duas eternidades de morte, e que, mesmo nesse episódio, o pensamento consciente durou e durará apenas um momento. O pensamento não passa de um lampejo no meio de uma longa noite. Mas é esse lampejo que é tudo.[56]

Porém, o lampejo em si não parece ser suficiente para todo mundo. Para muitos, uma vida que brota do nada e retorna ao nada parece demais com uma mera sombra: insubstancial e insignificante, aconteça o que acontecer. Contudo, no final do século XIX e início do século XX, a noção cristã de eternidade parecia igualmente desinteressante para as elites intelectuais do Ocidente, e tão ridícula quanto o Cosmo pré-copernicano. Em seu lugar, dominava um emaranhado de opiniões, a maioria delas de um tipo negativo, fortemente entrelaçadas à *apatheia*, ou resignação estoica. Entre as visões alternativas mais intrigantes, a teoria do eterno retorno, de Nietzsche, ocupa lugar de destaque, não só por remeter à antiga religião indiana e equilibrar-se de maneira ambígua entre o mito e a filosofia, mas também por aproximar algumas das teorias científicas mais recentes sobre o universo físico.[57]

Nietzsche tem um jeito de polarizar seus leitores muito parecido com o de Maquiavel, outro moscardo da peste; alguns o interpretam de maneira literal, outros nem tanto, e ainda há aqueles que absolutamente não o levam a sério. As diferenças de opinião são extremas, devido ao estilo provocador de Nietzsche, cheio de propostas corajosas e ultrajantes, algumas delas mais sugestivas que dogmáticas. Os leitores que o leem pela primeira vez geralmente reagem perguntando: "Ele está falando sério?". Algumas pessoas acham difícil dizer que sim, mas muitas outras, com o passar dos anos, têm apreciado sua genialidade de várias maneiras. Existe uma variação bem ampla entre os influenciados por Nietzsche, talvez mais ampla que qualquer outra: em um extremo, o filósofo pareceu bem atraente a muitos artistas liberais de vanguarda na Europa continental, que viam a si mesmos como líderes de um ataque sistemático ao opressor *status quo*; no outro extremo, ele era vangloriado e muitas vezes citado fora de contexto por fascistas, principalmente nazistas, que usavam algumas de suas declarações extremistas para justificar alegações de superioridade racial, guerras de agressão e pretensão de dominar o mundo. Nietzsche adorava desafiar quem se baseava em valores cristãos.[58] No mínimo ele pode ser visto como representante dos impulsos mais sombrios e furiosos de sua época. E quando se tratava da eternidade, Nietzsche usava de sua maior malícia e ousadia, não só nos termos do que propunha, mas também na ambivalência de suas propostas.[59]

Se tomada como doutrina ontológica, e não como experimento mental, a ideia nietzschiana do eterno retorno sugere a probabilidade de que "tudo vai se repetir como foi vivido e que tal repetição vai se repetir indefinidamente". A eternidade sempiterna episódica, que nada mais é que uma série de reflexos infinitos, não admite mudança, e atribui uma importância ilimitada a cada um dos instantes. Nietzsche, como sempre, provocava os leitores:

> E se um dia, ou uma noite, um demônio lhe aparecesse furtivamente em sua mais desolada solidão e dissesse: "Esta vida, como você a está vivendo e já viveu, você terá de viver mais uma vez e por incontáveis vezes [...]. A perene ampulheta do existir será sempre virada novamente – e você com ela, partícula de poeira!". – Você não se prostraria e rangeria os dentes e amaldiçoaria o demônio que assim falou? Ou você já experimentou um instante imenso, no qual lhe responderia: "Você é um deus e jamais ouvi coisa tão divina!". Se esse pensamento tomasse conta de você, tal como você é, ele o transformaria e o esmagaria talvez.[60]

No final do século XX, o romancista Milan Kundera tomaria essa sugestão ao pé da letra e a declararia como insuportavelmente opressiva:

> Se cada segundo de nossa vida deve se repetir um número infinito de vezes, estamos pregados na eternidade, como Cristo na cruz. Essa ideia é atroz. No mundo do eterno retorno, cada gesto carrega o peso de uma responsabilidade insustentável. É isso que levava Nietzsche a dizer que a ideia do eterno retorno é o mais pesado dos fardos (*das schwerste Gewicht*).[61]

De muitas maneiras, o eterno retorno de Nietzsche – se tomado literalmente – é tão assustador quanto o Inferno de Nieremberg, no qual cada pecado se torna uma eterna pústula inflamada. Como coloca Kundera, o eterno retorno transforma cada evento, cada instante, em "um bloco que se forma e perdura, e sua brutalidade não terá remissão". Cada mal se torna eterno, assim como cada júbilo. Eventos terríveis, como a Revolução Francesa, ficam mais difíceis de ser romantizados à luz do eterno retorno. "Existe uma diferença infinita entre um Robespierre que apareceu uma só vez na história e um Robespierre que voltaria eternamente para cortar a cabeça dos franceses", argumenta Kundera. Sem o eterno retorno, no entanto, todo mal é efêmero, menos condenável; e todo júbilo é significativo. Essa circunstância extenuante impede que façamos julgamentos sobre qualquer pessoa ou qualquer coisa, e nos liberta da preocupação com a diferença entre bem e mal. Afinal, como pode algo transiente ser condenado, mesmo a pior das atrocidades?

E como podemos deixar de ver todas as coisas efêmeras com uma pontada de nostalgia? "As nuvens alaranjadas do crepúsculo", acrescenta Kundera, "douram todas as coisas com o encanto da nostalgia; até mesmo a guilhotina."[62]

As implicações éticas da crença ou descrença em qualquer tipo de eternidade tornam-se plenamente visíveis pela leitura que Kundera faz de Nietzsche. A eternidade pesa sobre cada momento, conferindo-lhe um significado que o supera, com repercussões verdadeiramente infinitas. A eternidade, portanto, exige que ponderemos nossas escolhas com cuidado e que atribuamos um significado infinito a todo e cada momento. Mas e quanto à transitoriedade ou temporalidade final? Da mesma forma que Voltaire e seus contemporâneos, somos forçados a perguntar que valor qualquer ato ou evento possivelmente teria se fosse totalmente transiente, e que motivações teríamos para nos preocupar com o certo e o errado.

Assim como Freud argumentou que só existem duas respostas possíveis à transitoriedade, o desalento e a rebelião, eu gostaria de sugerir que em nossa própria época, nas sociedades que relegaram a eternidade ao antigo mundo cristão, há duas respostas básicas consolidadas à transitoriedade. As duas são formas de rebelião e não de desalento, e as duas são expressões extremas do materialismo: uma é plenamente individualista, a outra, coletivista, e ambas levaram à criação de sociedades bem diferentes. Um desses tipos de sociedade visa aproveitar o dia, literal e figurativamente, ao propor que é direito de cada indivíduo buscar a autorrealização e extrair o máximo de cada momento; o outro tende a valorizar o Estado, que costuma ser erroneamente chamado de "povo", e visa aproveitar o tempo, em grandes blocos em vez de dias, pois não é a gratificação diária do indivíduo que importa nessas sociedades, mas sim a realização corporativa gradual de grandes projetos, cobrindo períodos específicos, alguns curtos, outros longos. As duas são obcecadas com a produção e o consumo, mas de diferentes maneiras. Uma se rebela contra a temporalidade final oferecendo ao indivíduo oportunidades ilimitadas para consumir, comer, beber e se divertir; a outra se rebela forjando impérios ou planos quinquenais que durarão mil anos. O século XX produziu exemplos extremos desses dois tipos de sociedades exuberantemente materialistas, bem como de Estados e impérios, e de atrocidades que fizeram a guilhotina parecer um brinquedo idiota. Exemplos dos dois tipos de materialismo ainda sobrevivem, embora a quantidade atual de sociedades coletivistas seja bem menor do que há vinte anos e algumas tenham se tornado híbridos estranhos em que o individualismo e o coletivismo se misturam, e o consumismo floresce sob o olhar de oligarquias repressoras, algumas moderadas, outras severas.

O consumismo capitalista e o coletivismo totalitário censuram um ao outro o tempo inteiro, o que não é surpresa para ninguém. De modo geral, no entanto, poucos reformadores morais e espirituais criticaram os dois. Uma exceção notável foi o papa João Paulo II, que condenava repetidamente todos os tipos de sociedades materialistas como igualmente erradas, injustas e perigosas, muito para o desapontamento de quem precisa classificar as figuras públicas como *liberais* ou *conservadoras*, *direitistas* ou *esquerdistas*. O papa via o materialismo moderno como perigoso para o planeta inteiro, em termos ambientais, e também para cada indivíduo, em sentido espiritual. E, como vimos, o materialismo moderno foi, em grande medida, uma resposta ao horizonte estreitado da temporalidade final. Sem a eternidade como horizonte, argumentou João Paulo II, o evanescente presente adquire uma importância maior e o âmbito moral se perde. Ou, pior, a transitoriedade da própria existência tolhe todas as tentativas de realização. Essa frustração desencadeia um círculo vicioso no qual o consumismo e os grandes projetos são incrementados e a ética sofre um recuo. Repetindo Jesus o tempo inteiro, o papa criticava todo o materialismo, lembrando o mundo que só pão jamais será suficiente e que ganhar o mundo inteiro e perder a própria alma é um péssimo negócio.[63]

Aqui precisamos fazer uma pausa e perguntar algo bem básico: tudo é realmente tão simples assim? Devemos dar tanta importância ou atribuir tanta causalidade a um mero conceito? As duas guerras mundiais do século XX foram resultado da morte da eternidade nas sociedades ocidentais? A crença na eternidade poderia ter evitado os horrores do Holocausto ou do *Gulag*, a liderança da Hummer ou os catálogos de Natal das lojas Neiman Marcus? É realmente impossível acreditar na eternidade e ao mesmo tempo usar um adesivo no para-brisa escrito "ganha quem morrer com mais brinquedos", ou estabelecer um campo de extermínio? Além disso, precisamos fazer uma pergunta ainda mais básica: devemos assumir que o mundo como um todo perdeu a eternidade de vista?

E quanto aos que ainda acreditam na eternidade – em uma eternidade pessoal, quer dizer, não em termos cósmicos? Não precisamos ir muito longe para encontrar pessoas dispostas a trocar a temporalidade presente pela vida eterna: a crença em recompensas eternas é, afinal de contas, uma arma importante usada pelo outro lado na "guerra ao terror" que se seguiu ao holocausto suicida de 11 de setembro de 2001. Há homens-bomba em todos os lugares, parece, e eles continuam sendo incompreensíveis para a maioria dos norte-americanos e europeus. Mas o que deixa os ocidentais chocados e perturbados em relação a esses mártires declarados não é sua crença na vida após a morte, mas sua crença na probidade de matar e mutilar civis a esmo.

A crença na vida eterna parece estar prosperando na América do Norte. A mais recente pesquisa de opinião feita pelo Pew Forum on Religion and Public Life[64] revelou o seguinte:

- 92% acreditam em Deus.
- 74% acreditam na vida após a morte.
- 50% têm certeza absoluta da vida eterna; 19% têm quase certeza.
- 74% acreditam no Paraíso e na recompensa eterna.
- 59% acreditam no Inferno e na punição eterna.

Os resultados dessa pesquisa são bastante semelhantes aos de outras pesquisas recentes. Uma pesquisa nacional de opinião realizada pela CBS News em 2005 apresentou as seguintes estatísticas sobre os Estados Unidos:

- 78% acreditam na vida eterna após a morte.
- 48% acreditam em fantasmas; 22% acreditam ter visto um fantasma.
- 90% dos que participam de serviços religiosos regularmente acreditam na vida após a morte.
- 70% dos que raramente ou nunca participam dos serviços religiosos também acreditam na vida após a morte.

Mais surpreendente ainda, a maioria dos norte-americanos estava disposta a admitir que suas crenças não precisam de confirmação científica. Quando perguntados se "a ciência conseguirá provar a existência da vida após a morte", 87% responderam que não.[65] Uma pesquisa da Harris feita em 2003 também revelou que 31% dos norte-americanos acreditam em astrologia, e 37% em reencarnação, e que essas duas crenças podem ser sustentadas por pessoas que se consideram cristãs.[66] Uma pesquisa de opinião feita em 2001 pela ABC News em parceria com a Beliefnet revelou que 43% dos norte-americanos acreditam que os animais de estimação também têm vida eterna, mesmo que uma pesquisa do Gallup feita no mesmo ano tenha revelado que 96% gostam de ser carnívoros. Infelizmente, a pesquisa não perguntou se os norte-americanos acreditavam que os animais que matavam e comiam também eram destinados à mesma eternidade que os humanos e animais domésticos.[67] Como essa crença é possível, no século XXI, em uma das sociedades mais avançadas do planeta em termos de tecnologia? Será que a vida eterna é um "fato" necessário do tipo habilmente descrito por Raymond Chandler – "Existem coisas que são fatos, em sentido estatístico, no papel, no gravador, como provas. E há coisas que são fatos porque têm de ser fatos, porque nada faz sentido de outra maneira"?[68]

E que tal uma dimensão ética na eternidade: Paraíso contra Inferno? O que as enquetes de opinião dizem? Em 1997, a maioria dos entrevistados por uma pesquisa do Gallup – 72% – professou a crença na existência de um Paraíso eterno, enquanto apenas 56% reconheceram a crença no Inferno. Em 2003, no entanto, as crenças parecem ter mudado de maneira radical. Uma pesquisa da Harris realizada naquele ano registrou a crença no Paraíso em 82%, e a crença no Inferno em 69%. Em uma pesquisa feita em 2004 pela ABC News, a crença no Paraíso permaneceu quase inalterada em 81%, e a crença no Inferno subiu para 70%.[69] Uma comparação de todas essas pesquisas revela um nível quase estável da crença na eternidade (ver tabela abaixo).

CRENÇA NA VIDA APÓS A MORTE: PESQUISAS RECENTES DE OPINIÃO NOS ESTADOS UNIDOS

	GALLUP (1997)	HARRIS (2003)	ABC (2004)	PEW (2008)
Céu	72%	82%	81%	74%
Inferno	56%	69%	70%	59%

O que podemos fazer com esses números? Por que a crença em um ajuste de contas ético e eterno subiu de maneira tão drástica em 2003-04 nos Estados Unidos? Nós, historiadores, questionaríamos imediatamente a precisão dos dados, ou das amostras, ou dos métodos empregados. Todo mundo sabe que pesquisas de opinião nunca são 100% precisas, mas algumas são piores que outras. Se essas pesquisas estiverem corretas, no entanto, algo dramático pode vir a acontecer. Será que existe alguma relação com os ataques de 11 de Setembro de 2001? Com todas aquelas vidas perdidas instantaneamente, numa cultura desacostumada a catástrofes em grande escala, mas que parece se alimentar de imagens desses desastres? Com todas aquelas vidas *inocentes* tomadas de maneira *tão injusta* por um punhado de homens *maus*? Com todas aquelas imagens de aeronaves, explosões, fumaça, corpos em queda livre e uma ruína generalizada, tudo noticiado repetidas vezes, dia após dia, durante semanas a fio? Certamente, entre as muitas questões suscitadas pelo pequeno apocalipse do 11 de Setembro, aquelas que lidam com a injustiça do ato ocuparão uma posição alta na lista. E, sem dúvida, pensar em recompensas apropriadas para as vítimas e em punições para os assassinos facilmente poderia levar ao pensamento sobre algum domínio que não o Afeganistão ou o Iraque, para além da Terra, onde vence a justiça genuína. Então, como devemos interpretar uma queda na quantidade de pessoas que acreditam no Inferno, apresentada pela pesquisa do Pew em 2008? Os norte-americanos não conseguem guardar rancor por muito tempo, ou as pesquisas são simplesmente imprecisas?

    Como historiador, estou apenas fazendo observações sobre padrões recentes, tentando dar sentido a eles. Não estou fazendo nenhuma previsão, tampouco dando qualquer alerta sobre o que pode nos aguardar se a crença na eternidade sair do campo privado e partir para a esfera pública no Ocidente. Minha tendência pessoal é pensar que essa reversão não acontecerá tão cedo, se é que acontecerá.

Por ora, de qualquer modo que as encaremos, as pesquisas mostram que, no fim das contas, a eternidade não morreu no Ocidente, ou pelo menos não na América do Norte. Isso nos coloca cara a cara com dois dos problemas mais intratáveis na história da religião: não só como as ideias e as realidades sociais se relacionam umas com as outras, mas também como as crenças das elites se relacionam com as crenças da maioria que não faz parte da elite e da cultura como um todo. Como as crenças afetam uma sociedade e que diferença elas fazem?

No caso dos Estados Unidos, poucos contestariam a afirmação de que nossas leis e nossa existência cotidiana são determinadas pela crença na igualdade entre todos os humanos. Trata-se de uma premissa tão básica que pode passar por uma verdade incontestável. "Sustentamos como autoevidentes verdades como a de que todos os homens são criados iguais" etc.: embora as desigualdades sociais e econômicas e a intolerância ainda sejam abundantes, e a própria premissa seja interpretada hoje pelas elites políticas de um modo diferente do que era em 1776, 1860 ou até 1960, a verdade é que o princípio em si – uma mera abstração – não só determinou o curso da história norte-americana como também afetou todos os seus cidadãos, em todos os cantos. Podemos dizer praticamente a mesma coisa em relação à França, com seu comprometimento com os princípios de *liberté*, *égalité* e *fraternité*. Em contrapartida, o papel do conceito de eternidade é muito difícil de avaliar. Como se fosse uma aeronave furtiva, ela não aparece no radar, precisamente porque nos Estados Unidos e na França, assim como na maioria dos países democráticos industrializados, não se trata de uma crença essencial, como a igualdade, ou de um componente essencial do discurso político. Uma crença privada em vez de pública, a eternidade está escondida dos olhos, está na mente e no coração. É muito mais difícil perceber o modo como ela afeta a vida dos indivíduos, mesmo com pesquisas de opinião, pois a separação entre Igreja e Estado a mantém longe de vista. Algumas pessoas até duvidam de que tais crenças abstratas tenham realmente algum efeito.

O que continua sendo indiscutível é o fato de que, nos Estados Unidos e em quase todos os países que podem ser incluídos no que chamamos de "Ocidente" – os descendentes culturais diretos da cristandade medieval –, esse divórcio entre crença e vida política está diretamente relacionado à morte da eternidade. Fórmulas simples talvez não capturem essa relação entre as crenças e as estruturas políticas e sociais, pois ela é bastante complexa e circular. À medida que a crença na eternidade declinava entre a elite intelectual, ela começou a desaparecer da vida política, e, à medida que desaparecia dessa esfera, ela se tornou mais uma "crença" privada do que uma "verdade autoevidente", ou um princípio incontestável. As pessoas podem ter continuado a acreditar em uma vida eterna após a morte, ou no Paraíso e no Inferno, mas elas o faziam em uma atmosfera social e política que tornava essa crença totalmente opcional e irrelevante para a esfera pública. Incluamos o fato de que o advento da ciência moderna foi parte do processo e de que as verdades discernidas pelos cientistas se tornaram os únicos princípios inquestionáveis da cultura ocidental, e o resultado será uma eternidade que ainda existe, mas é invisível, como uma espécie de desejo privado, não muito diferente da crença em unicórnios, extraterrestres ou astrologia. Portanto, os 31% dos norte-americanos que acreditam na astrologia e os 37% que acreditam em reencarnação, junto com qualquer porcentagem que acredite em unicórnios, pés-grandes e abduções por seres de outro planeta, podem unir-se para compartilhar suas crenças, mas não para afetar a cultura como um todo, não de maneira perceptível.

Ou será que podem? Tanto nos Estados Unidos quanto na Europa, os crentes continuam orientando a própria vida, tendo como horizonte derradeiro a eternidade, mesmo que suas sociedades sejam construídas sobre a verdade aparentemente autoevidente da temporalidade final. E alguns desses crentes se tornaram impacientes e mostraram seus músculos políticos. Nos Estados Unidos, em particular, a agitação desses crentes levou a debates sobre os princípios inquestionáveis que governam o país, bem como a um choque de sistemas de crenças mais conhecido como "guerra de culturas". Para muitos da elite cultural, a civilização se equilibra em cima do muro, enquanto essa "guerra" coloca o obscurantismo cego medieval contra a inquestionável verdade do senso comum, derivada empiricamente. Para os que questionam o inquestionável, não é só a civilização que fica em cima do muro, mas sim o destino eterno da raça humana e a questão da justiça eterna. Pouquíssimas pessoas de ambos os lados olham além da própria retórica a ponto de perceber que o conceito de eternidade reforça toda a discussão, mas, de quando em quando, algum jornalista observador chega ao núcleo do problema. Entre esses raríssimos, David Klinghoffer tem falado de maneira mais eloquente, enquanto pondera o fato de que muitos dos guerreiros culturais no campo religioso tendem a acreditar no Inferno:

> A questão mais profunda que está em jogo na guerra de culturas não é sobre o aborto ou o Inferno, tampouco sobre o evolucionismo ou a homossexualidade, mas, sim, esta: o Universo funciona de acordo com o princípio da aleatoriedade ou segundo a regra da Providência transcendente? Somente em um Universo aleatório pode o perverso safar-se com sua perversidade.[70]

O Inferno é uma crença das mais desagradáveis, e de modo nenhum uma verdade autoevidente, admite Klinghoffer, mas o Inferno é o tipo de fato que se impõe por falta de alternativa. Uma vez que o Deus dos judeus, cristãos e muçulmanos é, supostamente, uma deidade justa e misericordiosa, e como a bondade nem sempre é recompensada neste mundo e os perversos costumam escapar ilesos, ou até mesmo morrer em ambientes bastante agradáveis, como é possível, ainda, servir à verdadeira justiça?

Há muito tempo os filósofos e teólogos vêm discutindo a lógica do mal: como pode um Deus bom permitir que coisas ruins aconteçam a sua criação? Essa questão é conhecida como *teodiceia*. Em essência, a teodiceia é o problema dos problemas para os crentes modernos e pós-modernos, principalmente depois que a teoria de Darwin destituiu o antigo mito judeu do Jardim do Éden, que colocava a culpa por todo sofrimento em Adão e Eva: como podemos conciliar um Deus criador bom com a dor e o mal que rodeiam a existência terrena dos seres humanos e de todas as criaturas? Se a natureza sempre foi "vermelha em garras e dentes", com todos os seus ramos manchados de sangue, onde está a bondade de Deus?

A teoria darwinista da evolução e da sobrevivência do mais apto mudou o discurso cristão, não tanto por tirar a causalidade de Deus e atribuí-la à natureza (pois a própria natureza podia ser atribuída a Deus) ou por sugerir que os seres humanos não eram uma criação "especial" (os teólogos podiam com facilidade inserir um momento "especial" divinamente guiado na evolução dos hominídeos), mas sim porque ela fez de Deus o autor e a causa de um sofrimento imenso: dor, doença, morte, ruindade, mutilações, aflições, doenças congênitas, tudo fazia parte desse projeto desde o início. E a predação parecia o pior dos desígnios de Deus. Os primeiros cristãos refletiram sobre a incongruência do leão e do cordeiro, mas atribuíam a crueldade na natureza à Queda, que mudou tudo. Darwin fez com que se tornasse muito mais difícil ver o mundo de novo através dessas lentes paliativas. A propósito, foi na poesia que as reflexões sobre a teodiceia antecederam o duro golpe de Darwin. Simplesmente observando a natureza em si, Tennyson foi capaz de chegar antes do cientista, referindo-se à natureza como "vermelha em garras e dentes", transformando o que seria o maior *insight* de Darwin em um verso sublime, dez anos antes da publicação de *A origem das espécies*:

> *Vós que criais a Vida no homem e nos animais;*
> *Vós que criais a Morte, e veja, pisais*
> *Sobre esta caveira que criastes.*
> *Jamais haveis de nos deixar às cinzas:*
> *Vós que criais o homem, sem motivo expresso,*
> *Ele julga não ser criado para o próprio decesso;*
> *E vós o criastes: vós sois justo [...]*
> *Estariam Deus e a Natureza em conflito,*
> *Já que a Natureza engendra sonhos tão cruéis? [...]*
> *Nada mais? Um monstro, então, um sonho,*
> *Uma discórdia. Dragões de um tempo primordial,*
> *Que dilaceravam uns aos outros em seu lamaçal [...]*
> *Ó vida tão fútil, porquanto tão frágil,*
> *Ó, por vossa voz para reconfortar e abençoar!*
> *Qual a esperança de uma resposta, ou de remédio?*
> *Por trás do véu, por trás do véu.*[71]

Toda a aspiração, o amor, o sofrimento, toda a injustiça não pode fazer sentido sem um ajuste de contas eterno. Não há eternidade por trás do véu, não há um Deus justo, pois a crença em Deus torna-se impossivelmente difícil sem as recompensas e as punições eternas. Klinghoffer foi esperto o suficiente para perceber isso: "Para certas pessoas que rejeitam a ideia do Inferno, a questão é justamente essa".[72] E, para os guerreiros da cultura, provar que essa lógica é falsa é seu chamado à ação, pois sua visão de mundo está em jogo e a primeira alternativa parece demasiado assustadora. Na visão deles, um mundo temporalmente final, em que seres humanos bastante imperfeitos, e não Deus, determinam o que é certo e errado – um mundo destituído de Deus e da eternidade – é um mundo despropositadamente cruel e destrutivo. Sabemos exatamente o que Freud teria dito de todos eles, mas isso não resolve o problema: só ajuda a entendê-lo melhor.

FÍSICA E METAFÍSICA, REVISITADAS

Por mais estranho que pareça, enquanto a chamada guerra de culturas se alastra, alguns cientistas estão surgindo com teorias que se aproximam bastante de antigas constatações sobre o tempo e a eternidade que a ciência moderna havia deixado para trás. Os paralelos são impressionantes, até mesmo estranhos.

Algumas dessas teorias precisam ser levadas em consideração, mesmo que sua complexidade esteja muito além da capacidade que os leigos têm de entendê-las. A razão para isso é bem simples: poetas à parte, os astrofísicos agora são as únicas pessoas em nossa cultura que levam a eternidade a sério. Depois de aceitar o manto antes usado por filósofos e teólogos, os especialistas que passaram o último século evitando esse assunto como se fosse uma praga têm a dizer coisas que trazem implicações existenciais, principalmente porque todas essas teorias são baseadas na observação empírica, e não na mera lógica ou especulação. Todas essas novas eternidades são testáveis. Em outras palavras, os cientistas podem discordar sobre que tipo de eternidade realmente existe, mas algum dia um deles pode descobrir que ela realmente existe.

A boa notícia dos cientistas é que o Universo provavelmente *é* eterno, de alguma maneira. A má notícia é que isso provavelmente não inclui nem eu, nem você.

No início do livro falamos a respeito de algumas das teorias sobre o destino final do Universo: o eterno inflar e dissipar que leva a uma "morte fria", ou *Big Freeze*; a eterna expansão e entropia que leva a uma "morte térmica", ou *Big Whimper*; um colapso total que leva à autoimolação, ou *Big Crunch*. Algumas dessas teorias predizem um eterno passado e futuro; outras anunciam um eterno futuro de devastação; já outras são uma eternidade de estrelas e galáxias; e outras ainda são um ciclo eterno de criação e destruição, ou Grande Ioiô. Mas nenhuma dessas eternidades nos inclui, necessariamente, ou até contingentemente. São eternidades nas quais nossa consciência e nossa existência sempre tão frágeis não têm absolutamente papel nenhum.

Essas teorias se ocupam do Universo, não de nós, e tampouco dos gênios que podem analisar dados, teorizar e especular sobre uma eternidade que não necessariamente os inclui.

É claro que, como historiador, há limites substanciais ao que posso dizer sobre astrofísica e cosmologia, ou boas e más notícias, por isso falarei mais das repercussões existenciais e metafísicas dessas teorias do que da ciência por trás delas. Minha situação provavelmente não é muito diferente da sua (a não ser que você seja um astrofísico): preciso basear-me em sínteses e resumos da literatura científica mais recente, geralmente em publicações voltadas para leigos. Como novato e amador, reconheço que os especialistas têm um inexpugnável monopólio sobre os mais refinados tipos de conhecimento, e que qualquer coisa que eu tenha a dizer sobre esse assunto não é, de modo nenhum, baseada na pesquisa científica, mas sim em leituras sobre essa pesquisa. Também devo reconhecer que, mesmo quando acho que entendi os contornos gerais da maioria dessas teorias cosmológicas recentes, sou incapaz de apresentá-las, por assim dizer; portanto, não há como eu reproduzir a pesquisa e os cálculos, ou julgar as conclusões.

Sendo assim, farei apenas um relato sobre a física e reservarei minha análise para a metafísica, que, para mim, constitui o Grande Problema.

Em primeiro lugar, quando falamos de física, precisamos considerar o fenômeno do tempo. Pensadores ocidentais sempre acharam impossível falar sobre eternidade sem fazer referência ao tempo, posto que todo o discurso sobre a eternidade na tradição ocidental tem sido antropocêntrico, centrado em como podemos reivindicar a eternidade para nós mesmos, ainda que só conheçamos o tempo. Portanto, o problema está no nosso entrelaçamento com o tempo: não se o universo físico em si é eterno, mas sim por que nós aparecemos e desaparecemos no tempo de maneira tão abrupta. Em outras palavras, a eternidade tem sido um problema existencial e metafísico durante quase toda a história do Ocidente, e não um problema científico. Desse modo, mesmo que os cientistas não relacionem experimentos em intervalos pequenos de tempo ao assunto da eternidade cósmica, a conexão definitivamente está lá, metafisicamente, para aqueles que se importam com a eternidade humana.[73]

Ultimamente os físicos têm feito descobertas notáveis, munidos de equipamentos sofisticados que seriam de grande interesse para quem pensa sobre o tempo em termos filosóficos, em relação à eternidade. Algumas das descobertas mais recentes teriam agradado bastante Santo Agostinho, que era obcecado pela ideia de que o tempo era demasiado efêmero para ser real. Seu pensamento sobre a questão foi formado em parte pela Bíblia e em parte pela metafísica neoplatônica. Como o "agora" jamais poderia ser identificado com precisão, argumentava ele, pois que flui constantemente como uma torrente ou uma flecha que se move adiante, de um "antes" para um "depois", o único "agora" real é o eterno momento agora de Deus, além do próprio tempo.[74] Essa foi a constatação de Agostinho, baseada apenas na lógica, e não na física.

Ora, vejam bem: algumas teorias físicas especulativas atuais propõem que o tempo surge de uma realidade mais fundamental e atemporal.[75] E experimentos recentes feitos por Ferenc Krausz no Instituto Max Planck de Óptica, em Garching (Alemanha), mostraram "que o tempo pode não existir no nível mais fundamental da realidade física". Usando pulsos de *laser* ultravioleta para acompanhar os saltos quânticos dos elétrons dentro dos átomos, Krausz trabalha no limite da física conhecida, num campo em que lascas incrivelmente minúsculas de segundos passam vagarosamente como se fossem eras, e as distâncias e intervalos se tornam tão minúsculos que os próprios conceitos de tempo e espaço começam a se decompor. Os eventos que ele observa duram cerca de 100 attossegundos, ou 100 quintiliões de segundo. O que é 1 attossegundo?

As palavras são insuficientes, mas as analogias nos dão uma pista: 100 attossegundos são para 1 segundo o que 1 segundo é para 300 milhões de anos. Nessa dimensão infinitesimal, Krausz chegou perto dos limites mais distantes e determinou que a menor unidade de tempo dotada de significado físico é menor que 1 trilionésimo de trilionésimo de attossegundo. Mas, e depois disso, o que há? Que tal uma fração 1 quintilhão menor que isso? *Tempus incognito*, diriam alguns especialistas; nesse nível, a noção clássica de tempo torna-se inválida. "O significado do tempo se tornou terrivelmente problemático na física contemporânea", diz Simon Saunders, professor de física em Oxford. "A situação é tão desconfortável que, até agora, o melhor a fazer é declarar-se agnóstico." Pelo menos por enquanto.[76]

Agnóstico. Imagine só. A ciência, agnóstica em relação ao tempo, uma medida essencial para a música e para as economias nacionais, o registro pelo qual muitas pessoas no mundo ganham seus salários, bem como multas por estacionar em locais proibidos.

Mas nem todos os cientistas que estudam o tempo são agnósticos.

Julian Barbour, por exemplo, evita o agnosticismo, afirmando que "instantes de tempo" são reais em si mesmos, mas não pertencem a "algo que flui adiante sem cessar". Segundo Barbour, a aparente passagem do tempo e a direção linear do movimento podem se revelar como nada além de ilusões, uma questão de perspectiva. Se, de algum modo, pudéssemos ficar de fora do Universo, propõe ele, seríamos capazes de vê-lo como estático. E, se ele estiver correto, mais dia, menos dia, "descobriremos que o tempo não existe".[77] Muito parecido com a divindade de Eckhart, no seu eterno momento agora, o universo de Barbour é eterno na medida em que contém todos os momentos "agora" individuais que percebemos incorretamente como uma flecha que aponta para a frente. Por trás da ilusão que percebemos, argumenta ele, há um Universo sempiterno do tipo vivenciado pelo personagem Billy Pilgrim, de Kurt Vonnegut, junto com todos os habitantes do planeta Tralfamador, em *Matadouro 5*:

> Os tralfamadorianos olham para todos os diferentes momentos do mesmo modo como olhamos para um trecho das Montanhas Rochosas, por exemplo. Eles podem ver quão permanentes são todos os momentos e podem olhar para qualquer momento que lhes interesse. É apenas uma ilusão o que temos aqui na Terra, que um momento siga outro momento, como contas de um cordão, e que, uma vez passado o momento, é passado para sempre. [...] O tempo todo é todo o tempo. Ele não muda. Ele não se presta a alertas ou explicações. Simplesmente é. Tome-o momento por momento e descobrirá que somos todos, como eu disse antes, insetos no âmbar.[78]

Em outras palavras, como teria dito um teólogo escolástico: é a sempiternidade, ou cada momento agora sempre cercado pela *æternitas a parte ante* e *æternitas a parte post*. A negação que Barbour faz do tempo, portanto, é uma afirmação científica inesperada de um tipo de eternidade considerada anteriormente pelos teólogos e filósofos escolásticos, e por um notável escritor de Indianápolis, Vonnegut. Outro cientista não agnóstico que se recusa a aceitar que o tempo é uma flecha que aponta para adiante é Sean Carroll, que sugere que muito *antes* do *Big Bang* (todo "antes" sendo relativo, é claro), no "passado super-remoto", pode ter havido outros *Big Bangs* nos quais a tal flecha do tempo seguiria para trás, e não para a frente. O Universo sempre existiu e sempre existirá como uma matriz pulsante infinitamente complexa, formada por universos interconectados: em alguns o tempo segue "para a frente" e em outros segue "para trás".[79]

E há também alguns cientistas sugerindo hipóteses que buscam unir a física com a metafísica. Um desses, Marx Tegmark, cosmólogo sueco que vive e trabalha nos Estados Unidos, comprometeu-se publicamente. De acordo com uma entrevista dirigida a não especialistas, Tegmark está "se referindo aos gregos antigos com a mais antiga das antigas questões: o que é real?". Suas conclusões são tão ousadas quanto a pergunta central e nos levam de volta ao ponto de onde partimos, muitas páginas atrás. Na visão de Tegmark, vivemos em um "multiverso": vários universos paralelos que existem como níveis múltiplos de tempo e espaço. Não é tão fácil entender, muito menos explicar: essa chamada hipótese do universo matemático, em que inteiros e suas relações uns com os outros existem fora do tempo, baseia-se na física quântica e na cosmologia, e as expande.

Como poderíamos esperar, algumas publicações voltadas a não especialistas tentam ser sensacionalistas em relação a

Tegmark e suas teorias, dizendo até que suas "ideias malucas" são rejeitadas por alguns de seus colegas. Tegmark, no entanto, é amplamente respeitado e está longe de ser maluco. O maior resultado existencial da sua tentativa de fundir a física à metafísica é este: siga adiante o máximo que puder nesse multiverso infinito "e encontrará outra Terra com outra versão de você". Desse modo, na visão de Tegmark, a eternidade e a finitude convergem: nós existimos para sempre, sempre, em múltiplos eus. Só que ele não está propondo uma realidade cíclica, nem um retorno eterno e infinito, mas sim uma infinitude e eternidade de eus paralelos: "Somos feitos de partículas quânticas", diz ele, "então, se elas podem estar em dois lugares ao mesmo tempo, nós também podemos".

Bem, eu estaria condenado, literalmente. É tudo o que posso dizer. Isso parece o Inferno para mim, talvez até pior que o inferno de Nieremberg, superlotado, lamacento e fedorento.

Tegmark pensa que "sequer está pedindo para acreditarmos em algo esquisito".[80] Tal é o abismo epistemológico que separa os especialistas dos leigos. "Esquisito" é um daqueles adjetivos que causam problema, simplesmente por não ter um significado fixo. Tudo o que posso dizer, como leigo, sobre essa teoria é o seguinte: não sei quanto aos outros, mas é provável que eu continue sendo ambivalente em relação a meus outros eus *para sempre*, mesmo que sinta uma empatia sem limites por todos os erros que eles (nós) cometeram (cometemos), ou mesmo que eles (eu) possam (possa) dizer-me (dizer-nos) aonde foram parar todos os pares de meias perdidos. E tenho plena certeza de que *eles* sentirão o mesmo sobre mim. Ou devo dizer sobre *nós*? Essa é uma eternidade que incluiria *eu* e *você*, ou muitos de *mim* e de *você*, mas não sei se isso é assim tão confortável, ou justo para nós dois, ou para qualquer um.

Nesse ínterim, enquanto contemplamos o multiverso de Tegmark e esperamos por algum transporte que nos leve ao encontro de pelo menos um dos nossos *Doppelgängers*, ou trazê--los até nós, podemos nos confortar, ou nos ressentir, com a ideia de que Nietzsche, os *Upanixades* e os estoicos acertaram em cheio no que se refere a eternos retornos. Quer dizer, mais ou menos.

Muito recentemente, Paul Steinhardt, da Universidade Princeton, e Neil Turok, da Universidade de Cambridge, dois dos cosmólogos teóricos mais famosos do mundo, argumentaram que o *Big Bang* que todos conhecemos e adoramos como *in principio* definitivo, junto com o *Big Crunch*, que se aproxima como fim de todos os fins, não passam de um único ciclo de um eterno metaciclo de intermináveis expansões e contrações, cada uma com a duração aproximada de 1 trilhão de anos.[81] Segundo eles, o Universo sempre pulsou e sempre pulsará entre o *Big Bang* e o *Big Crunch*, eternamente, em um ritmo estável, como um coração supremo ou um atabaque: ele se desenvolve do quente e denso para o frio e vazio a cada ciclo, apenas para ser reabastecido com nova matéria e energia enquanto transita do colapso para a explosão. Essa teoria de um universo cíclico proposta por Steinhardt e Turok é incrivelmente complexa, é claro, e compreensível apenas para uma quantidade bem pequena de especialistas, por mais envolvente que seja a ideia de que nosso Universo tridimensional faz parte de uma "brana" decadimensional, e que os ciclos eternos de expansão e contração são causados por colisões entre nossa brana cósmica e uma brana vizinha.[82]

Passando mais uma vez do científico para o existencial, é fácil nos identificarmos com Blaise Pascal, que morria de medo da vastidão aparentemente vazia que alguns de seus contemporâneos haviam descoberto no universo físico. Essas novas teorias científicas fornecem todos os tipos de novas possibilidades para a eternidade, mas todas elas, embora intelectualmente estimulantes, apenas fortalecem nosso dilema existencial como seres humanos. Uma coisa é nos maravilharmos com o pulso rítmico de um Universo eterno; outra bem diferente é ponderar nosso destino dentro dele, tanto pessoal quanto coletivamente. Se tentamos nos colocar dentro desses multiversos, parece não haver lugar para nós. Em um Cosmo cíclico, nossos eus são repetidamente aniquilados, infinitamente dissipados e dissolvidos, ou magnificados e multiplicados? Nossos eus estão aí de fato, com exceção dessa fatia afrontosamente breve de tempo que estamos gastando neste momento? O que há de bom no fato de existirem infinitos e eternos *eus* e eu não ter consciência disso, nem agora nem nunca? Voltamos à questão da árvore na floresta, e apenas aqui ela não parece ser malfeita: se existem infinitas versões de mim e não tenho absolutamente nenhuma consciência disso, eu de fato existo? Só tenho a concordar com Pascal: "Toda a nossa dignidade consiste, portanto, no pensamento. É a partir disso que devemos nos erguer, e não a partir do espaço e da duração, que não poderíamos preencher".[83]

Na França do século XVII o significado de dignidade era diferente do de hoje, em qualquer lugar do planeta, portanto não posso ter certeza de que Pascal e eu estamos de pleno acordo sobre seu significado. Para começar, naquela época, a dignidade implicava em usar uma peruca em público e tomar banho o menos possível. Mas me parece que o que Pascal queria dizer nessa passagem com "nossa dignidade" é a nossa capacidade de transcender o derradeiro insulto: o fato de sermos moral e intelectualmente superiores ao universo físico, até mesmo mais extraordinários que o somatório disso tudo, simplesmente porque temos consciência e podemos pensar, além de perceber como nosso Universo assassino funciona. Isso, por sua natureza intrínseca, é uma maravilha tão grande – para nós – que faz nossa extinção parecer ainda mais injusta, e nossa condição ainda mais nobre e trágica. A consciência, portanto, é nosso último refúgio perante a extinção. Um pequeno consolo, na verdade. Pequeno demais para mim, e não muito reconfortante, se é que isso é possível.

Não sei quanto a você, mas eu fico indignado com um Universo que existe eternamente, mas me permite apenas um fragmento minúsculo de tempo. Fico furioso quando penso em um multiverso rítmico e eterno, ou em um Universo em constante expansão, o que para mim só remete a assassinos viciosos. Lembro-me da descrição de Pascal para a condição humana:

> Imagine uma série de homens acorrentados, todos condenados à morte. Todo dia alguns são mortos diante dos outros, e aqueles

que permanecem veem sua própria condição na dos companheiros, olhando-se com tristeza e sem esperança, aguardando a sua vez.[84]

Brotam de mim questões impertinentes, que nada têm a ver com a ciência por trás dessas teorias da eternidade, mas tudo a ver com o insulto e a injustiça amontoados sobre nós por um Universo desse tipo. Como um condenado que profere insultos contra o pelotão de fuzilamento prestes a matá-lo, o que eu grito são minhas questões.

Em primeiro lugar, por que os cientistas que trabalham com a Teoria das Cordas escolheram a palavra inglesa *brane* ["brana"]? Sim, eu entendo a etimologia, bem como a história do uso das palavras e todo o parentesco com *brane* de mem-*brane* ["mem*brana*"], mas por que ninguém se deu conta de que *brane* e *brain* [cérebro] podem confundir-se em inglês? Por que correr o risco de *brane* ser confundido com o órgão pensante do corpo humano, responsável por atribuir nome às coisas, distinguir homônimos e dar sentido ao Universo? A ironia por trás desse jogo de palavras é tão grande quanto sua inspiração nietzschiana. E se as branas forem cérebros? Por que excluir a consciência desse nível mais alto? Mas deixemos a consciência de lado: o que são essas branas, fisicamente? Além delas há o quê? Infinitos universos e branas, ou somente alguns poucos? Nós também estamos lá, naquela brana vizinha? Ou em alguma outra brana? Ou estamos presos nesta brana, reconstruídos e desconstruídos, átomo por átomo, a cada novo ciclo, para viver de novo exatamente essa mesma vida que sempre vivemos repetidas vezes, precisamente da mesma maneira, sofrendo com o congestionamento no Garden State Park, em Ho-Ho-Kus (Nova Jersey), para todo o sempre, sem ar-condicionado e sem nenhuma memória de um único instante anterior dos mesmos eventos eonianos, um clarão que se acende e se apaga no pulso cósmico, para sempre, como uma lâmpada em uma árvore de Natal um dia *depois* do Natal? Será que nenhuma experiência de *déjà-vu* é mesmo real? E o ciclo infinito de *Big Bangs* também não remete, de qualquer maneira, à questão das origens?

Estamos tão longe assim de perguntar o que Deus estava fazendo antes de criar o mundo? Sabemos o que Agostinho diria, o que não ajuda a explicar nada.

Isso só ajuda a ganhar perspectiva em nossas próprias atitudes e perguntar a nós mesmos: devemos exaltar Nietzsche ou amaldiçoá-lo por ter chegado tão perto dessa teoria científica sem nenhum tipo de telescópio, ou mesmo uma régua de cálculo primitiva, e tendo ainda de superar enxaquecas?

No final das contas, a eternidade é difícil de imaginar, porém mais fácil de conceber do que de apreender.

Não aqui, não agora, nunca

> *Que motivo têm os ateístas para dizer que os mortos não podem ser ressuscitados? O que é mais difícil, nascer ou nascer de novo? O que nunca foi deveria ser, ou o que foi deveria ser de novo? É mais difícil passar a existir ou retornar à existência? O hábito faz a primeira circunstância nos parecer fácil; a falta do hábito torna a segunda impossível: um modo vulgar de julgar!*
>
> PASCAL[1]

Um belo argumento, temos de admitir. Mas é preciso perguntar: se Pascal tivesse vivido o suficiente para transformar os fragmentos que conhecemos como *Pensamentos* em um livro coerente, ele teria exercido um impacto maior sobre os descrentes e céticos? Ou os *Pensamentos* são mais formidáveis na sua forma fragmentária, enfileirados como pedras preciosas, contas em um rosário ou balas calibre 50 em um cinto de munição?

Jamais saberemos ao certo, pois o tempo de Pascal acabou antes que ele pudesse reunir seus *Pensamentos*, e tudo não passa de conjecturas quando se trata de perguntas do tipo "e se?". Nesses casos, a incerteza é a maior certeza.

O mesmo acontece com a eternidade, atualmente. E também com o "nada", da maneira como nos diz respeito.

Pense só: alguns corporrealistas[2] radicais argumentam que nossa consciência reside inteiramente no cérebro e que, quando nosso córtex cerebral para de funcionar, a consciência cintila e morre, junto com o resto do corpo. Fim da história. Francis Crick, ganhador do Prêmio Nobel, chegou ao ponto de dizer que não somos "nada mais que um amontoado de neurônios". Outros corporrealistas gostam tanto dessa ideia, no entanto, que se aborrecem só de ver alguém dando muita importância ao "nada" que se segue à morte. Segundo eles, o "nada" não é uma condição na qual entramos ao morrer, pois, se nossa consciência desaparece no momento em que nosso cérebro se torna um objeto inerte, sem nenhuma diferença em relação a uma pedra ou um melão, então "nada" é nada, não é uma qualidade positiva, como "negrume". É justamente por isso que, segundo alguns, a seguinte declaração é insuficiente e enganadora: "Quando morremos, o que vem é o nada; a morte é um abismo, um buraco negro, o fim da experiência; é um eterno nada, a permanente extinção do ser".[3] O nada, parece, é demais para os fundamentalistas corporais.

Isso nos leva a uma questão: se todo o pensamento pode ser explicado em termos puramente físicos, então qual a diferença entre consciência e dor de cabeça? Nenhuma? Se sim, o que dizer sobre o pensamento em si? Ou então o que podemos dizer sobre a diferença? Ao defender a certeza total do corporrealismo, a própria lógica acrescenta uma pitada de incerteza. Os corporrealistas radicais não têm como não entrar em um círculo vicioso a respeito da consciência, um círculo que nos lembra o Ouroboros, antigo símbolo da eternidade. Para o físico Stephen Barr, a ironia disso não se perde:

Com efeito, o conceito de "neurônio" em si, desse modo, não é nada mais que certo padrão de neurônios disparando no cérebro. Não há algo aqui que nos deixe vagamente incomodados? Não se trata da serpente da teoria científica engolindo o próprio rabo – ou melhor, a própria cabeça? [...] Deveríamos prestar atenção às grandes mentes científicas por serem grandes mentes científicas. No entanto, quando eles passam a nos afirmar que não têm mente nenhuma, estamos no direito de ignorá-los.[4]

Dada a incerteza, da qual temos tanta certeza, a respeito da eternidade, talvez apenas uma reviravolta pós-moderna possa nos salvar de sermos sobrepujados por nossa iminente maldição, nossa temporalidade final. A filosofia oferece todos os tipos de alternativa, mas pouco consolo. Na filosofia analítica, há algum? Ou você prefere a filosofia continental? Qual ramo? Fenomenologia? Positivismo? Existencialismo? Niilismo? Que tal uma mistura personalizada, um *pot-pourri*? Talvez um pouco de ética deontológica? Uma pitada de desconstrução? Pedaços de Martin Heidegger e seu *Dasein*, ou *ser-aí*? Ah, mas o *Dasein* deve ser aceito por completo, você diria. Bem, então que tal o *Sein zum Tode*, ou *ser-para-a-morte*?[5] Ou qualquer uma das outras dezenas de palavras complexas cunhadas por Heidegger, muitas terminando em *-sein*, ou "ser", que lhe renderam o elogio de gênio, apesar do fato de ele ser associado ao nazismo?[6] Pobre conforto, sinto dizer: algo que funcionaria para os corajosos, os poucos, os excepcionalmente distraídos.

Talvez a oração dê conta do recado? Ou a arte, a música, a poesia, a agricultura? Ioga? Tatuagem? Vandalismo? Reciclagem?

Talvez todas elas? Ou uma possível combinação? Talvez nenhuma delas?

Muita coisa já se perdeu e muita coisa continua a perder-se enquanto a certeza diminui, em nível pessoal e social. Muito se ganhou também, e continua sendo ganho. É um benefício misto. Homens que não esperam dar cambalhotas para sempre no Paraíso eterno, com virgens eternas, em troca de uma tenebrosa autoimolação que matará milhares em nome do Todo-Poderoso, não tendem a pilotar aviões cheios de passageiros na direção de prédios altos e lotados. Mas, por outro lado, geralmente têm medo de fazer esse tipo de coisa os homens que acreditam que sofrerão a tormenta eterna por não amar o próximo. Normalmente eles também evitam construir campos de extermínio onde seres humanos podem ser transformados em cinzas e sabão, às centenas de milhares, ou aos milhões, com uma eficácia industrial – algo com que Martin Heidegger também consentia, aberta e vergonhosamente, enquanto empolgava pensadores no mundo inteiro com o *Da-sein*, o *Ent-wurf*, o *Un-zu-house* e outros neologismos igualmente túrgidos.

A crença é engraçada, desse jeito. Nunca sabemos o que esperar dela. Ou da ausência dela.

Um dos cineastas mais brilhantes do século xx, Luis Buñuel, tentou recapitular sua vida e entender o que poderia esperá-lo na morte, à medida que ela se aproximava. Ateísta declarado, ele concluiu que, "no fim das contas, não há nada, nada além da queda e da mais doce eternidade". E então fez o esboço de uma cena final, uma reflexão sobre o Inferno que poderia esperar por ele, e apenas por ele, na condição de um *auteur* pós-moderno que provavelmente foi forçado a ler Nieremberg quando era estudante na Espanha:

> Às vezes, só para distrair-me, penso em nosso velho Inferno. Sabemos que as chamas e os forcados desapareceram e que o Inferno, para os teólogos modernos, é somente a mera privação da luz divina. Vejo-me a flutuar numa obscuridade eterna, com meu corpo, com todas as minhas fibras, que me serão necessários para minha ressurreição final. De repente, outro corpo se choca comigo nos espaços infernais. Trata-se de um siamês morto há dois mil anos, ao cair de um coqueiro. Afasta-se na escuridão. Milhões de anos transcorrem, e sinto outro toque nas costas. Trata-se de uma *cantinière* [pessoa que dirige cantina militar] de Napoleão. E assim por diante. Por momentos, deixo-me levar pelas trevas angustiantes desse novo Inferno.[7]

Diante da extinção completa, ou do tédio eterno, nossos artistas nos mantêm entretidos e, de vez em quando, apresentam um vislumbre de algo que se parece com uma verdade, pelo menos tanto quanto podemos perceber, apenas para nós. Não ousamos pensar que talvez fosse uma verdade metafísica, do tipo que Platão e Santo Agostinho reconheciam como existente, ou uma verdade sagrada, que levou o padre Maximiliano Kolbe a trocar de lugar em Auschwitz com Francis Gajowniczek, um sujeito casado e com filhos pequenos, sabendo com certeza que os nazistas queriam deixá-lo morrer de fome e que ele passaria três semanas atormentado até que a morte chegasse. Todos lá sabiam que demorava pelo menos três semanas, porque os nazistas continuavam repetindo a ação, uma vez após a outra, como discípulos psicóticos de Nietzsche, incapazes de entender o que este queria dizer com repetição, pegando prisioneiros aleatoriamente e trancafiando-os sem comida ou água, apenas para provar que a raça dominante estaria no controle de Auschwitz e do mundo inteiro pelo próximo milênio, talvez até *para sempre*.

O velho e ingênuo Platão acreditava que verdade, bondade e beleza eram uma coisa só, e ele ainda tem seus discípulos. É por isso que eles tendem a brigar com todos os que dizem que gosto não se discute, mesmo que tenham sido uma espécie em vias de extinção durante muito tempo. Diga *de gustibus non disputandum* para qualquer um deles e provavelmente acabará com um olho roxo, ou com uma resposta atravessada nos ouvidos. O humorista S. J. Perelman não era platonista, mas com certeza acertou em cheio com seu sarcasmo quando disse: "*De gustibus* não é o que costumava ser".[8] A classe pensante hoje nos diz repetidas vezes que a verdade, como a beleza e a bondade, está nos olhos de quem vê, a não ser que seja uma verdade confirmada como tal por um cientista ou por seu partido político. Contudo, apesar de todas as ressalvas, ainda há muitas pessoas no planeta que acreditam na Verdade com V maiúsculo em sentido metafísico, e há outras, infelizmente, que pensam que a verdade está cuidadosamente encapsulada em seus próprios pensamentos superiores, ou em algum livro que só elas podem interpretar corretamente. De vez em quando, anseiam por sangue com uma sede insaciável, essas pessoas rudes que geralmente acreditam na eternidade, assim como o padre Kolbe, porém de uma maneira totalmente errada, porque ignoram a beleza e a bondade. E ignoram o amor, a regra de ouro, acima de tudo.

Que ideia terrível.

"A eternidade é uma ideia terrível. Quer dizer, onde ela vai acabar?", diz um dos personagens de Tom Stoppard em *Rosencrantz e Guildenstern morreram*. Pouco importa se o verso pertence a Rosencrantz, Guildenstern, Hamlet ou ao crânio de Yorick. Trata-se de um verso tão inteligente que não faz diferença o personagem que o pronuncie.[9] Mas há algo além dessa hipócrita ingenuidade? Poderíamos dizer que o jogo de palavras é astuciosamente hipnótico como as gravuras de M. C. Escher, que chega a apagar a linha entre a certeza e a incerteza, e nos coloca cara a cara com as complexidades fora de nossa mente. Também poderíamos argumentar que, nesta época em que vivemos, sempre que somos capazes de esconder nossos medos, tudo o que nos resta quando se trata desse assunto é a chance de ponderar o inefável, enquanto mantemos o olhar fixo no aqui e agora, por mais efêmero que seja, e decidimos se queremos ou não nos relacionar com algo que não podemos tocar, ver, ouvir, cheirar ou degustar, e que, como nós, pode ser um candidato à extinção a qualquer momento.

Mas quem consegue viver sem se relacionar com algo ou com alguém? Os monges têm fracassado nisso há séculos. Uma vez conheci um monge que era bastante ligado aos "seus" livros e "seu" aparelho de som, e outro que gostava muitíssimo da "sua" namorada. E durante uma época vivi perto de um lago em Minnesota onde havia uma placa que dizia: "Não ultrapasse: praia monástica". Eu queria tê-la fotografado, pois muita gente pensa que estou inventando. Talvez ela ainda esteja lá, esperando a *parousia*, e o Juízo Final, quando Jesus Cristo terá de decidir se aquela placa é ou não a prova de algum tipo de fracasso. Eu não sei.

Espero a eternidade em suspense, enquanto meus companheiros de viagem no tempo gritam, todos, à minha volta: "Não aqui, não agora, nunca; esqueça".

A eternidade deixou de ser uma ideia para muitos, ainda menos uma possibilidade real ou algo que valha a pena esperar. Na pior das hipóteses, ela é um embuste cruel codificado nos nossos cromossomos por alguma razão totalmente aleatória, imperscrutável, ou pelo misterioso desígnio da evolução, simplesmente para impedir que matemos a nós mesmos e entreguemos nossos filhos como alimento para os lobos. Na melhor das hipóteses, a eternidade é um sentimento. Muitas vezes, a ponte entre o aqui e agora evanescente e o eterno é apenas uma emoção longínqua, mas será que uma extremidade da ponte é mais "real" que a outra? Só os poetas parecem saber ao certo, de maneira inata. Tomemos o jovem Arthur Rimbaud, por exemplo, que diria:

> *De novo me invade.*
> *Quem? – A Eternidade.*
> *É o mar que se vai*
> *Com o Sol que cai* [...]

Lá não há esperança,
E não há futuro,
Ciência e paciência,
Suplício seguro.[10]

E, se o sofrimento for o único resultado certo nessa eternidade pessoal, então talvez seja culpa de todo mundo, não só de uma única pessoa. Rimbaud parece ter se deparado com essa constatação depois de ter ingerido uma droga poderosa e se entregado a uma *bad trip*, como diria o pessoal de Woodstock. Troçando Descartes e Cristo ao mesmo tempo, ele lastimaria, junto com Richard Dawkins, Christopher Hitchens e todos os novos ateístas: "Eu me creio no Inferno, logo estou nele. É a concretização do catecismo. Sou escravo de meu batismo. Pais, fizestes a minha desgraça e bem assim a vossa".[11]

Mas que decepção!

Infelizmente, poetas, filósofos e romancistas – pessoas tímidas, peculiares, reservadas, dadas à introspecção e de vez em quando à bebedeira em vez de à dominação do mundo – não são os únicos membros da sociedade com sentimentos de eternidade, ou que são afetados por seus conceitos. Todos são afetados, saibam ou não, gostem ou não. Sentimentos, conceitos, crenças, amor e o preço do petróleo são igualmente reais, e às vezes igualmente inconvenientes. Tão inconvenientes quanto a verdade autoevidente da temporalidade final, e o "eu" que não pode abarcar nenhum "agora" que não seja o que escapa à sua apreensão.

Tão inconveniente e tão incongruente quanto um plano quinquenal no Paraíso de um trabalhador ou uma placa com a mensagem: "Não ultrapasse: praia monástica".

E *eu*, um cronofobíaco incurável, prefiro resumir a eternidade de modo um tanto brusco, como sempre se deveria fazer, com os versos legados por William Blake. Afinal, quando lidamos com a eternidade, é correto deixar que os mortos tenham a última palavra:

> *Aquele que se limita a uma alegria*
> *Destrói a vida alada, fugidia*
> *Mas aquele que beija a alegria em seu voo*
> *Vive na aurora da eternidade.*[12]

Notas

GRANDE EXPLOSÃO, GRANDE SONO, GRANDE PROBLEMA

1 CHAUNU, Pierre. *La mémoire de l'éternité*, p. 97. [*La mort de l'homme est un scandale, elle est le scandale par excellence, tout ce qui tend à diminuer ce scandale est dérisoire, est un opium du peuple* (...) *La mort* (...) *est l'inadmissible. La mort d'un homme, l'anéantissement d'une mémoire ne peut être compensé par l'existence du cosmos et la poursuite de la vie. La mort de Mozart, malgré l'œuvre conservée, est un mal absolu*].

2 Esta e as demais citações da Bíblia foram extraídas da Bíblia de Jerusalém. [N. T.]

3 NABOKOV, Vladimir. *Speak, Memory*. Nova York: Grosset and Dunlap, 1951, p. 1.

4 CALMENT, Jeanne et alii. *Jeanne Calment: From Van Gogh's Time to Ours: 122 Extraordinary Years*. Nova York: W. H. Freeman, 1998, p. 37.

5 Para pesquisas recentes desse assunto tão amplo, ver: TATTERSALL, Ian. *The World from Beginnings to 4000 BCE*. Oxford: Oxford University Press, 2008; e KINGDOM, Jonathan. *Lowly Origin: Where, When, and Why Our Ancestors First Stood Up*. Princeton: Princeton University Press, 2003.

6 Ver: GUTHRIE, R. Dale. *The Nature of Paleolithic Art*. Chicago: University of Chicago Press, 2005; e LEWIS-WILLIAMS, David. *The Mind in the Cave: Consciousness and the Origins of Art*. Londres: Thames & Hudson, 2002.

7 Algumas pessoas duvidam da autenticidade dessa observação. Ver: BAHN, Paul. "A Lot of Bull? Pablo Picasso and Ice Age Cave Art". *Munibe. Antropología y arqueología*, v. 3, n. 57, pp. 217-23, 2005-6.

8 HOBBES, Thomas. *Leviathan*, cap. 13.9. Indianápolis: Hackett, 1994, p. 72.

9 DICKENS, Charles. *A Tale of Two Cities*. Nova York: Penguin, 2003, p. 5 (cap. 1).

10 Ver: MARTINI, Fabio (org.). *La cultura del morire nelle società preistoriche e protostoriche italiane: studio interdisciplinare*. Florença: Istituto Italiano di Preistoria e Protostoria, 2006.

11 UNAMUNO, Miguel de. *The Tragic Sense of Life*. Tradução para o inglês de J. E. Crawford Flitch. Londres: Macmillan, 1921, p. 71 (cap. 3).

12 Ver: BERING, Jesse; BJORKLUND, David. "The Natural Emergence of Reasoning about the Afterlife as a Developmental Regularity". *Developmental Psychology*, v. 40, pp. 217-33, 2004.

13 THOMAS, Dylan. "Do not Go Gently into that Night". *Poemas reunidos*. Tradução de Ivan Junqueira. Rio de Janeiro: José Olympio, 1991, p. 134. [*Do not go gentle into that good night,/ Old age should burn and rave at close of day;/ Rage, rage against the dying of the light.*]

14 AGOSTINHO, Santo. Sermão 344.4. Citado por BROWN, Peter. *The Cult of the Saints: Its Rise and Function in Latin Christianity*. Chicago: University of Chicago Press, 1981, p. 77.

15 PASCAL, Blaise. *Pensées*. Tradução para o inglês de A. J. Krailsheimer. Nova York: Penguin Classics, 1995, p. 66.

16 VAUGHAN, Henry. "The World". In: *English Poetry, 1170-1892*. Londres: Ginn & Company, 1907, p. 200. [*I saw Eternity the other night/ Like a great Ring of pure and endless light/ All calm as it was bright;/ And round beneath it, Time, in hours, days, years,/ Driven by the spheres,/ Like a vast shadow moved, in which the world/ And all her train were hurled.*]

17 RUSSELL, Bertrand. "A Free Man's Worship". In: REMPEL, Richard; BRINK, Andrew; MORAN, Margaret. *Contemplation and Action, 1902-14* (v. 12 de The Collected Papers of Bertrand Russell). Londres: Allen and Unwin, 1985, pp. 67 e 72.

18 Ver: KELLEY, Donald. *The Beginning of Ideology*. Cambridge: Cambridge University Press, 1981.

19 Ver: VOVELLE, Michel. *Ideologies and Mentalities*. Tradução para o inglês de Eamon O'Flaherty. Cambridge: Polity/ Basil Blackwell, 1990.

20 Ver: MACRAILD, Donald M.; TAYLOR, Avram. *Social Theory and Social History*. Nova York: Palgrave Macmillan, 2004.

21 TAYLOR, Charles. *A Secular Age*. Cambridge: Belknap/ Harvard, 2007, pp. 171-6.

22 Ver: HALL, David D. (org.). *Lived Religion in America: Towards a History of Practice*. Princeton: Princeton University Press, 1997; STREIB, Heinz; DINTER, Astrid; SODERBLOM, Kerstin (orgs.). *Lived Religion. Conceptual, Empirical and Practical-Theological Approaches*. Leiden: Brill, 2008.

23 TAYLOR, Charles, op. cit., p. 212.

24 SALAZAR, Juan de Talavera, padre. Archivo Historico de Protocolos, Madri, 586.790. Ver: EIRE, Carlos. *From Madrid to Purgatory*, pp. 193-4.

25 Para a definição clássica de "mudança de paradigma", ver: KUHN, Thomas. *The Structure of Scientific Revolutions*. Chicago: University of Chicago Press, 1962.

26 Para um bom guia, ver: CAES, Charles J. *Beyond Time: Ideas of the Great Philosophers on Eternal Existence and Immortality*. Lanham: University Press of America, 1985.

27 AGOSTINHO, Santo. *Confessions*, XI, xii. Tradução para o inglês de Henry Chadwick. Nova York: Penguin, 1991, p. 229.

28 BERING, Jesse. "The End? Why so many of us Think our Minds Continue on After we Die". *Scientific American Mind*, v. 19, n. 5, p. 36, out.-nov./ 2008.

29 ENSTEIN, Albert. In: SHAPIRO, Fred (org.). *The Yale Book of Quotations*. New Haven: Yale University Press, 2006, p. 230.

ETERNIDADE CONCEBIDA

1 Carta 64.1-2. *Sancti Bernardi Opera*, v. VII. Edição de Jean Leclercq, Constant Talbot e Henri-Marie Rochais. Roma: Éditiones Cistercienses, 1957-77, pp. 32-3. "Timeless Time: Dramatical Eternity in the Monastery under Bernard of Clairvaux". In: JARITZ, G.; MORENO-RIAÑO, Gerson (orgs.). *Time and Eternity: The Medieval Discourse*. Turnhout: Brepols, 2003, p. 233.

2 *The Epic of Gilgamesh: A New Translation, Analogues, Criticism*. Tradução para o inglês de Benjamin R. Foster. Nova York: W.W. Norton, 2001.

3 Ver: TAYLOR, John H. *Death and the Afterlife in Ancient Egypt*. Chicago: University of Chicago Press, 2001.

4 Ver: STOYANOV, Yuri. *The Other God: Dualist Religions from Antiquity to the Cathar Heresy*. New Haven: Yale University Press, 2000, pp. 1-123.

5 Deuteronômio 4:24. "Pois teu Deus Javé é um fogo devorador. Ele é um Deus ciumento."

6 Zacarias 10:2. "Porque os ídolos predizem a falsidade e os adivinhos veem mentiras, os sonhos falam coisas sem fundamento."

7 Ver: NEUSNER, Jacob. *Judaism and Zoroastrianism at the Dusk of Late Antiquity*. Atlanta: Scholars Press, 1993.

8 Êxodo 20:4.

9 Para saber mais sobre a evolução do Deus hebreu, ver: MILES, Jack. *Deus: uma biografia*. São Paulo: Companhia das Letras, 1997.

10 Salmos 100:5.

11 Salmos 90:2-4.

12 Ver: LEVENSON, Jon D. *Resurrection and the Restoration of Israel: The Ultimate Victory of the God of Life*. New Haven: Yale University Press, 2006; e LEVENSON, Jon D.; MADIGAN, Kevin J. *Resurrection: The Power of God for Christians and Jews*. New Haven: Yale University Press, 2008. Ver também: SETZER, Claudia. *Resurrection of the Body in Early Judaism and Early Christianity*. Boston: Brill, 2004.

13 "Quid ergo Athenis et Hierosolymis?". TERTULIANO. *De Praescriptionibus Adversus Haereticos*, cap. 7. MIGNE, J.-P. (org.). *Patrologiae cursus completus, Series Latina* (221 vols.), v. 2, col. 20 B. Paris, 1844-64. ROBERTS, A; DONALDSON, J. *The Ante-Nicene Fathers*, v. 15. Tradução para o inglês de P. Holmes. Edimburgo: T. & T. Clark, 1870, p. 9.

14 Evangelho de São João 1:1-4.

15 ARNIM, H. V. (org.). *Stoicorum veterum fragmenta*, II, 190. Citado em BULTMANN, Rudolf. *The Presence of Eternity: History and Eschatology: The Gifford Lectures, 1955*. Nova York: Harper and Brothers, 1957, p. 24.

16 AGOSTINHO, Santo. *Cidade de Deus*, XII, xiii.

17 PLATÃO. *Republic*, livro 7. Tradução para o inglês de G. M. A. Grube e C. D. C. Reeve. In: COOPER, John M. (org.) *Plato: Complete Works*. Cambridge: Hackett, 1997, p. 1.135.

18 Idem, ibidem, p. 1.145.

19 Idem, *Phaedo*. In: *Complete Works*, op. cit., p. 57.

20 Idem, ibidem, p. 71.

21 Ver: SMITH, Andrew. *Philosophy in Late Antiquity*. Nova York: Routledge, 2004.

22 Ver o estudo clássico feito por: BIGG, Charles. *The Christian Platonists of Alexandria: The 1886 Bampton Lectures*. Oxford: Clarendon, 1968; e CHADWICK, Henry. *Early Christian Thought and the Classical Tradition*. Nova York: Oxford University Press, 1966. Ver também: FÜRST, Alfons. *Christentum als Intellektuellen-Religion: die Anfänge des Christentums in Alexandria*. Stuttgart: Katholisches Bibelwerk, 2007.

23 Lucas 23:43.

24 2 Coríntios 5:1.

25 Lucas 16:20-5.

26 Apocalipse 21:1-4.

27 Romanos 8:22-3.

28 τούς αιω˘νας τω˘ν αιώνων. Paulo insere essa oração em suas cartas. Em Romanos 16:27: "Por meio de Jesus Cristo, seja dada a glória, *pelos séculos dos séculos*. Amém". Em 1 Timóteo 1:17: "Ao Rei dos séculos, ao Deus incorruptível, invisível e único, honra e glória *pelos séculos dos séculos*. Amém".

29 Ver: BULTMANN, *The Presence of Eternity*, op. cit., p. 51.

30 "The Martyrdom of Polycarp". *Early Christian Fathers*. Tradução para o inglês de Cyril Richardson. Nova York: Touchstone, 1996, p. 156.

31 ANTIOQUIA, Inácio de. "Letter to the Romans". *Early Christian Fathers*, op. cit., pp. 104-6.

32 HEFFERNAN, Virginia. "Sweeping the Clouds Away". *New York Times Magazine*, 18/9/2007.

33 "*Semen est sanguis Christianorum*". TERTULIANO. *Apologeticus adversus gentes pro christianis*. In: MIGNE, J.-P. (org.). *Patrologiae cursus completus, Series Latina* (221 vols.), v. 1, col. 535A, op. cit. MENZIES, Allan (org.). *Ante-Nicene Fathers*, v. 3. Tradução para o inglês de S. Thelwall. Edimburgo: T. & T. Clark, 1866--72. Reimpressão. Grand Rapids, MI: Eerdmans, 1978-81.

34 LE BLANT, E. *Les inscriptions chrétiennes de la Gaule*, I: 240. Paris, 1856. Citado por: BROWN. *The Cult of the Saints*, op. cit., p. 3.

35 Duas excelentes biografias são: DANIÉLOU, Jean. *Origen*. Tradução para o inglês de Walter Mitchell. Nova York: Sheed and Ward, 1955; e CROUZEL, Henri. *Origen*. Tradução para o inglês de A. S. Worrall. Edimburgo: T. & T. Clark, 1989.

36 Ver CHERNISS, Harold. *The Platonism of Gregory of Nyssa*. Berkeley/Los Angeles: University of California Press, 1930.

37 *Aión*: "era" ou "éon"; *chronos*: "tempo" quantitativo, como em "Que horas são?"; *kairós*: "tempo" qualitativo, como em "Este é o momento correto para se arrepender"; *diastema*: "extensão" ou "intervalo".

38 Para uma visão geral, ver: LUDLOW, Morwenna. *Gregory of Nyssa: Ancient and (Post)Modern*. Nova York: Oxford University Press, 2007.

39 Ver: PLASS, Paul. "Transcendent Time and Eternity in Gregory of Nyssa". *Vigiliae Christianae* 34, n. 2, pp. 180-92, julho de 1980.

40 Ver: WILLIAMS, Rowan. *Arius: Heresy and Tradition*. Londres: Darton, Longman and Todd, 1987.

41 NISSA, Gregório de. "On the Deity of the Son". In: MIGNE, J.-P. (org.). *Patrologiae cursus completus accurante J.-P. Migne. Series graeca*, v. 46, col. 557B. Paris: P. Geuthner, 1928-45. Citado em WARE, Timothy. *The Orthodox Church*. Nova York: Penguin, 1964, p. 35.

42 Para uma visão geral, ver: BINNS, John. *An Introduction to the Christian Orthodox Churches*. Nova York: Cambridge University Press, 2002; e GEANAKOPLOS, Deno J. *A Short History of the Ecumenical Patriarchate of Constantinople*. 2ª ed. Brookline, MA: Holy Cross Orthodox Press, 1990.

43 Para uma visão geral, ver: BROWN, Peter. *Augustine of Hippo*. Berkeley/Los Angeles: University of California Press, 1967; TESELLE, Eugene. *Augustine*. Nashville: Abingdon, 2006; O'DONNELL, James J. *Augustine: A New Biography*. Nova York: Ecco, 2005; e D'MEARA, John J. *Understanding Augustine*. Dublin: Four Courts Press, 1997.

44 AGOSTINHO, Santo. *Confessions* XI, xiii. Tradução para o inglês de Henry Chadwick. Nova York: Oxford University Press, 1991, p. 230. Todas as citações se referem a essa edição.

45 AGOSTINHO, *Confessions*, I, vi, pp. 7-8.

46 Ver: PELIKAN, Jaroslav. *The Mystery of Continuity: Time and History, Memory and Eternity in the Thought of Saint Augustine*. Charlottesville: University Press of Virginia, 1986.

47 AGOSTINHO, Santo. *Confessions*, XI, xxii, p. 236.

48 Idem, ibidem, ii, p. 222.

49 Idem, ibidem, xiv, p. 230.

50 Idem, ibidem, xv, p. 232.

51 Idem, ibidem, xviii, p. 233.

52 Idem, ibidem, xvi, p. 233.

53 Idem, ibidem, xiii, p. 230.

54 Idem, ibidem, I, i, p. 3.

55 Idem, *Sermon* 344.4. Citado por BROWN, *The Cult of the Saints*, op. cit., p. 77.

56 Ver: MARKUS, Robert A. *Saeculum History and Society in the Theology of St. Augustine*. Edição revista. Nova York: Cambridge University Press, 1988.

57 "Æternitas igitur est interminabilis vitae tota simul et perfecta possessio"(Boecio). O'DONNELL, James (org.). *Consolatio Philosophiae*. Bryn Mawr: Thomas Library/ Bryn Mawr College, 1990, livro 5, cap. 6. Tradução inglesa de Victor Watts: *The Consolation of Philosophy*. Londres: Penguin, 1969, p. 132.

ETERNIDADE TRANSBORDANTE

1 *Rule of St. Benedict*, prólogo, 43-4. Tradução para o inglês de Timothy Fry, O.S.B. Collegeville: Liturgical Press, 1980, p. 18.

2 Ver: HARSALL, Guy. *Barbarian Migrations and the Roman West, 376-568*. Nova York: Cambridge University Press, 2007; GOFFART, Walter. *Barbarian Tides: The Migration Age and the Later Roman Empire*. Filadélfia: University of Pennsylvania Press, 2006; e ELTON, Hugh. *Warfare in Roman Europe, AD 350-425*. Nova York: Oxford University Press, 1996.

3 Ver: MACMULLEN, Ramsay. *Christianity and Paganism in the Fourth to Eighth Centuries*. New Haven: Yale University Press, 1997.

4 Ver principalmente os capítulos 1 a 4 de: LE GOFF, Jacques. *The Birth of Europe*. Tradução para o inglês de Janet Lloyd. Oxford: Blackwell, 2005.

5 Ver: HERRIN, Judith. *Byzantium: The Surprising Life of a Medieval Empire*. Princeton: Princeton University Press, 2008.

6 Ver: LOUTH, Andrew. *Greek East and Latin West: The Church, AD 681-1071*. Crestwood: St. Vladimir's Seminary Press, 2007.

7 Para pesquisas, ver: KING, Peter. *Western Monasticism*. Kalamazoo: Cistercian Publications, 1999; e KNOWLES, David. *Christian Monasticism*. Londres: Weidenfeld & Nicolson, 1969.

8 Citado por: LECLERQ, Jean. *The Love of Learning and the Desire for God*. Nova York: Fordham University Press, 1974, p. 4.

9 Idem, ibidem, p. 6.

10 AGOSTINHO, Santo. *Confessions*, XI, xxix, p. 244.

11 Citado por: LECLERCQ, Jean. *The Love of Learning*, p. 67.

12 Ver: WARD, Benedicta. *Signs and Wonders: Saints, Miracles and Prayers from the 4th Century to the 14th*. Brookfield, VT: Ashgate, 1992; e *Miracles and the Medieval Mind*. Filadélfia: University of Pennsylvania Press, 1982.

13 VERBAAL, Wim. "Timeless Time: Dramatical Eternity in the Monastery

under Bernard of Clairvaux". In: JARITZ, G.; MORENO-RIAÑO, Gerson (orgs.), op. cit., pp. 238-9.

14 *Sanctae Mechtildis Virginis ordi Sancti Benedictii Liber Specialis*, 1, 12. Paris: Oudin, 1877, pp. 37-40.

15 Ver: LOUTH, Andrew. *Denys the Areopagite*. Londres: Chapman, 1989; e *The Origins of the Christian Mystical Tradition: From Plato to Denys*. Oxford: Oxford University Press, 2007.

16 Ver: RIORDAN, William K. *Divine Light: The Theology of Denys the Areopagite*. São Francisco: Ignatius Press, 2008.

17 *On Mystical Theology* (capítulo 2). In: ROREM, Paul (org.). *Pseudo Dionysius: The Complete Works*. Tradução para o inglês de Colm Luibheid. Nova York: Paulist Press, 1987, p. 138.

18 Idem, ibidem, cap. 5, p. 141.

19 Ver: WILLIAM, K. *Divine Light*. In: PERL, Eric D. *Theophany: The Neoplatonic Philosophy of Dionysius the Areopagite*. Albany: State University of New York Press, 2007. Ver também os ensaios introdutórios de Jaroslav Pelikan e Jean LeClercq em *Pseudo Dionysius: The Complete Works*, op. cit., pp. 11-32.

20 Ver: VANEIGEM, Raoul. *The Movement of the Free Spirit*. Tradução para o inglês de Randall Cherry e Ian Patterson. Nova York: Zone Books, 1994; e LERNER, Robert. *The Heresy of the Free Spirit in the Later Middle Ages*. Berkeley/Los Angeles: University of California Press, 1972.

21 Para uma visão geral, ver: MCGRINN, Bernard. *The Mystical Thought of Meister Eckhart*. Nova York: Crossroad, 2001; e DAVIES, Oliver. *Meister Eckhart: Mystical Theologian*. Londres: SPCK, 1991.

22 Ver: ANCELET-HUSTACHE, Jeanne. *Master Eckhart and the Rhineland Mystics*. Tradução para o inglês de Hilda Graef. Nova York: Harper Torchbooks, 1957.

23 Ver: EIRE, Carlos. "Early Modern Catholic Piety in Translation". In: BURKE, Peter; HSIA, R. Po-chia (orgs.). *Cultural Translation in Early Modern Europe*. Cambridge: Cambridge University Press, 2007, pp. 83-100.

24 Ver: OZMENT, Steven. *Mysticism and Dissent*. New Haven: Yale University Press, 1973.

25 *Meister Eckhart: A Modern Translation*. Tradução para o inglês de Raymond Blakney. Nova York: Harper and Row, 1941, p. 212.

26 Idem, ibidem, p. 213.

27 Idem, ibidem, p. 214.

28 Idem, ibidem, p. 215.

29 Idem, ibidem, p. 212.

30 Idem, ibidem, p. 214.

31 Idem, ibidem, p. 231.

32 Ver: LEFF, Gordon. *Heresy in the Later Middle Ages*. Nova York: Barnes & Noble, 1967.

33 Para a história tardia dessa tradição, ver: ENGEN, John Van. *Sisters and Brothers of the Common Life: The Devotio Moderna and the World of the Later Middle Ages*. Filadélfia: University of Pennsylvania Press, 2008.

34 Ver: JOURNET, Charles. *The Mass: The Presence of the Sacrifice of the Cross*. Tradução para o inglês de Victor Szczurek. South Bend: St. Augustine's Press, 2008; e MAZZA, Enrico. *The Celebration of the Eucharist: The Origin of the Rite and the Development of Its Interpretation*. Tradução para o inglês de Matthew J. O'Connell. Collegeville: Liturgical Press, 1999.

35 Ver: WAINWRIGHT, Geoffrey. *Eucharist and Eschatology*. Nova York: Oxford University Press, 1981; e GREGG, David. *Anamnesis in the Eucharist*. Bramcote: Grove Books, 1976.

36 Ver: EIRE, Carlos. *From Madrid to Purgatory*. Nova York: Cambridge University Press, 1995, pp. 210-31.

37 Ver: BYNUM, Caroline Walker. *Wonderful Blood: Theology and Practice in Late Medieval Northern Germany and Beyond*. Filadélfia: University of Pennsylvania Press, 2007.

38 Ver: RUBIN, Miri. *Corpus Christi: The Eucharist in Late Medieval Culture*. Nova York: Cambridge University Press, 1991.

39 BROWN, Peter. *The Cult of the Saints*, op. cit., p. 1.

40 Citado por: idem, ibidem, p. 3 (grifos meus).

41 ROUEN, Victricius of. *De laude sanctorum*, 11. In: MIGNE, J.-P. (org.). *Patrologiae cursus completus, Series Latina* (221 volumes), v. 20, col. 454 B, op. cit.

42 Ver: SNOEK, G. J. C. *Medieval Piety from Relics to the Eucharist*. Leiden: Brill, 1995; e GAUTHIER, Marie-Madeleine. *Highways of the Faith: Relics and Reliquaries from Jerusalem to Compostela*. Tradução para o inglês de J. A. Underwood. Londres: Alpine Fine Arts Collection, 1986.

43 Ver: GRANT, Lindy. *Abbot Suger of St.-Denis: Church and State in Early Twelfth--Century France*. Nova York: Longman, 1998; e DUBY, Georges. *The Age of the Cathedrals*. Tradução para o inglês de Eleanor Levieux e Barbara Thompson. Chicago: University of Chicago Press, 1981.

44 *Abbot Suger on the Abbey Church of St.-Denis and Its Art Treasures*, cap. 27. 2ª ed. Tradução para o inglês de Erwin Panofsky. Princeton: Princeton University Press, 1979, pp. 46-9.

45 Idem, cap. 32, pp. 62-5.

46 Ver: SUMPTION, Jonathan. *The Age of Pilgrimage: The Medieval Journey to God*. Mahwah: Hidden Spring, 2003; e *Pilgrimage: An Image of Mediaeval Religion*. Totowa: Rowman and Littlefield, 1975.

47 Ver: GEARY, Patrick J. *Furta sacra: Thefts of Relics in the Central Middle Ages*. Princeton: Princeton University Press, 1990.

48 João Calvino, reformador do século XVI, devotou um tratado inteiro para catalogar e apresentar as duvidosas relíquias veneradas na sua época. Ver o seu "Inventory of Relics". In: CALVIN, John. *Tracts and Treatises*. Tradução para o inglês de Henry Bevridge. Grand Rapids: Eerdmans, v. 1, pp. 331-74.

49 Ver: LE GOFF, Jacques. *Time, Work & Culture in the Middle Ages*. Tradução para o inglês de Arthur Goldhammer. Chicago: University of Chicago Press, 1980.

50 Ver: TAYLOR, Charles, op. cit., pp. 54-61.

51 Ver: MUIR, Edward. *Ritual in Early Modern Europe*. Nova York: Cambridge University Press, 1997, pp. 55-80.

52 Ver: DUBY, Georges. *The Three Orders: Feudal Society Imagined*. Tradução para o inglês de Arthur Goldhammer. Chicago: University of Chicago Press, 1980.

53 Ver: CAMERON, J. M. *Images of Authority: A Consideration of the Concepts of "Regnum" and "Sacerdotium"*. New Haven: Yale University Press, 1966; e SMITH, A. L. *Church and State in the Middle Ages*. Oxford: Clarendon Press, 1913.

54 Citado por TIERNEY, Brian. *The Crisis of Church and State 1050-1300*. Englewood Cliffs: Prentice Hall, 1964, pp. 13-4.

55 Ver: MILLER, Maureen C. *Power and the Holy in the Age of the Investiture Conflict*. Boston: Bedford/ St. Martin's Press, 2005; e TELLENBACH, Gerd.

Church, State, and Christian Society at the Time of the Investiture Contest. Tradução para o inglês de R.F. Bennett. Oxford: B. Blackwell, 1940.

56 Citado por FUHRMANN, Horst. *Germany in the High Middle Ages, c. 1050--1200.* Tradução para o inglês de Timothy Reuter. Nova York: Cambridge University Press, 1986, p. 68.

57 Citado por TIERNEY, Brian. *The Crisis of Church and State 1050-1300.* Englewood Cliffs: Prentice Hall, 1964, p. 189.

58 Ver: SAYERS, Jane. *Innocent III: Leader of Europe.* Nova York: Longman, 1994; e TILLMANN, Helene. *Pope Innocent III.* Tradução para o inglês de Walter Sax. Nova York: North-Holland, 1980.

59 BETTENSON, Henry. *Documents of the Christian Church.* Oxford: Oxford University Press, 1963, pp. 157-8.

60 OZMENT, Steven. *The Age of Reform, 1250-1550.* New Haven: Yale University Press, 1980, p. 144; BARRACLOUGH, Geoffrey. *The Origins of Modern Germany.* Nova York: Capricorn, 1963, pp. 207-13, 231-3. Ver também: SCHIMMELPFENNIG, Bernhard. *Könige und Fürsten, Kaiser und Papst nach dem Wormser Konkordat.* Munique: R. Oldenbourg, 1996.

61 Ver: DUBY, Georges. *The Three Orders: Feudal Society Imagined.* Tradução para o inglês de Arthur Goldhammer. Chicago: University of Chicago Press, 1980.

ETERNIDADE REFORMADA

1 Citado em ENRIGHT, D. J. *The Oxford Book of Death.* Oxford: Oxford University Press, 1987, p. 330.

2 Ver BRABANT, Frank Herbert, *Time and Eternity in Christian Thought.* Nova York: Longmans, 1937; CAES, Charles J. *Beyond Time.* Lanham: University Press of America, 1985; DALES, Richard C. *Medieval Discussions of the Eternity of the World.* Leiden: E. J. Brill, 1990; FOX, Rory. *Time and Eternity in Mid-Thirteenth--Century Thought.* Nova York: Oxford University Press, 2006; JARITZ, G.; MORENO-RIAÑO, Gerson (orgs.), op. cit.; e PADGETT, Alan G. *God, Eternity and the Nature of Time.*

3 Um pouco sobre as palavras: *Eucaristia* deriva do grego, "ação de graças". Refere-se a duas coisas ao mesmo tempo: o ritual em que o pão e o vinho são consagrados e os próprios elementos consagrados. Por conseguinte, podemos falar em celebrar a Eucaristia (executar o ritual) e de venerar ou receber a Eucaristia (receber o pão e o vinho). O ritual da Eucaristia também é chamado de *missa*. Esse termo deriva das últimas palavras ditas pelo padre em latim no fim do ritual: *"ite missa est"*, o que significa "podem ir, acabou", ou "estão dispensados" [em inglês, *dismissed*].

4   Ver BARRON, Robert. *Eucharist*. Maryknoll: Orbis, 2008; ASTELL, Ann W. *Eating Beauty: The Eucharist and the Spiritual Arts of the Middle Ages*. Ithaca, NY: Cornell University Press, 2006; GERAKAS, Andrew J. *The Origin and Development of the Holy Eucharist, East and West*. Nova York: Alba House, 2006; e DE LUBAC, Henri Cardinal. *Corpus Mysticum: The Eucharist and the Church in the Middle Ages*. Tradução para o inglês de G. Simmonds, R. Price e C. Stephens. Londres: SCM, 2006.

5   Tradução para o inglês de Roland Bainton. In: *Here I Stand: A Life of Martin Luther*. Nova York: Abingdon-Cokesbury Press, 1950, p. 78.

6   LUTERO, Martinho. "On the Misuse of the Mass" (1521). In: PELIKAN, Jaroslav et alii (orgs.). *Luther's Works*, v. 36. Filadélfia: Muhlenberg Press,1955-86, p. 191. Doravante LW.

7   LW, 51:70.

8   *Confessions*, 9.28; 9.36.

9   GREGÓRIO, o Grande. *Dialogues*, livro 4, cap. 39. Como afirmou Gregório: "No mesmo estado em que o homem parte desta vida ele é apresentado ao Juízo diante de Deus. Devemos, contudo, acreditar que antes do dia do Juízo há o fogo de um Purgatório para certos pequenos pecados".

10 Sacrifícios e orações aos mortos são mencionados em 2 Macabeus 12:43-6; o pecado que não pode ser perdoado "nem neste mundo, nem no vindouro" é mencionado em Mateus 12:32; o fogo que "provará o que vale a obra de cada um" é mencionado por São Paulo em 1 Coríntios 3:11-5.

11 BAINTON, Roland. *Here I Stand*, p. 71.

12 GREGÓRIO, o Grande. *Dialogues*, livro 4, cap. 55.

13 CATARINA de Gênova. *Purgation and Purgatory: The Spiritual Dialogue*. Tradução para o inglês de Serge Hughes. Nova York: Paulist Press, 1979, pp. 77, 82-3.

14 Jacopo de Varazze. *The Golden Legend*. Tradução para o inglês de William Granger Ryan. Princeton: Princeton University Press, 1993, v. 2, p. 283.

15 *Der Spiegel des Sünders*. Tradução para o inglês de Steven Ozment. *The Reformation in the Cities*. New Haven: Yale University Press, 1975, pp. 24-5.

Ozment apresenta outra passagem que induz a culpa, de um manual de devoção, na p. 30.

16 Para um relato dos diversos milagres pós-morte de São Pedro Mártir, ver Jacopo de Varazze, op. cit., v. 1. Tradução para o inglês de William Granger Ryan. Princeton: Princeton University Press, 1993, pp. 262-6.

17 LE GOFF, Jacques. *La naissance du purgatoire*. Paris: Gallimard, 1981; *The Birth of Purgatory*. Tradução para o inglês de Arthur Goldhammer. Chicago: University of Chicago Press, 1984.

18 Ver MARSHALL, Peter. *Beliefs and the Dead in Reformation England*. Oxford: Oxford University Press, 2002, p. 56, n. 44.

19 MANUEL, Nicholas. "Die Totenfresser" (1523). In: *The Reformation in the Cities*. Tradução para o inglês de Steven Ozment. New Haven: Yale University Press, 1975, pp. 112-3.

20 MARSHALL, Peter. *Beliefs and the Dead in Reformation England*, p. 60, citando "Foxe, iv, 584".

21 Citado por KOSLOFSKY, Craig M. *The Reformation of the Dead: Death and Ritual in Early Modern Germany, 1450-1700*. Nova York: St. Martin's Press, 2000, pp. 38-9.

22 O modelo de toda essa pesquisa foi estabelecido por historiadores franceses, principalmente em VOVELLE, Michel. *Piété baroque et déchristianisation en Provence au XVIIIe siècle: Les attitudes devant la mort d'après les clauses des testaments*. Paris: Plon, 1973.

23 FISH, Simon. "A Supplication for the Beggars". Citado em GREENBLATT, Stephen. *Hamlet in Purgatory*. Princeton: Princeton University Press, 2002, p. 11.

24 *Calvini Opera*, 5. 304-5. Ver meu artigo "Antisacerdotalism and the Young Calvin". In: DYKEMA, Peter; OBERMAN, Heiko (orgs.). *Anticlericalism in Late Medieval and Early Modern Europe*. Leiden: E. J. Brill, 1993, pp. 583-603.

25 ALLEN, William, cardeal. *A Defense and Declaration of the Catholike Churches Doctrine, Touching Purgatory*. Antuérpia, 1566, fol. 215v. Citado em: GREENBLATT, Stephen. *Hamlet in Purgatory*, p. 33.

26 DUFFY, Eamon. *The Voices of Morebath: Reformation and Rebellion in an English Village*. New Haven: Yale University Press, 2001.

27 LUTERO, Martinho. *Table Talk*, LW 54, p. 326. Em outra ocasião, Lutero disse: "Oh, como ponderei sobre o que é a vida eterna e como poderiam ser seus júbilos! Embora eu saiba que nos foi dada por Cristo e que é nossa neste momento porque temos fé, ela só nos será conhecida no além. Não nos cabe saber agora como é a criação do próximo mundo". *Table Talk*, LW 54, p. 297.

28 Idem, *Commentary on Genesis*, 17.17, LW 3.

29 Um dos poucos lugares em que trata da questão é *Commentary on Hebrews*, 1.5, LW 12: "Somos temporais, ou, mais exatamente, uma pequena fração do tempo. Pois o que fomos já partiu, e do que seremos ainda carecemos. Portanto nada possuímos do tempo, exceto algo momentâneo, que é o presente".

30 LUTERO, Martinho. *Commentary on Isaiah*, 53.8, LW 17.

31 Idem. *The Blessed Sacrament of the Holy and True Body of Christ*, LW 35, p. 65.

32 Idem. *Commentary on the Psalms*, 77.6, LW 11.

33 Concílio de Trento. Decreto sobre o Purgatório.

34 Concílio de Trento. Sobre a invocação, veneração e relíquias dos santos, e sobre as imagens sagradas.

35 EIRE, Carlos. *From Madrid to Purgatory*, esp. 68-231; NALLE, Sara. *God in La Mancha: Religious Reform and the People of Cuenca, 1500-1650*. Baltimore: Johns Hopkins University Press, 1992, pp. 175, 188, 202-5.

36 Conversa com Albert O. Hirschman. Institute for Advanced Study. Princeton, 1º sem./ de 1993.

37 Ver EIRE, Carlos. *From Madrid to Purgatory*, livro 3.

38 SHAKESPEARE, William. *Hamlet*, ato I, cena V. Tradução de Millôr Fernandes. Porto Alegre: L&PM, 2007, p. 35.

39 Ver GREENBLATT, Stephen. *Hamlet in Purgatory*, especialmente pp. 1-101.

40 *Grund und Ursach auss Göttlichen Rechten, Warumb Prior und Convent in Sant. Annen Closter zu Augsburg ihren Standt verandert haben 1526*. Kempten, 1611, pp. C3a; C2b; E3b. Citado em OZMENT, Steven. *The Reformation in the Cities*. New Haven: Yale University Press, 1975, p. 89.

41 GÜNZBURG, Eberlin von. "Von dem langen verdrüssigen Geschrei, das die geistlichen Münch, Pfaffen und Nunnen die siben Tage Zeit heissen". In: ENDERS, Ludwig (org.). *Sämtliche Schriften* (três volumes), v. 1. Halle: Niemeyer,

1896-1902, pp. 40-1; e "Ein Vermanung aller Christen das sie sich erbarmen über die Klosterfrawen", *Sämtliche Schriften*, v. 1, pp. 25-7.

42 Ver: BOIT, François. *The Rise of Protestant Monasticism*. Tradução para o inglês de W. J. Kerrigan. Baltimore: Helicon, 1963, pp. 144-51.

43 MÜNTZER, Thomas. "The Prague Protest". In: BAYLOR, Michael. *The Radical Reformation*. Cambridge: Cambridge University Press, 1991, pp. 4-9.

44 Idem. "A highly provoked defense and answer to the spiritless, soft--living flesh at Wittenberg who has most lamentably befouled pitiable Christianity in a perverted way by his theft of holy Scripture". In: BAYLOR, Michael. *The Radical Reformation*, pp. 74-94.

45 CALVINO, João. *Institutes of the Christian Religion*, II.3.2. Tradução para o inglês de Ford Lewis Battles (dois volumes), v. 1. Philadelphia: Westminster, 1960, p. 292.

46 Idem, ibidem, II.3.7-8, v. 1, pp. 299-300.

47 Idem, ibidem, III.6.1-5. v. 1, pp. 684-9.

48 WENCESLAUS LINK, Ozment. *The Reformation in the Cities*, p. 87.

49 Idem, ibidem, p. 87.

50 Idem, ibidem, p. 83.

51 Idem, ibidem, pp. 95-6.

52 WALTON, Robert. *Zwingli's Theocracy*. Toronto: University of Toronto Press, 1967.

53 Ver: NAPHY, William G. *Calvin and the Consolidation of the Genevan Reformation*. Louisville: Westminster John Knox Press, 2003; e BENEDICT, Philip. *Christ's Churches, Purely Reformed: A Social History of Calvinism*. New Haven: Yale University Press, 2001.

54 Ver WAITE, Gary K. *Eradicating the Devil's Minions: Anabaptists and Witches in Reformation Europe, 1525-1600*. Toronto: University of Toronto Press, 2007; e GREGORY, Brad. *Salvation at Stake: Christian Martyrdom in Early Modern Europe*, cap. 6. Cambridge: Harvard University Press, 1990.

55 Para uma interpretação não literal, ver GRAZIA, Sebastian de. *Machiavelli in Hell*. Princeton: Princeton University Press, 1989.

56 Cary J. Naderman resume: "Certamente não há nenhum teórico político que fale sobre qual opinião erudita é mais dividida que a de Nicolau

Maquiavel. Objeto de análise intensa e contínua desde o momento em que morreu, Maquiavel tornou-se talvez até mais enigmático com o passar do tempo e com a proliferação de interpretações". Ver seu artigo "Amazing Grace: Fortune, God, and Free Will in Machiavelli's Thought", *Journal of the History of Ideas* 60, n. 4, pp. 617-38, out. 1999.

57 MAQUIAVEL, Nicolau. *O príncipe*. Tradução de Maria Júlia Goldwasser. 2ª ed. São Paulo: Martins Fontes, 1996, cap. 17, pp. 83-6.

58 Idem, ibidem, cap. 8, p. 41.

59 Idem, ibidem, cap. 25, pp. 120-1.

60 Ver POCOCK, J. G. A. *The Machiavellian Moment: Florentine Political Thought and the Atlantic Republican Tradition*. 2ª ed. Princeton: Princeton University Press, 2003; e BIRELEY, Robert. *The Counter-Reformation Prince: Anti-Machiavellianism or Catholic Statecraft in Early Modern Europe*. Chapel Hill: University of North Carolina Press, 1990.

61 Isso está resumido no título de uma obra inglesa anônima, *The Atheisticall Polititian or A briefe discourse concerning Ni. Machiavell*. Londres, 1642.

62 Ver ANGLO, Sydney. *Machiavelli – The First Century: Studies in Enthusiasm, Hostility, and Irrelevance*. Oxford: Oxford University Press, 2005.

63 Ver as observações de Peter Marshall sobre os estilos de memória em MARSHALL, Peter. *Beliefs and the Dead in Reformation England*, p. 18.

64 KOSLOFSKY, Craig M. *The Reformation of the Dead: Death and Ritual in Early Modern Germany, 1450-1700*. Nova York: Palgrave Macmillan, 2000; KARANT-NUNN, Susan C. *The Reformation of Ritual: An Interpretation of Early Modern Germany*. Londres: Routledge, 1997; MUIR, Edward. *Ritual in Early Modern Europe*. Cambridge: Cambridge University Press, 1997.

65 ARIÈS, Philipe. *The Hour of Our Death*. Nova York: Knopf, 1981, especialmente pp. 605-8; BOSSY, John. *Christianity in the West, 1400-1700*. Nova York: Oxford University Press, 1985.

66 "First Invocavit Sermon", LW 51, p. 70.

67 BULTMANN, Rudolf. *The Presence of Eternity*, p. 155. Grifos de Bultmann.

68 WEBER, Max. *A ética protestante e o espírito do capitalismo*. Tradução de José Marcos Mariani de Macedo. São Paulo: Companhia das Letras, 2004, p. 158.

69 Idem, ibidem, p. 96.

70 DREXELIUS, Jeremias. *Considerations on Eternity*. Tradução para o inglês

da Irmã Marie José Byrne. Nova York: Frederick Pustet, 1920, p. 162.

71 Ver SCHWARTZ, Stuart. *All Can Be Saved: Religious Tolerance and Salvation in the Iberian Atlantic World*. New Haven: Yale University Press, 2008; e FEBVRE, Lucien. *The Problem of Unbelief in the Sixteenth Century: The Religion of Rabelais*. Tradução para o inglês de Beatrice Gottlieb. Cambridge: Harvard University Press, 1982.

DA ETERNIDADE AOS PLANOS QUINQUENAIS

1 DICKINSON, Emily. *The Complete Poems*. JOHNSON, Thomas H. (org.). Boston: Little/ Brown, 1960, n. 1551. [*Those – dying then,/ Knew where they went –/ They went to God's Right Hand –/ That Hand is amputated now/ And God cannot be found –*]

2 Idem, ibidem, n. 976. [*Death is a dialogue between/ The spirit and the dust./ "Dissolve", says Death. The Spirit, "Sir,/ I have another trust."/ Death doubts it, argues from the ground./ The Spirit turns away,/ Just laying off, for evidence,/ An overcoat of clay.*]

3 Idem, ibidem, n. 502 [*At least – to pray – is left – is left –/ Oh Jesus – in the Air –/ I know not which Thy Chamber is –/ I'm knocking everywhere –*].

4 NIEREMBERG, Juan Eusebio. "De la diferencia entre lo temporal y lo eterno: Crisol de desengaños con la memoria de la eternidad, postrimerias humanas y principales misterios divinos". In: ZEPEDA-HENRÍQUEZ, Eduardo. *Obras escogidas del R. P. Juan Eusebio Nieremberg* (dois volumes), v. 2. Madri: Atlas, 1957, p. 223.

5 MURILLO, Diego. *Discursos predicados sobre todos los evangelios*. Zaragoza, 1611. Citado em ARANCÓN, Ana Martínez. *Geografía de la Eternidad*. Madri: Tecnos, 1987, p. 79.

6 DELUMEAU, Jean. *Sin and Fear: The Emergence of a Western Guilt Culture, 13th--18th Centuries*. Tradução para o inglês de Eric Nicholson. Nova York, 1990; CAMPORESI, Piero. *The Fear of Hell: Images of Damnation and Salvation in Early Modern Europe*. Tradução para o inglês de Lucinda Byatt. University Park: University Press of Pennsylvania, 1991.

7 EIRE, Carlos. "The Good Side of Hell: Infernal Meditations in Early Modern Spain". *Historical Reflections/ Reflexions Historiques* 26, n. 2, pp. 285-310, primeiro trim./ 2000.

8 Uso o texto espanhol em ZEPEDA-HENRÍQUEZ, Eduardo (org.). *Biblioteca*

de Autores Españoles: Obras Escogidas del Reverendo Padre Juan Eusebio Nieremberg (dois volumes), v. 2. Madri, 1957.

9   Idem, ibidem, p. 227.

10 Idem, ibidem, p. 218.

11 Idem, ibidem, pp. 219-20.

12 Idem, ibidem, p. 223.

13 Drexel, Jeremias. *Considerations on Eternity*, pp. 70-1.

14 Idem, ibidem, p. 104.

15 Idem, ibidem, p. 193.

16 A obra original de 1620 teve nove edições. Além disso, foi traduzida para o alemão, o polonês, o francês, o italiano e o inglês. Somente em inglês, as traduções abarcam quatro séculos: Cambridge, 1632; Oxford, 1661; Londres, 1710 e 1844; e Nova York, 1920.

17 Em ordem de nascimento: Nicolau Copérnico (1473-1543), Francis Bacon (1561-1626), Galileu Galilei (1564-1642), Johannes Kepler (1571-1630), William Harvey (1578-1657), Jeremias Drexel (1581-1638), J. E. Nieremberg (1595-1658), René Descartes (1596-1650), Blaise Pascal (1623-1662), John Locke (1632-1704), Isaac Newton (1643-1727), G. W. Leibniz (1646-1716).

18 *Historia naturae, maxime peregrinae*, livro XVI. Antuérpia, 1635.

19 ANDRADE, Alonso. *Varones Ilustres de la Compañía de Jesús*, v. 8. Bilbao, 1891, p. 752.

20 DONNE, John, "An Anatomy of the World" (1611). In: *The Major Works*. Edição de John Carey. Oxford: Oxford University Press, 2000, p. 212. [*And new Philosophy calls all in doubt,/ The Element of fire is quite put out;/ The Sun is lost, and th'earth, and no man's wit/ Can well direct him where to look for it…/ 'Tis all in pieces, all coherence gone.*]

21 "Le silence éternel de ces espaces infinis m'effraie." PASCAL, Blaise. *Pensées*, p. 66.

22 RUYSBROECK, John van. *Spiritual Espousals*, 2:50. In: *The Spiritual Espousals and Other Works*. Tradução para o inglês de James Wiseman. Nova York: Paulist Press, 1985, p. 111.

23 Ver: MCDANNELL, Colleen; LANG, Bernhard. *Heaven: A History*. 2ª ed. New Haven: Yale University Press, 2001, especialmente pp. 80-8.

24 Ver LEVY, Evonne. *Propaganda and the Jesuit Baroque*. Berkeley/ Los Angeles: University of California Press, 2004.

25 WALKER, D. P. *The Decline of Hell: Seventeenth-Century Discussions of Eternal Torment*. Chicago: University of Chicago Press, 1964; KORS, Alan. *Atheism in France, 1650-1729*. Princeton: Princeton University Press, 1990.

26 MCMANNERS, John. *Death and the Enlightenment: Changing Attitudes to Death among Christians and Unbelievers in Eighteenth-Century France*. Oxford: Oxford University Press, 1981.

27 DUPRÉ, Louis. *The Enlightenment and the Intellectual Foundations of Modern Culture*. New Haven: Yale University Press, 2004; GAY, Peter. *The Enlightenment: An Interpretation*. Nova York: Knopf, 1968.

28 PAINE, Thomas. *The Age of Reason: Being an Investigation of True and Fabulous Theology* (1794), pt. 2, cap. 3. Editado por Daniel Edwin Wheeler, *The Life and Writings of Thomas Paine: Containing a Biography by Thomas Clio Rickman*. Nova York: Vincent Parke and Co., 1908, pp. 274-5.

29 Citado por ISRAEL, Jonathan. *Enlightenment Contested: Philosophy, Modernity, and the Emancipation of Man, 1670-1752*. Oxford: Oxford University Press, 2006, p. 364.

30 Citado por BESTERMAN, Theodore. *Voltaire*. Nova York: Harcourt, Brace & World, 1969, p. 223.

31 Citado por JOHNSON, Paul. *A History of Christianity*. Nova York: Touchstone, 1979, pp. 350 ss.

32 Citado por Palmer, Robert. "Posteriry and the Hereafter in Eighteenth-Century French Thought". *The Journal of Modern History* 9, n. 2, p. 166, jun. 1937.

33 HARDING, Vanessa. *The Dead and the Living in Paris and London, 1500-1670*. Cambridge: Cambridge University Press, 2002; KOSLOFSKY, Craig. *The Reformation of the Dead*. Oxford: Oxford University Press, 2000.

34 VOVELLE, Michel. *Piété baroque et dechristianisation en Provence au XVIIIe siècle*. Paris: Plon, 1973. Ver também MCMANNERS, John. *Death and the Enlightenment*.

35 *The Red Scapular of Our Lord's Passion and of the Sacred Hearts of Jesus and Mary*. Emmittsburg, MD: St. Joseph's, 1850; MÜLLER, Michael. *The Devotion of the Holy Rosary and the Five Scapulars*. St. Louis, 1885.

36 BLAKE, William. *The Poetry and Prose of William Blake*. Edição de David Erdman. Nova York: Doubleday, 1965, p. 167. [*O what is Life and what is Man? O what is Death? Wherefore/ Are you, my Children, natives in the Grave to where I go?/ Or are you born to feed the hungry ravenings of Destruction,/ To be the sport of Accident, to waste in Wrath and Love a weary/ Life, in brooding cares and anxious labours, that prove but chaff?*]

37 Idem, ibidem, p. 157. [*I turn my eyes to the Schools and Universities of Europe,/ And there behold the Loom of Locke, whose Woof rages dire,/ Wash'd by the Water-wheels of Newton: black the cloth/ In heavy wreaths folds over every Nation: cruel Works/ Of many Wheels I view, wheel without wheel, with cogs tyrannic,/ Moving by compulsion each other; not as those in Eden, which,/ Wheel within wheel, in freedom revolve, in harmony and peace.*]

38 *Conversations of Goethe with Johann Peter Eckermann*. Tradução para o inglês de J. K. Moorhead. Cambridge: Da Capo Press, 1998, p. 287.

39 GOETHE, Johann Wolfgang von. *Goethe, the Story of a Man: Being the Life of Johann Wolfgang Goethe as Told in His Own Words and the Words of His Contemporaries*. Tradução para o inglês de Ludwig Lewisohn. Nova York: Farrar, Straus, 1949, p. 353.

40 SHELLEY, Percy Bysshe. *Adonais: An Elegy on the Death of John Keats* LII [1821]. Londres: The Shelley Society, 1886, p. 24. [*The One remains, the many change and pass;/ Heaven's light forever shines, Earth's shadows fly;/ Like, like a dome of many-colored glass,/ Stains the white radiance of Eternity.*]

41 EDWARDS, Jonathan. "Sinners in the Hands of an Angry God" (1741). In: SMITH, John E.; STOUT, Harry S.; MINKEMA, Kenneth P. *A Jonathan Edwards Reader*. New Haven: Yale University Press, 1995, pp. 89-104.

42 MARX, Karl. *A Contribution to the Critique of Hegel's Philosophy of Right* (Introdução, 1843-4). In: *The Yale Book of Quotations*. New Haven: Yale University Press, 2006, p. 498.

43 ARIÈS, Philipe. *The Hour of Our Death*, pp. 506-56.

44 PEARSALL, Ronald. *Table-Rappers: The Victorians and the Occult*. Stroud: Sutton, 2004.

45 CONAN DOYLE, Sir Arthur et alii. *The Case for Spirit Photography*. Londres: Hutchinson and Co., 1922; SCHMIDT, Sophie. "Conan Doyle: A Study in Black and White". In: CHÉROUX, C.; FISCHER, A. (orgs.). *The Perfect Medium: Photography and the Occult*. New Haven: Yale University Press, 2005, pp. 92-6.

46 A concepção de eternidade de Blavatsky era bem parecida com a do *Bhagavad-Gita*, cap. 2, v. 19: "Quem pensa que mata e quem pensa que é morto não conhece os caminhos da verdade. O Eterno do homem não mata: o Eterno do homem não morre. Ele não nasce, não morre jamais. Ele é Eternidade, para todo o sempre. Não nascido e eterno, além do tempo passado ou futuro, ele não morre quando o corpo morre". Isso também é bastante similar ao *Kasha Upanishad*, cap. 2, v. 19.

47 RYAN, Charles J. H. P. Blavatsky and the Theosophical Movement: A Brief Historical Sketch. 2ª ed. San Diego: Point Loma Publications, 1975.

48 LARKIN, Philip. "Aubade". In: *Collected Poems*. Nova York: Farrar, Straus & Giroux, 1989, pp. 40-1. [*But at the total emptiness for ever,/ The sure extinction that we travel to/ And shall be lost in always. Not to be here,/ Not to be anywhere,/ And soon, nothing more terrible, nothing more true./ This is a special way of being afraid/ No trick dispels (...)/ And so it stays just on the edge of vision,/ A small, unfocused blur, a standing chill (...)/ Being brave/ Lets no one off the grave./ Death is no different whined at than withstood.*]

49 HAWKING, Stephen; MLODINOW, Leonard. *A Briefer History of Time*. Nova York: Bantam Dell, 2005, p. 142.

50 NIEREMBERG, p. 224.

51 NABOKOV, Vladimir. *Speak, Memory*, pp. 19-20.

52 HAZLITT, William. "On the Fear of Death". In: *Table Talk: Essays on Men and Manners*. Londres: Bell and Daldy, 1869, pp. 455-6.

53 FREUD, Sigmund. "On Transience". In: UNWERTH, Matthew von. *Freud's Requiem: Mourning, Memory, and the Invisible History of a Summer Walk*. Londres: Continuum, 2006, p. 216.

54 PASCAL, Blaise. *Pensées*, p. 66.

55 Idem, ibidem, p. 216.

56 POINCARÉ, Henri. *The Value of Science*. Tradução para o inglês de George Bruce Halsted. Nova York: Science Press, 1913, p. 355. Para opiniões semelhantes de outro francês do século XX, Pierre Chaunu, ver nota 1 do cap. 1.

57 Ver: HATAB, Lawrence J. *Nietzsche's Life Sentence: Coming to Terms with Eternal Recurrence*. Nova York: Routledge, 2005; LUKACHER, Ned. *Time--Fetishes: The Secret History of Eternal Recurrence*. Durham: Duke University Press, 1998; LÖWITH, Karl. *Nietzsche's Philosophy of the Eternal Recurrence of*

the Same. Tradução para o inglês de J. Harvey Lomax. Berkeley/ Los Angeles: University of California Press, 1997; FRANK, Adam. "The Day Before Genesis". *Discover*, pp. 54-60, abr. 2008.

58 Ver: LEITER, Brian. *The Routledge Guidebook to Nietzsche on Morality*. Londres: Routledge, 2002; e também seu resumo conciso na edição on-line da *Stanford Encyclopedia of Philosophy*, "Nietzsche's Moral and Political Philosophy" (2007). Disponível em: http://plato.stanford.edu/entries/Nietzsche-moralpolitical/#Bib. Acesso em 18/2/2013.

59 Ver: STAMBAUGH, Joan. *The Problem of Time in Nietzsche*. Tradução para o inglês de John F. Humphrey. Filadélfia: Bucknell University Press, 1987.

60 NIETZSCHE, Friedrich. *A gaia ciência*. Tradução de Paulo César de Souza. São Paulo: Companhia das Letras, 2001, §341.

61 KUNDERA, Milan. *A insustentável leveza do ser*. Tradução de Teresa Bulhões Carvalho da Fonseca. São Paulo: Companhia das Letras, 2008, p. 10.

62 Idem, ibidem.

63 Ver a encíclica de João Paulo II, *Sollicitudo Rei Socialis*, 30/12/1987, seção III: "Panorama do mundo contemporâneo"; seção IV: "O desenvolvimento humano autêntico"; seção V: "Uma leitura teológica dos problemas modernos".

64 Pew Forum on Religion and Public Life/ U.S. Religious Landscape Survey, Final Topline; mai.-ago. 2007; perguntas 30, 33-6. Disponível em: http://religions.pewforum.org/reports. Acesso em 18/2/2013.

65 CBS News. Disponível em: http://www.cbsnews.com/stories/2005/10/29/opinion/polls/main994766.shtml. Acesso em 18/2/2013.

66 The Harris Poll n. 11, 26/2/2003: "The Religious and Other Beliefs of Americans 2003". Disponível em: http://www.harrisinteractive.com/harris_poll/index.asp?PID=359. Acesso em 18/2/2013. Essa pesquisa e a da CBS citada anteriormente diferem pouco em suas descobertas. Vida após a morte: 81%; fantasmas: 51%.

67 ABC News. Disponível em: http://abcnews.go.com/US/PollVault/story?id=3440869. Acesso em 18/2/2013.

68 CHANDLER, Raymond. *Playback*. Nova York: Ballantine, 1975, p. 137.

69 Library Index: Death and Dying: End-of-Life Controversies: Public Opinion About Life and Death; Harris Poll n. 11, "The Religious and Other Beliefs of Americans 2003".

70 KLINGHOFFER, David. "Hell, Yes". *National Review*, 9/11/1998.

71 ALFRED, Lord Tennyson. *In Memoriam*. SQUIRES, Vernon (org.). Nova York: Silver, Burdett, 1906, pp. 30, 71-2. [*Thou madest Life in man and brute;/ Thou madest Death; and lo, thy foot/ Is on the skull which thou hast made./ Thou wilt not leave us in the dust:/ Thou madest man, he knows not why,/ He thinks he was not made to die;/ And thou hast made him: thou art just (...)/ Are God and Nature then at strife,/ That Nature lends such evil dreams? (...)/ No more? A monster then, a dream,/ A discord. Dragons of the prime,/ That tare each other in their slime (...)/ O life as futile, then, as frail!/ O for thy voice to soothe and bless!/ What hope of answer, or redress?/ Behind the veil, behind the veil.*]

72 KLINGHOFFER, David. "Hell, Yes".

73 CRAIG, William Lane. "Time, Eternity, and Eschatology". In: WALLS, Jerry L. *The Oxford Handbook of Eschatology*. Nova York: Oxford University Press, 2008, pp. 596-613.

74 O capítulo X das *Confissões*, de Agostinho, foi bastante inspirado em dois textos bíblicos: Salmos 90:4 ("Pois mil anos são aos teus olhos como o dia de ontem que passou, uma vigília dentro da noite!") e 2 Pedro 3:8 ("Para o Senhor um dia é como mil anos e mil anos como um dia"). Ver PELIKAN, Jaroslav. *The Mystery of Continuity: Time and History, Memory and Eternity in the Thought of Saint Augustine*. Charlottesville: University Press of Virginia, 1986.

75 "Twenty Things You Didn't Know about Time". *Discover*, mar. 2009, p. 80.

76 FOLGER, Tim. "Newsflash: Time May Not Exist". *Discover*, 12/6/2007. Disponível em: http://discovermagazine.com/2007/jun/in-no-time. Acesso em: 18/2/2013.

Outra teoria propõe que o próprio universo é "nada", Ver STANDISH, Russel. *Theory of Nothing*. BookSurge Australia, 2006.

77 BARBOUR, Julian. *The End of Time: The Next Revolution in Physics*. Oxford: Oxford University Press, 1999, pp. 10, 14.

78 VONNEGUT, Kurt. *Slaughterhouse Five*. Nova York: Dial Press, 1995, pp. 34, 109.

79 FRANK, Adam. "The Day Before Genesis". *Discover*, abr. 2008, p. 58.

80 FRANK, Adam. "The Discover Interview: Max Tegmark". *Discover*, jul. 2008, pp. 38-43. Para uma introdução à cosmologia do multiverso e a outras

teorias que não a de Tegmark, ver: VILENKIN, Alex. *Many Worlds in One: The Search for Other Universes*. Nova York: Hill and Wang, 2007.

81 STEINHARDT, Paul J.; TUROK, Neil. *Endless Universe: Beyond the Big Bang*. Nova York: Doubleday, 2007.

82 MARSCHALL, Laurence. "What Happened Before the Big Bang?", *Discover*, 9/7/2007.

83 PASCAL, Blaise. *Pensées*, p. 64.

84 Idem, ibidem, p. 224.

NÃO AQUI, NÃO AGORA, NUNCA

1 PASCAL, Blaise. *Pensées*, p. 132.

2 Corporrealismo é uma doutrina que remonta aos estoicos e nega a realidade das coisas espirituais, pois defende que tudo é corpo. Segundo o autor, há uma diferença sutil entre o corporrealismo e o materialismo, embora este termo seja hoje usado em sentido amplo. Para os estoicos, tudo é corpóreo, mas eles não dizem que tudo seja material. [N. T.]

3 CLARK, Thomas W. Citado em: BERING, Jesse M. "The End? Why So Many of Us Think Our Minds Continue On After We Die". *Scientific American Mind*, out.-nov. 2008, p. 36.

4 BARR, Stephen. "Theories of Everything". *First Things* 92, pp. 48, 50, abr./1999.

5 *Ser e tempo* (1927), de Martin Heidegger, um dos tratados filosóficos mais influentes do século XX, também está entre os mais difíceis de compreender, em qualquer língua.

6 Ver: YOUNG, Julian. *Heidegger, Philosophy, Nazism*. Cambridge: Cambridge University Press, 1997; e ROCKMORE, Tom. *On Heidegger's Nazism and Philosophy*. Berkeley/ Los Angeles: University of California Press, 1992.

7 BUÑUEL, Luis. *Meu último suspiro*. Trad. de Rita Braga. Rio de Janeiro: Nova Fronteira, 1982, p. 361.

8 *The New Yorker*, 18/4/1953, p. 28.

9 STOPPARD, Tom. *Rosencrantz and Guildenstern are Dead*, ato 2 (1967).

10 RIMBAUD, Arthur. "A Eternidade". Trad. de Augusto de Campos. In: *Rimbaud livre*. São Paulo: Perspectiva, 1992, pp. 51-3 [*Elle est retrouvée./ Quoi?*

– *L'Éternité./ C'est la mer allée/ Avec le soleil/* (…) *Là pas d'espérance,/ Nul orietur./ Science avec patience,/ Le supplice est sûr*]. Para outro exemplo de eternidade como sentimento, ver: SIMIC, Charles. "The Garden of Earthly Delights". In: *Return to a Place Lit by a Glass of Milk*. Nova York: George Braziller, 1974, p. 41.

11 RIMBAUD, Arthur. "Noite do Inferno". In: *Prosa poética: Arthur Rimbaud*. Trad. de Ivo Barroso. Rio de Janeiro: Topbooks, 1998, p. 147.

12 BLAKE, William. "Eternity". In: *The Poetry and Prose of William Blake*, p. 462. [He who binds to himself a joy/ Does the winged life destroy/ But he who kisses the joy as it flies/ Lives in eternity's sun rise.]

Agradecimentos

A ideia deste livro surgiu inesperadamente em uma tarde escura de dezembro, enquanto eu voltava para casa, em um trem cheio e barulhento, depois de participar de um seminário sobre teologia vivida na Universidade de Virginia (EUA). Os membros do grupo ainda estavam se conhecendo e pensando na melhor maneira de conceber um projeto que lançasse luz sobre a dimensão ética e pragmática da crença religiosa. Não acho que alguma coisa específica dita por alguém durante aqueles três dias tenha retirado a ideia do seu lugar oculto em meu cérebro: acredito que ela tenha sido desencadeada apenas pelo efeito geral de discussões profícuas, na companhia de indivíduos inacreditavelmente talentosos e corteses.

Obviamente, qualquer livro que surja dessa maneira é gerado durante anos, invisível ao olho interno. Até onde consigo lembrar, durante toda a minha vida refleti sobre a morte, que me arrebatava como a maior e mais insensata de todas as injustiças. Talvez isso tivesse a ver com todas as execuções a que assisti pela televisão quando garoto, em Havana, como cortesia da "justiça" revolucionária de Fidel Castro. Ou não: talvez eu já pensasse assim antes de Fidel chegar à cidade e Che começar a matar pessoas a torto e a direito simplesmente por terem ideias erradas na cabeça. Ele adorava explodir com um revólver os miolos dos condenados enquanto executava o *coup de grâce*, e todas as pessoas em Cuba conseguiam visualizar isso com muita facilidade, até as crianças. Mas o que importa não é a fonte da obsessão; antes, é o simples fato de que meu trabalho acadêmico foi permeado por isso nos últimos 35 anos, de uma maneira ou de outra.

Essa fixação também afetou minha vida pessoal, é claro, mas este não é o lugar para tratar disso; digamos apenas que ela me fazia sentir descompassado, especialmente em eventos esportivos, em que todos pareciam muito preocupados com a mera pontuação no placar. A única coisa que pareço entender e apreciar nos esportes é falar sobre a prorrogação com morte súbita, e não por interesse no resultado do jogo; tudo tem a ver com a metáfora.

Até aquela tarde de dezembro, eu não havia percebido que, afora contemplar a morte e a extinção um pouco além da conta, também vinha observando o seu oposto, a eternidade. Assim sendo, depois que vi aquele pontinho de luz, tive mais um *insight*, claríssimo de tão lúcido: consegui ver a situação como um todo. Percebi que meu próprio comportamento tinha sido determinado, em grande medida, por meu modo de pensar o destino eterno, dia após dia, e que todo o meu pensamento sobre a eternidade era inseparável da matriz cultural na qual eu vivia. Depois percebi que nós, seres humanos, consistimos em fins: quer esses fins sejam modestos, como uma gratificação instantânea, quer sejam mais amplos, como a revolução, a morte, a aposentadoria ou alguma esperança de vida após a morte, estruturamos nossas escolhas de acordo com um fim, e muitos dos nossos fins são determinados pela cultura. E que fim poderia ser maior que a eternidade, especialmente em uma cultura há séculos predominantemente cristã?

Quando um grupo de estudantes católicas bem barulhentas entrou no trem, enchendo o ambiente com sua voz, percebi que o conceito de eternidade era um componente essencial da história da civilização ocidental, uma grande peça do quebra-cabeça, que sumiu de vista. A eternidade tinha uma história, e a história tinha a eternidade nela, pelo menos no Ocidente, e quase ninguém parecia notar. Pouco importava se ninguém mais além das estudantes de saia escocesa no trem parecia estar remotamente consciente da eternidade naquele momento. Elas tampouco pareciam muito atentas à corrente elétrica que impulsionava o trem ou às chamadas verdades autoevidentes e aos direitos inalienáveis que permitiam que todas buscassem livremente a felicidade, frequentassem uma escola particular e escolhessem entre o *New York Post* e o *New York Times*. Quanto mais arraigada a coisa está em nossa rotina diária, mais difícil é percebê-la ou apreciar sua contingência histórica.

Ficou claro, para mim, que a eternidade tinha uma história, assim como os direitos inalienáveis; e talvez tivesse chegado a hora de alguém escrever sobre ela de maneira concisa, pois, mesmo longe dos nossos olhos, a eternidade pode fazer uma diferença absurda. Como historiador da religião especializado no início do período moderno – quando o conceito de eternidade passou por uma importante redefinição –, eu sabia que ela, definitivamente, tivera um papel importante na formação do Ocidente.

Foi então que comecei a pensar nesta história da eternidade.

Uma coisa levou à outra, e pouco depois eu estava discutindo o projeto com Fred Appel, da Princeton University

Press, que me encorajou a levá-lo adiante. Logo em seguida, em novembro de 2007, fui convidado como palestrante da série Spencer Trask Lectures, em Princeton, e as três palestras que ministrei se tornaram o quadro referencial deste livro. Gostaria de agradecer a Fred por tê-lo feito acontecer; sem seu encorajamento e seus sábios conselhos, este trabalho jamais teria sido publicado. Também agradeço às pessoas do Public Lectures Committee, em Princeton, que me convidaram e tornaram minha visita prazerosa e produtiva.

Além disso, agradeço a todos que leram os rascunhos deste trabalho e o melhoraram com conselhos, principalmente os dois leitores perspicazes que comentaram o primeiro rascunho, e o terceiro leitor, que me esclareceu questões de astrofísica. Agradeço ainda, especialmente, a Charles Marsh, amigo de longa data, que montou o seminário de teologia vivida, e a todos os membros desse círculo, que me inspiraram e desafiaram nos últimos quatro anos, e cuja amizade tenho em alta estima: Mark Gornik, Patricia Hampl, Susan Holman, Alan Jacobs e Charles Mathewes.

Agradeço também a minha agente, Alice Martell, cujos conselhos, apoio e encorajamento foram essenciais do início ao fim.

E, a propósito, quando as provas de impressão estavam quase prontas para a revisão, uma viagem colocou um fim a esse projeto – e aos agradecimentos – em um lugar tão improvável quanto o trem onde tudo começou. Em visita ao que antes fora a Alemanha Oriental, acabei me encontrando, quase por acaso, em um lugar bem desagradável, talvez um dos piores do planeta: uma rua em Berlim aonde convergem os restos de dois impérios totalitários e na qual qualquer pessoa se sentiria oprimida, até chocada, pela laicidade extrema e pela presença do mal. Lá, diante de um dos poucos trechos restantes do Muro de Berlim, uma colega de viagem tirou uma foto minha. Atrás de mim estava a única construção nazista sobrevivente na cidade, o antigo quartel da Luftwaffe, transformado depois da morte de Hitler na sede do governo comunista repressor da chamada República Democrática Alemã. À minha esquerda, do outro lado das ruínas do Muro, ficava o prédio que abrigara a Gestapo e suas câmaras de tortura. Eu não poderia pensar em uma imagem melhor para usar como foto do autor [ver. p. 326], pois um dos argumentos centrais deste livro é que, quando perdemos a eternidade como horizonte, podemos acabar tendo pesadelos materialistas e totalitários. E aquele lugar, bem ali, é um testemunho da loucura do materialismo, tão aterrorizante que ninguém jamais imaginaria encontrar. Tirei fotos de minha sombra durante toda a viagem, em diferentes lugares. Obrigado, Kayla Black, por insistir que eu voltasse para casa com algo mais que essas fotos e por capturar aquela comovente fatia da eternidade, livre de qualquer sombra.

Por fim, como sempre, agradeço a minha amada esposa, Jane, por tantas coisas, grandes e pequenas, tantas que dariam uma lista enorme. Agradecimentos eternos, sempre. *Per omnia sæcula sæculorum.*

Apêndice

Conceitos comuns de eternidade

1. TEMPO SEM INÍCIO OU FIM, OU *SEMPITERNIDADE*

A eternidade total, que não tem início nem fim, pode ser considerada como dividida, a qualquer instante, em duas eternidades: a eternidade passada (*æternitas a parte ante*) e a eternidade futura (*æternitas a parte post*).

Podemos falar dessa eternidade total de quatro maneiras:
a › Eternidade absoluta, sem início nem fim.
b › As duas "eternidades": *æternitas a parte ante* **e** *æternitas a parte post*.
c › A eternidade passada; tempo sem início: **somente** *æternitas a parte ante*.
d › A eternidade futura; tempo sem fim: *æternitas a parte post*.

No pensamento cristão:
a › Pertence a Deus e seu conhecimento não sucessivo de todas as coisas.
b › Pertence a Deus *antes* **e** *depois* da criação do Universo e do espaço-tempo.
c › Pertence a Deus *antes* da criação do Universo e do espaço-tempo.
d › Pertence a Deus **e** ao Universo *depois* da criação **e** depois do espaço-tempo.

Encontramos uma versão de *b* em *Slaughterhouse Five* [Matadouro 5], de Kurt Vonnegut, que estende o conhecimento do Deus cristão às criaturas no planeta Tralfamador:

> Os tralfamadorianos olham para todos os diferentes momentos do mesmo modo como olhamos para um trecho das Montanhas Rochosas, por exemplo. Eles podem ver quão permanentes são todos os momentos e podem olhar para qualquer momento que lhes interesse. É apenas uma ilusão o que temos aqui na Terra, que um momento siga outro momento, como contas de um cordão, e que, uma vez passado o momento, é passado para sempre. [p. 34]

> O tempo todo é todo o tempo. Ele não muda. Ele não se presta a alertas ou explicações. Simplesmente é. Tome-o momento por momento e descobrirá que somos todos, como eu disse antes, insetos no âmbar. [p. 109]

2. UM ESTADO QUE TRANSCENDE O TEMPO

a › E é totalmente separado do tempo
b › E inclui o tempo em si mesmo.

Encontramos uma versão de *b* nas *Confissões*, de Santo Agostinho de Hipona.

> Não é no tempo que precedeis [Deus] o tempo. De outro modo, não precederíeis a todos os tempos. Na grandeza de uma eterni-

dade sempre presente, antecedeis todas as coisas passadas e todas as coisas futuras, pois que ainda estão por vir. [XI, xiii, p. 230]

Vós [Deus] sois anterior ao início dos séculos, e a tudo que se possa dizer anterior. [...] Em Vós o ser e a vida não se diferem, pois o supremo ser e a suprema vida são o mesmo. Sois o ser em grau supremo, sois imutável. O dia presente não tem fim em Vós, e contudo em Vós tem seu fim [...]. Porque "vossos anos jamais findarão" [Salmos 101:28], são um único *hoje*. [...] E todas as coisas de amanhã e do futuro, e de ontem e também do passado, Vós as fareis *hoje*, Vós as fizestes *hoje*. [I, vi, pp. 7-8]

3. UM ESTADO QUE INCLUI O TEMPO, MAS O PRECEDE E O EXCEDE

Salmos 90:2-4:
Antes que os montes tivessem nascido e fossem gerados a Terra e o mundo, desde sempre e para sempre tu és Deus. [...] Pois mil anos são aos teus olhos como o dia de ontem que passou, uma vigília dentro da noite!

4. ETERNIDADE PLATÔNICA: O CAMPO DO INTELIGÍVEL (obsoleta, mas influente)

Princípios eternos, cuja existência é imutável. As almas são eternas, mas fazem viagens de ida e volta (reencarnação/ metempsicose/ transmigração) do campo do inteligível eterno e do mundo material do espaço-tempo.

5. RELAÇÃO COM O INFINITO

A *eternidade* geralmente é associada ao conceito de *infinitude* e compartilha alguns dos mesmos significados, ou é confundida com esta.

Associação mais comum:
eternidade = tempo
infinitude = tempo E espaço

ALGUMAS DEFINIÇÕES

Infinitude | *Infinity* (*Oxford English Dictionary*):
1 › Qualidade ou atributo de ser infinito ou não ter limite; qualidade do que não tem fronteiras ou não tem limites (especialmente como atributo da deidade).
2 › O que é infinito; extensão, quantidade, duração etc. infinita; espaço ou extensão sem limites; tempo ilimitado ou infindável.
3 › Matemática: quantidade infinita.
4 › Geometria: distância infinita, ou porção ou região do espaço que é infinitamente distante.
5 › Natação e lazer: piscina ao ar livre construída para que dê a impressão de não haver beiras, mesclando-se à paisagem circundante.

Eternidade | *Eternity* (*Oxford English Dictionary*):
1 › Qualidade, condição ou fato de ser eterno; existência eterna.

2 › Tempo infinito, que não tem início ou fim; sempiternidade.

3 › Em contraste implícito ou explícito com o tempo.

a › Metafísica: atemporalidade; existência à qual não se aplica a relação de sucessão.

b › Escatologia: oposta ao "tempo" em seu sentido restrito de duração, medida pela sucessão dos fenômenos físicos. Logo, condição para a qual a alma passa quando morre; a vida futura.

Uma breve bibliografia sobre eternidade

ALMOND, Philip C. *Heaven and Hell in Enlightenment England*. Cambridge: Cambridge University Press, 1994.

ARIÈS, Philippe. *The Hour of Our Death*. Tradução de Helen Weaver. Nova York: Knopf, 1981.

AUDRETSCH, Jürgen; NAGOMI, Klaus (org.). *Zeit und Ewigkeit: Theologie und Naturwissenschaft im Gespräch*. Karlsruhe: Evangelische Akademie Baden, 2001.

BAUDRY, Jules. *Le problème de l'origine et de l'éternité du monde dans la philosophie grecque de Platon à l'ère chrétienne*. Paris: Société d'édition Les Belles Lettres, 1931.

BEEMELMANS, Friedrich. *Zeit und Ewigkeit nach Thomas von Aquino*. Münster: Aschendorff, 1914.

BEHLER, Ernst. *Die Ewigkeit der Welt: Problemgeschichtliche Untersuchungen zu den Kontroversen um Weltanfang und Weltunendlichkeit im Mittelalter*. Munique: Schöningh, 1965.

BRABANT, Frank Herbert. *Time and Eternity in Christian Thought*. Londres: Longmans, Green and Co., 1937.

CAES, Charles C. *Beyond Time: Ideas of the Great Philosophers on Eternal Existence and Immortality*. Lanham: University Press of America, 1985.

CAMPORESI, Piero. *The Fear of Hell: Images of Damnation and Salvation in Early Modern Europe*. Tradução de Lucinda Byatt. University Park: Pennsylvania State University Press, 1991.

CANDEL, Miguel. *El nacimiento de la eternidad: Apuntes de filosofía antigua*. Barcelona: Idea Books, 2002.

CANETTI, Luigi. *Frammenti di eternità: Corpi e reliquie tra antichità e Medioevo*. Roma: Viella, 2002.

CHAUNU, Pierre. *La mémoire de l'éternité*. Paris: R. Laffont, 1975.

D'ANNA, Nuccio. *Il gioco cosmico: Tempo ed eternità nell'antica Grecia*. Milão: Rusconi, 1999.

DALES, Richard C. *Medieval Discussions of the Eternity of the World*. Leiden: E. J. Brill, 1990.

DELUMEAU, Jean. *Sin and Fear: The Emergence of a Western Guilt Culture, 13th-18th Centuries*. Tradução de Eric Nicholson. Nova York: St. Martin's Press, 1990.

EIRE, Carlos M. N. *From Madrid to Purgatory: The Art and Craft of Dying in Sixteenth Century Spain*. Nova York: Cambridge University Press, 1995.

FISCHER, Norbert; HATTRUP, Dieter (org.). *Schöpfung, Zeit und Ewigkeit: Augustinus: Confessiones 11-13*, Paderborn: Schöningh, 2006.

FOX, Rory. *Time and Eternity in Mid-Thirteenth-Century Thought*. Oxford: Oxford University Press, 2006.

GARCÍA ASTRADA, Arturo. *Tiempo y eternidad*. Madri: Gredos, 1971.

GRANAROLO, Philippe. *L'individu éternel: L'expérience nietzschéenne de l'éternité*. Paris: Vrin, 1993.

GREENBLAT, Stephen. *Hamlet in Purgatory*. Princeton: Princeton University Press, 2001.

GUITTON, Jean. *Temps et l'éternité chez Plotin et saint Augustin*. Paris: Boivin, 1933.

JACKELÉN, Antje. *Zeit und Ewigkeit: Die Frage der Zeit in Kirche, Naturwissenschaft und Theologie*. Neukirchen/ Vluyn: Neukirchener, 2002.

JARITZ, Gerhard; MORENO-RIANO, Gerson (orgs.). *Time and Eternity: The Medieval Discourse*. International Medieval Congress, 2000, University of Leeds. Turnhout: Brepols, 2003.

JÜTTEMANN, Veronika (org.). *Ewige Augenblicke: Eine interdisziplinäre Annäherung an das Phänomen Zeit*. Münster: Waxmann, 2008.

KÜNG, Hans. *Eternal Life?* Tradução de Edward Quinn. Londres: Collins, 1984.

LE GOFF, Jacques. *The Birth of Purgatory*. Tradução de Arthur Goldhammer. Chicago: University of Chicago Press, 1984.

LEFTOW, Brian. *Time and Eternity*. Ithaca: Cornell University Press, 1991.

LEISEGANG, Hans. *Die Begriffe der Zeit und Ewigkeit im späteren Platonismus*. Münster: Aschendorff, 1913.

LONGO, Giulia. *Kierkegaard, Nietzsche: Eternità dell'istante, istantaneità dell'eterno*. Milão: Mimesis, 2007.

MANZKE, Karl Hinrich. *Ewigkeit und Zeitlichkeit: Aspekte für eine theologische Deutung der Zeit*. Göttingen: Vandenhoeck and Ruprecht, 1992.

MARENBON, John. *Le temps, l'éternité et la prescience de Boèce à Thomas d'Aquin*. Paris: Vrin, 2005.

MAYER, Fred Sidney. *Why Two Worlds? The Relation of Physical to Spiritual Realities*. Filadélfia: J. B. Lippincott, 1934.

MCDANNELL, Colleen; LANG, Bernhard. *Heaven: A History*. New Haven: Yale University Press, 2001.

MCGRATH, Alister E. *A Brief History of Heaven*. Malden: Blackwell, 2003.

MCMANNERS, John. *Death and the Enlightenment: Changing Attitudes to Death among Christians and Unbelievers in Eighteenth-Century France*. Nova York: Oxford University Press, 1981.

MEIJERING, E. P. *Augustin über Schöpfung, Ewigkeit und Zeit: Das elfte Buch der Bekenntnisse*. Leiden: Brill, 1979.

MESCH, Walter. *Reflektierte Gegenwart: Eine Studie über Zeit und Ewigkeit bei Platon, Aristoteles, Plotin und Augustinus*. Frankfurt: Klostermann, 2003.

MINOIS, Georges. *Histoire des enfers*. Paris: Fayard, 1991.

MONDOLFO, Rodolfo. *Eternidad e infinitud del tiempo en Aristóteles*. Córdoba, 1945.

MUESSIG, Carolyn; PUTTER, Ad (orgs.). *Envisaging Heaven in the Middle Ages*. Nova York: Routledge, 2007.

NEVILLE, Robert C. *Eternity and Time's Flow*. Albany: State University of New York Press, 1993.

PADGETT, Alan G. *God, Eternity and the Nature of Time*. Londres: St. Martin's Press, 1992.

PIKE, Nelson. *God and Timelessness*. Londres: Routledge and K. Paul, 1970.

RUSSELL, Jeffrey Burton. *A History of Heaven: The Singing Silence*. Princeton: Princeton University Press, 1997.

REINKE, Otfried (org.). *Ewigkeit? Klärungsversuche aus Natur- und Geisteswissenschaften*. Göttingen: Vandenhoeck and Ruprecht, 2004.

RYAN, Mary Imogene. *Heaven: An Anthology, Compiled by a Religious of the Sacred Heart*. Nova York: Longmans, Green and Co., 1935.

SIMON, Ulrich E. *Heaven in the Christian Tradition*. Nova York: Harper, 1958.

SWEDENBORG, Emanuel. *Heaven and Its Wonders, and Hell*. Tradução de John C. Ager. Nova York: Citadel Press, 1965.

WALKER, Daniel Pickering. *The Decline of Hell: Seventeenth-Century Discussions of Eternal Torment*. Chicago: University of Chicago Press, 1964.

WALLS, Jerry L. *Heaven: The Logic of Eternal Joy*. Nova York: Oxford University Press, 2002.

—— (org.). *The Oxford Handbook of Eschatology*. Nova York: Oxford University Press, 2008.

Índice remissivo

A

A epopeia de Gilgamesh 45
Adão e Eva 116, 145
Advento 113
Æternitas a parte ante 124, 126-7, 252, 303
Æternitas a parte post 124, 126-7, 252, 303
Agostinho, Santo 19, 22, 37, 57, 61, 78-84, 88-91, 99-100, 114, 116, 133, 153, 250, 259, 265, 304; *Cidade de Deus* 57, 82, 84, 116; *Confissões* 79, 82, 153, 304
Alberto de Mainz, arcebispo 130
alegoria da caverna 58
Além, *ver* transcendência/realidade transcendente
Alemanha 98, 113, 118, 131, 172, 207-8, 213, 250, 300
Allen, William 151
alma: como eterna 32, 82, 208; concepção cristã de 105, 118, 128, 130, 132-3, 136, 138, 141, 182; concepção mística da 61, 100-1, 138-9; destino da 22-4, 36, 82, 137, 146-8, 155, 192; espiritualismo e 219; Platão sobre 59-60, 305
Altamira, pinturas nas cavernas de 18
ambiente material: crenças em relação ao 27-31; e causalidade 31
Amônio Sacas 73
Anastácio, imperador 115
anjos 36, 92, 142, 199, 200, 203-4
Anselmo de Cantuária, Santo 228
Antônio de Pádua, Santo 142
Antônio, Santo 111
aparições dos mortos 132, 143, 161
apocaliptismo 9
arianismo 76-7, 88
Aristóteles 55, 57, 61-3, 70, 223
arquitetura gótica 97, 107-9
astrofísica 12, 38, 248, 300
astrologia 238, 243
ataques terroristas de 11 de Setembro de 2001 237, 240
ateísmo 208-9

B

Bacon, Francis 196
Barbour, Julian 251-2

Barr, Stephen 262
Barth, Karl 166
Bayle, Pierre 206
Becket, Thomas 117
beguinas e begardos 98
Bento, São 87
Bernardo de Claraval, São 41-2, 90-2, 142, 165
Bhagavad-Gita 291
Bíblia 73, 96, 99, 146, 173, 250
Big Bang 11-2, 131, 224, 253, 255, 259
Big Crunch 11-2, 224, 248, 255
Big Freeze 11, 224, 248
Big Sleep 11
Big Whimper 11, 248
Blake, William 214-5, 270, 290, 295; "Jerusalém" 214
Blavatsky, Helena 221, 291
boa morte 137
Boécio 83
Bonifácio VIII, papa 117
branas 256-8
Brown, Peter 106
Bucer, Martin 147
Bultmann, Rudolph 180
Buñuel, Luis 264

C

Calment, Jeanne 15-7
Calvino, João 147, 150-1, 162, 168-9, 172

caminho de Compostela 72, 110
Campos-santos 14
canibalismo 18-9
Cânticos 92, 102
Capito, Wolfgang 170
Carmelitas, Ordem das 213
Carroll, Sean 253
Castro, Fidel 297
Catarina de Gênova, Santa 138
Catarina de Siena, Santa 142
cátaros 129
causalidade 26, 30
cemitérios 211, 217-8
centelha da alma 98, 100, 168
cesaropapismo 95
ceticismo, *ver* dúvida e ceticismo
Chandler, Raymond 238
Chaucer, Geoffrey 110; *Contos de Canterbury* 110
Chauvet, pinturas nas cavernas de 18
ciência: e Paraíso 198-200; contemporânea 247-54
Clemente de Alexandria 61
clero: autoridade do 94-5; concepção protestante do 169-72; suporte financeiro do 149-50
coincidência dos opostos 94-6
coletivismo 235
comunhão dos santos 132, 180

Conan Doyle, Arthur 220
Concílio de Trento 155, 159, 161
confissão 137, 140-1, 145
consciência 224, 230, 248, 257-8, 261-2
Constantino, imperador 73
consumismo 235-6
Copérnico, Nicolau 33, 198-9, 200, 231
corpo: ateísmo e 208; consciência e 261-2; mortificação do 197-8; Platão sobre o 59-60; relíquias e 71-2
corporrealismo 261-2
Corpus areopagiticum 93
Corpus Christi 104-5
Correggio, Antonio da 202-3, *Assunção da Virgem* 202
crença: e estrutura social 27-31; judaísmo e 46; natureza humana e 24-5; perigos da 263-6
Crick, Francis 262
Crisipo de Solis 57
cristandade: Agostinho e 78-83; autoridade da Igreja na 94-5; críticas à 208; Dionísio, o Areopagita, e 93-7; e a morte 68-72; e ressurreição dos mortos 49-50, 65-6; e vida após a morte 64-5; festas na 104-5; Gregório de Nissa e 76-7; martírio na 68-71, 73-4; medieval 87-119; misticismo na 96-100; monasticismo na 87, 89-93, 98, 163-5, 212-3; oriental vs. ocidental 76-7; Orígenes e 73; ortodoxia na 75-7; papel intercessor da Igreja na 94-5; primórdios da 64-81; raízes judaicas e gregas da 45, 50, 56-7, 60-1, 64, 73; relíquias na 71-2; ritual na 102-3; sobrenaturalidade da 65-6; tempo na 65-6, 71, 112-3
cristandade ortodoxa 77-9, 94
Cruzadas 110, 140
culto aos santos 73, 106-7

D
Dante Alighieri 177; *A divina comédia* 121
Darwin, Charles 245
Dawkins, Richard 269
Décio 73
deidade 46-50, 100, 244, 306
Dênis, São 107, 109
Descartes, René 196-7, 269
Deus: ateísmo e 208-9; concepção judaica de 47-9; concepções de 95-7; e Céu 200; e justiça 245-6; eternidade e 36, 44, 49, 63, 77-8, 80-2, 100; humanos em relação a 100-1, 152; natureza abstrata de 48, 50; representabilidade de 48; transcendência de 49, 95
devocionismo 103-5, 107, 110-2

Dickens, Charles 19
Dickinson, Emily 187-8
Diderot, Denis 210, 216
Dionísio, o Areopagita 92-7, 107, 165; *Da hierarquia celeste* 94; *Da teologia mística* 96-7; *Dos nomes divinos* 93, 95-6
Donne, John 199
Drexel, Jeremias (Drexelius) 193, 195-6
dualismo 58-9, 191
Duffy, Eamon 151
dúvida e ceticismo 187-9, 204-10, 222-3

E

Eberlin von Günzburg 164-5, 171
Eckhart, mestre 98-101, 167, 200, 252
economia: culto dos mortos e 157-60; indulgências e 149-50; protestantismo e 180-1; relíquias e 71-2; rituais católicos e 178-9
Edwards, Jonathan 187, 216
Egito 46, 61
Einstein, Albert 39
empíreo 198, 200-1, 203
epektasis 74
Epicuro 56
epistemologia 94, 97, 223-4
Escapulário Marrom 212
escapulários 212-3

escatologia 42, 67, 91, 132, 134, 181, 307
Escher, M. C. 267
escolástica 90, 98, 123-6, 131, 152, 252-3
Escorial, *ver* San Lorenzo de El Escorial
espiritualismo 219-21
estoicismo 56-7, 226, 231, 255
estrutura social: catolicismo e 178-9; concepções da morte como influência na 151; crenças e 241-2; ideias e 183-4; medieval 114-5, 119-20; protestantismo e 179-83
eternidade: como agora 12, 77, 80-1, 250-2; concepções de 15, 22-3, 36-7, 123, 125-6, 194, 303-7; Deus e 36, 44, 48, 63, 77-8, 80-2, 100, 250-2; e a guerra de culturas 243-7; estudo científico da 247--56; humanos em relação a 28, 98; necessidade da 62-3; perspectivas sobre 38; realidade da 44, 70, 77, 80-1; sem início 46; transcendência da 53; visões contemporâneas de 237-43
eterno agora 11, 78, 81
eterno retorno 12, 56-7, 231-3
ética 54-5
eu: concepções místicas do 100--1, 168; Platão sobre 60-1

Eucaristia 102-4, 112, 128, 131, 136-7, 142, 146, 154
Evangelho de João 56
eviternidade 36
evolução 245, 268
excomunhão 116-9

F

fantasma, *ver* aparições dos mortos; espiritualismo
fariseus 49
fé, salvação pela 144-6, 164
festas cristãs 104-5, 112-3
Filipe (clero) 41-2
Filipe II, rei de Espanha 156, 158-9
Filipe III, rei de Espanha 159
Filipe IV, rei de Espanha 117, 159
Fílon 61, 317
filosofia clássica, *ver* Grécia antiga
Fish, Simon 150
física 247-54
formas platônicas 58
Franck, Sebastian 99
Franco, Francisco 162
Franklin, Benjamin 209, 216
Frederico, o Sábio, da Saxônia 135
Freud, Sigmund 39, 227-9, 234, 247

funerais, *ver* sepultamento, práticas/ costumes de
fünklein 98-9, 101, 168

G

Gajowniczek, Francis 265
Galileu Galilei 196, 198
Gelásio I, papa 115
Gilgamesh 16, 45
Godofredo de São Vitor 90
Goethe, Johann Wolfgang von 215
Grande Despertar 213, 215
Grécia antiga 51-3
Gregório de Nissa 61, 74, 76
Gregório IX, papa 118
Gregório VII, papa 116
Gregório, o Grande, papa 135, 142
guerra de culturas 243-4, 247
Guerra dos Camponeses (1525) 99
Guevara, Ernesto "Che" 297
Guiscardo, Roberto, duque da Normandia 117

H

Harvey, William 196
Hawking, Stephen 223
Hazlitt, William 226
Heidegger, Martin 263-4; *Ser e tempo* 294

Heisterbach, Cesário de 142;
Diálogo sobre milagres 142-3
Henrique II, rei 117
Henrique IV, imperador 116
Henrique VIII, rei 150
Heráclito 52
heresia 99, 101
Herrera, Juan de 158
hipótese matemática do Universo 253
Hiroshima 20
Hirschman, Albert 160
história cíclica, *ver* eterno retorno
história: mudanças de paradigma na 33-4; papel das ideias na 26-7, 30
Hitchens, Christopher 269
Hobbes, Thomas 19
Hoffman, Melchior 166
Hohenstaufen, dinastia 117-8
Holbach, Paul-Heinrich Dietrich, barão D' 203, 209-10, 216; *O cristianismo desvelado* 209; *O sistema da natureza* 209
homens-bomba 237
hóstias consagradas 102-4, 136
hussitas 129

I

Idade Média 87-121; eternidade na 120-1; misticismo na 96--101; monasticismo na 87-9; relações entre Igreja e Estado na 114-121; ritual cristão na 102-13
ideias: e estrutura social 183-4; papel das, na história 26-7, 30, 152
ideologia 27
Igreja Anglicana 162
Igreja Católica: crenças medievais da 137; e Céu 201-6; e Inferno 190; e os mortos 153--61; e vida após a morte 132--43; ortodoxos vs. 77; Reforma Protestante vs. 143-53, 163, 172, 180-2; soteriologia da 144-5
igreja de Santo Inácio (Roma) 203
igreja de Wies (Bavária) 203, 208
Igreja e Estado, relações entre 94-5, 104, 114-21, 171-3
Iluminismo 35, 203, 208-9, 211-5
imaginário social 27
imortalidade: desejo de 28, 45, 210-1, 215, 228; eternidade em relação à 28; judaísmo e 50; Platão sobre a 60-1
Império Babilônio 46
Império Bizantino 95
Império Romano 22, 34-5, 77, 83-4, 88, 114
Inácio de Antioquia 69
individualismo 180, 234-5

indulgências 129-35, 140-4, 156, 182
Inferno: concepção cristã de 141-2, 189-96, 216; dúvidas sobre 208; interação dos vivos com o 142-3; crença popular no 238-9, 242; concepção pós-moderna de 222-3; valor prático do conceito de 209; sofrimento no 190-4
infinito 36, 309
Inocêncio III, papa 117-8
Inocêncio IV, papa 118
inteligível, campo do 59, 305
intercessão dos santos 146-7, 165
interseção: da eternidade/ tempo 112-3, 123-4, 167, 191, 250-1; do divino/ humano 90-1, 99-101, 112-3; dos mortos/ vivos 127-9, 131-2, 140, 148-9, 154-5
Irmãos do Espírito Livre 98, 101
Isaías 12, 193

J

Jerusalém 41-2, 44, 47-51, 66, 72, 73, 110
Jesus: 269; aparições de 141-2; como *logos* 56; como salvador 67, 70, 146-5; cruz de 90; e a Eucaristia 102-4; e a vida após a morte 64-5; e eternidade 67; e ressurreição dos mortos 50; morte de 70; Paixão de 112; segunda vinda de 67

João Batista 110, 113
João Paulo II, papa 235
judaísmo 47-50
Juízo Final, 65-8, 115, 136, 203-4, 268

K

Kant, Immanuel 201, 223,
Karlstadt, Andreas Bodenstein von 147
Kepler, Johannes 196
Klinghoffer, David 244, 246
Kolbe, Maximillian 265, 267
Krausz, Feren, 250-1
Kundera, Milan 233-4

L

La Mettrie, Julien Offray de 208; *L'homme machine* 208
Lascaux, pinturas nas cavernas de 18
Le Goff, Jacques 143
Leão X, papa 130-1
Leibniz, Gottfried Wilhelm 196, 208
Locke, John 196-7, 206, 214
lollardos 129
Loyola, Inácio de 191, 203, 205; *Exercícios espirituais* 191, 195

M

mal 244-5
maniqueísmo 78, 83
Manuel, Nicholas 147

Maquiavel, Nicolau 174-8, 182-4, 231; *O príncipe* 174-7, 182
Maria, mãe de Jesus 112, 142, 203, 212
Martinho de Tours 71, 106
martírio 67-70, 73-4
Marx, Karl 217
marxismo 26
materialismo 27, 215, 234-6, 301
Matilde de Hackeborn 92
medalha milagrosa 212
mentalidades 26-7, 121, 152, 224
mesa Ouija 220
messianismo 64
metafísica 37, 52-4, 58-60, 63, 78, 83, 94, 97, 106, 108, 201, 247-50, 253-4, 265, 307
metodismo 214
millerismo 213
missa católica 102-5, 113, 128, 132, 136, 146, 212
missas votivas 103-4
mística renana 99
misticismo 99, 125, 166, 197
modernidade: e individualismo 179-80; e significado na vida 184-5, 225-7; pinturas *trompe-l'oeil* nas naves e 204-6
monasticismo 87-92, 98-9, 125, 163-6
monoteísmo 44, 46, 48

mórmons 213
morte fria do Universo 11, 248
morte térmica do Universo 11, 248
morte: aparição dos mortos 141-2, 161, 212-3; as Escrituras sobre 133; aversão à 20-2; como um ultraje 9-12; conceito de 18-9; concepção protestante da 148-9, 162, 179-81; cristandade e 67-71, 104-8, 127-32, 148-9; destino da alma determinado na 137-8; e ressurreição 49-50, 64-6; Igreja Católica e 153-63, 182; Lutero sobre 131-2; martírio e 67-8; mortes humanas por dia 19-20; secularismo e 211
mudanças de paradigma 33-5
multiverso 253-7, 293
Münster 166-7
Müntzer, Thomas 99, 166-7

N
Nabokov, Vladimir 15, 225-6
nada 19, 223-5
Nalle, Sara 159-60
não existência 20, 25, 38, 224
nazistas 20, 232, 265-6, 301
neoplatonismo 78, 82-3, 93-4
Newton, Isaac 196-7, 206
Nieremberg, Juan Eusebio 191-3, 196-8, 206, 225, 233, 254, 265;

A *diferença entre o temporal e o eterno* 191
Nietzsche, Friedrich 57, 231-5, 255, 258-9, 266
Nossa Senhora do Carmo 212
Novo Testamento 12, 65, 68, 93-5

O

O espelho de um pecador 141
O martírio de Policarpo 68, 71
Oekolampad (Johannes Huszgen) 147
ontologia 53-4, 97
opinião pública 239-41
oração 67, 75, 90-2, 127, 142, 157, 164-5
Orígenes 61, 73

P

padres, *ver* clero
Paine, Thomas 209, 211, 216
Paixão de Cristo 112
Paleolítico 17-9
papas 116-8
paradoxo 96-100
Paraíso: concepção cristã de 41-2, 60, 118; crença popular no 183, 185, 215, 237-9, 264; Deus e 118; empíreo 198-203; influência científica na concepção de 199-206; orações ao 130
Parma, catedral de 203
Parmênides 57

parousia 68, 268
Pascal, Blaise 22, 199, 214, 229-30, 256-7, 261
Paulo, São 50, 93
pecado 116, 145-7
pecado original 115, 145, 168, 176
Pedro Mártir, São 142-3
Pedro, São 12, 81, 111, 114, 130, 142-3
peregrinos 41, 72, 110
Perelman, S. J. 266
Pérsia 12, 46
Pew Forum on Religion and Public Life 237, 239-40, 292
Picasso, Pablo 18-9
pietismo 213
Platão 55, 57-63, 70, 265-6; *A República* 58; *Fédon* 58, 60; *Timeu* 58
platonismo 73
Plotino 61, 73, 78
Poincaré, Henri 230, 291
política, *ver* relações entre Igreja e Estado
pós-modernidade 95, 222
Pozzo, Andrea 202; *A glorificação de Santo Inácio* 203, 205
predestinação 169
Proclo 93
protestantismo: e aparições 161; e eternidade 151-2; e Inferno 190;

e misticismo 166-9; e morte 148-9, 162, 179-81; e secularismo 166, 169-70, 180-2; e tempo 173; evangélico 212; monasticismo rejeitado pelo 163-5; Purgatório rejeitado pelo 143-8; Reforma 99, 125, 131, 138, 148, 150-1, 153-4, 164, 166, 168, 173-4, 177-8, 181-5

Pseudo-Dionísio, *ver* Dionísio, o Areopagita

Purgatório: aparições concernentes ao 161; conceito de 134; definido 36, 137-8; desafio protestante ao 131, 143-9; existência do 153; orações para os mortos no 105, 127, 130-6, 140-1, 153; origem do 143-4; sofrimento no 138-40; tempo gasto no 135-6

Q

Quaresma 113

R

Rabelais, François 123, 129, 182

radicais 20, 147, 166-7

razão e racionalidade, *ver* Iluminismo; ciência

realidade: busca mística por 96-7; concepções gregas de 51-3, 57-60, 62; eternidade e 42-3, 61-2, 68; monolítica 50-1

reencarnação 221, 238, 243, 305

Regra de São Bento 87

relações entre Igreja e Estado 114, 172

relicários 71-2, 107

religião: filosofia e 56; no Paleolítico 18

relíquias 71-2, 106-7, 110, 135, 155-7, 179

ressurreição dos mortos 49-50, 65-6, 128, 132

Revolução Industrial 214-5

Rimbaud, Arthur 268-9

ritual: cristão 71-2, 91, 102-13, 128, 149; e crença 18; judeu 47-8

Romantismo 214

Roussel, Gerard 150-1

Russell, Bertrand 24

Ruysbroeck, Jan van 99, 200

S

sacerdócio de todos os fiéis 170

Sagrado Coração de Jesus e Maria 212

salus hominis in fide consistit 144, 146

salus hominis in fine consistit 136, 144-5

salvação 67, 143-6; pela fé 143-5; por obras 143-7

San Lorenzo de El Escorial 156-9

Santos dos Últimos Dias 213

santos: comunhão dos 132, 180; culto aos 106-7; orações aos 142, 154

santuários 72, 104, 107-10, 121, 163, 173
Saunders, Simon 251
secularismo: e morte 211; Maquiavel e 174-8; práticas de sepultamento influenciadas pelo 211, 217; protestantismo e 166, 169-174, 181-2; triunfo do 169-76, 180-2
Segundo Grande Despertar 213, 215
Segundo Templo 49
sempiternidade 252, 303, 307
sepultamento, práticas/costumes de: católico 109, 211; paleolítico 19; protestante 148; secularismo e 211
ser 52-4, 62
seres humanos: Deus em relação aos 100-1, 152; história dos 15-8; natureza dos 168, 176, 223-4, 257-8; tempo de vida dos 14-5, 18-9
Shakespeare, William 161-2; *Hamlet* 161-2, 267
Shelley, Percy Bysshe 215
significado/ ausência de significado da vida 13-4, 23-5, 180, 185, 209, 221-38, 256-9
Silo (erudito) 139-40
sobrevivência de indivíduos/ espécies 19-20
Sócrates 57
sofrimento: no Inferno 190-4; no Purgatório 138-40; teodiceia e 244-5
soteriologia 67, 144-6
Spiegler, Franz Joseph 202
Steinhardt, Paul 255
Stoppard, Tom 267, 294; *Rosencrantz e Guildenstern morreram* 267, 294
sub specie ærnitatis 83, 114, 116-7
Suger, abade 107-8
suicídio 21
Suso, Heinrich 167

T

Talavera Salazar, Juan de 32
Tauler, John 99
Taylor, Charles 27, 31
Tegmark, Max 253-5
teleologia 53-4
télos: concepção cristã de 79, 82, 201; concepção platônica de 59
temor existencial 221-2
tempo: concepção cristã de 65--7, 74, 78-81, 112-3; concepção grega de 52, 58; concepção protestante de 172; flecha do 253; não existência do 250-2; pesquisa científica sobre 250-3; valor do 38-9
Tennyson, Alfred, lorde 245
teodiceia 244-5
teologia apofática 96
teoria social 27

teosofia 221
Teresa de Ávila, Santa 99, 161-3
Tertuliano 51, 70
testamentos 32, 157-8, 163, 212
Testemunhas de Jeová 213
Tetzel, João 129-35, 141, 144, 182
Toland, John 206
Tomás de Aquino, São 83
Tralfamador 252, 304
transcendência/ realidade transcendente: como objetivo monástico 90-1; da eternidade 53; de Deus 49, 95; desejo humano por 21-2; existência da 19; pinturas nas cavernas e 18; promessa de 31
transitoriedade 23, 227-8, 234, 236
Trindade 61, 75, 78, 129, 134, 201
Turok, Neil 255

U
Unamuno, Miguel de 20
unitário-universalistas 99
Universo: concepção científica de 198-200, 247-8; concepções pré-copernicanas de 198; futuro do 9-10, 12, 256
Upanixades 255
Urbano II, papa 140

V
valdenses 129
Valla, Lorenzo 96
Van Gogh, Vincent 15-6, 20
vândalos 84, 88
Varazze, Jacopo de 142, 282-3; *Legenda áurea* 139, 142
Vaughan, Henry 23
Vênus de Willendorf 18
verdade 49-50, 266
verdadeira Cruz de Cristo 110
via negativa 96
vida após a morte 64-5, 127-32, 206-7, 237-42
vida, *ver* significado/ ausência de significado da vida
Villehardouin, Godofredo de 110; *Crônica da Quarta Cruzada* 110
virtude 174-6
visigodos 88
Vitrício de Ruão 106
vivida, religião 29, 32-3, 43-4, 70, 76
vivida, teologia 28-9, 76, 297, 300
vividas, crenças 29-31
Voltaire 209-10, 216, 234
Vonnegut, Kurt 252-3, 293, 304; *Slaughterhouse Five (Matadouro 5)* 252, 293, 304

W
Wachowski, Lana e Andy 59; *Matrix* 59
Weber, Max 160, 181, 286; *A ética protestante e o espírito do capitalismo* 181, 286

Wesley, Charles 216
Wesley, John 216
Whitefield, George 216
Wittgenstein, Ludwig 223

X
Xenófanes 57

Z
Zimmermann, Dominikus
 203-4, 207
zoroastrismo 46-7, 78
Zwingli, Ulrich 172

KAYLA BLACK

Sobre o autor

Carlos Eire (Havana, 1950) é professor do departamento de história da Universidade Yale (EUA), autor de *War Against the Idols: The Reformation of Worship From Erasmus to Calvin* (1986), *From Madrid to Purgatory: The Art and Craft of Dying in Sixteenth Century Spain* (1995) – ambos pela Cambridge University Press – e coautor de *Jews, Christians, Muslims: An Introduction to Monotheistic Religions* (Prentice Hall, 1997). Também escreveu sobre a Revolução Cubana em seu livro de memórias *À espera da neve em Havana* (editora Globo, 2005), ganhador do National Book Award de não ficção em 2003. Em sua última obra autobiográfica, *Learning to Die in Miami* (Free Press, 2010), trata da experiência do exílio.

Este livro foi composto na fonte Albertina
e impresso em março de 2013 pela Corprint,
sobre papel pólen soft 80 g/m².